LE
BÛCHER

GEORGES BORDONOVE

LE
BÛCHER

roman

LE GRAND LIVRE DU MOIS

ISBN 2-85704-320-1

A Jacques et Paule Chrétien

Ici, un arbre sent des bras de sa racine
Grouiller un chef vivant, sortir une poitrine.
Sortent les corps nouveaux et les nouvelles faces.
Là, l'eau trouble bouillonne, et puis, s'éparpillant,
Sent en soi des cheveux et un chef s'éveillant.
Comme un nageur venant du profond de son plonge,
Tous sortent de la mort, comme l'on sort d'un songe.

AGRIPPA D'AUBIGNÉ

MINERVE

Au XIIIe siècle, la ville de Minerve était la capitale du Minervois. Citadelle et cité en forme de cœur, elle se dressait sur un rocher abrupt et dominait de vertigineux abîmes. Deux torrents montagnards, la Cesse et le Brian, aux premiers âges de la terre, avaient profondément entaillé le Causse, isolant ce socle monumental.

Au nord s'élevait le château, figure de proue de ce vaisseau de pierre. Sa tour de guet sarrazine surplombait un immense paysage de rocailles, d'éperons calcaires, de bois sombres, de vignes et d'oliviers. Les maisons se pressaient de même que les alvéoles d'un rucher autour de la déjà ancienne église Saint-Etienne, probablement bâtie à l'emplacement du temple élevé à la déesse par les Romains. Leurs toits de lauze étincelaient au soleil. Il y avait trois enceintes et deux poternes. Les façades qui donnaient sur le lit des deux torrents étaient percées d'archères et flanquées de tours. Les fossés creusés par la nature étaient infranchissables. La ville était imprenable, à moins que l'on parvînt à détruire la tour extérieure qui défendait l'unique puits auquel on accédait par un chemin couvert.

De nos jours, Minerve (sur la route de Narbonne à Saint-Pons) n'est plus qu'un village, mais saisissant de grandeur. « Un des sites les plus fantastiques de France », a dit le duc de Lévis-Mirepoix, descendant d'un compagnon de Simon de Montfort. Les tuiles se substituent aux lauzes, mais l'aspect général n'a pas changé. Certaines rues sont intactes, avec leurs murs, leurs ouvertures, leur étroitesse, leur dallage du XIIIe siècle : telle cette rue des Martyrs que les Parfaits empruntèrent pour se rendre au bûcher. Le château de Guilhem a été presque entièrement démoli sous Louis XIII ; mais ce qui subsiste suffit à donner une idée de sa force et de sa perfection architecturale. Un pilier d'angle se dresse à l'extrémité de la ville, énorme, semblable à quelque colonne votive, à quelque victoire mutilée. Cette ruine tragique exprime si bien les événements dont elle fut le théâtre que les visiteurs non informés baissent la voix d'instinct, interrogent avec respect. A Montségur, l'étreinte du passé n'est pas plus forte. Minerve est le premier acte, et Montségur le dernier, du drame cathare.

I

LE TEMPLIER

Ce soir, une force irrémissible me pousse à coucher sur le papier ces choses d'autrefois Et c'est à vous que je pense, Messire Gaucelin, à vous qui dormez, besogne faite, dans les sables de Mansourah. Vous étiez plus que mon protecteur, car, parmi les écueils de l'existence, vous saviez piloter mon âme vers le sûr asile. Aussi, de la demeure céleste où vous êtes parvenu à grand arroi de peines*, je vous requiers et prie humblement de ne me pas abandonner.

Du doigt tremblant d'un vieux soldat je trace ces lignes, en cette tour de l'Ouest de la Commanderie de la Motte-Saint-Sulpice que vous connaissez si bien. Ma chambre fut la vôtre, comme la table, le fauteuil, le coffre où je range mon haubert et mes vêtements de paix, furent les vôtres. Votre Commanderie se dresse toujours, massive et noire, au milieu des terres brunes et des prés verts. Là où commencent les nuages toujours s'étend le front sombre de la forêt et, à la saison d'automne, les cerfs font entendre leurs bramées douloureuses, cependant que nos novices s'entre-regardent. Le hurlement des loups emplit toujours nos nuits d'hiver : et leurs empreintes souillent la neige des lendemains. Tout demeure

* A grand-peine.

La longue table où mangent les frères-chevaliers, est la même. Les murs sont recouverts du même crépi grisâtre. Le manteau de laine blanche est toujours suspendu au-dessus du grabat et ses pans s'agitent, lorsque le vent s'élève, comme les ailes d'un oiseau qui saigne. Dans la salle du Chapitre, c'est encore votre siège qui se trouve sous le dais aux couleurs de l'Ordre : du noir des ténèbres et du blanc de la Résurrection. Mais ce n'est plus Votre Seigneurie qui l'occupe ; c'est moi, Michel de Cesseras.

Quelle étrange fortune a voulu que je fusse renvoyé là même où vous me conduisîtes naguère, faible et déconfit, ignorant la conduite à tenir et bourrelé d'atroces remords ? Lorsque nos supérieurs envoient quelque pli à Michel de Cesseras, Commandeur du Temple et maître de cette Motte-Saint-Sulpice, parfois le feu de la honte me saute aux joues, en dépit des blessures, des années de service. C'est un piège redoutable que d'être isolé de ses pairs, livré à ses propres démons ! Je répugne à entendre en confession ces jeunes frères-chevaliers, à leur infliger les châtiments prévus par la Règle. La bénignité de leurs fautes, la niceté* de leurs âmes, la candeur ravissante de leurs propos, la fermeté de leur foi, m'éblouissent. Que suis-je auprès d'eux ? Cependant, lorsque, pris de scrupules, je voulus me démettre de ma charge, on me rappela qu'au Temple il sied de mépriser les caprices. Force m'est donc de recevoir ces hommages juvéniles, d'être admiré et vénéré comme vous le fûtes. Mais la vénération dont on vous entourait, se proportionnait à vos mérites. Au lieu que moi...

L'ombre du manteau a bougé sur le mur. Un rai de soleil allume les huit pointes de la croix. Je ne puis regarder cet insigne sanglant, sans entendre cette voix que vous aviez, le matin que je fus reçu chevalier :

* Blancheur

« Beau Frère, dites-vous selon l'usage, vous demandez une bien grande chose, car de notre Ordre vous ne voyez que l'écorce qui est par dehors. Et l'écorce est de telle sorte que vous nous voyez ayant de beaux chevaux et de beaux harnais, et bien boire et bien manger ; et il vous semble que vous aurez une vie d'agréments. Mais vous ignorez les forts commandements qui sont par dedans : vous êtes sire de vous-même et vous devenez serf d'autrui, car c'est à grand'peine que vous ferez votre volonté. Si vous voulez dormir, on vous fera veiller. Et, si vous voulez veiller, on vous commandera d'aller reposer en votre lit... »

Hélas ! à présent, j'ai licence d'œuvrer et de reposer à ma guise. Impropre au service, je ne cours plus le risque d'être expédié outre-mer. Je ne suis pas une heure à cheval que le cœur me défaille. Mais, si la force délaisse ainsi mon corps, pourquoi n'en va-t-il pas semblablement de mon âme ? Pourquoi ces regrets tout pareils à des braises que raniment les derniers souffles du jour ? Pourquoi ces tourments et ces obsessions de l'ouïe ? Pourquoi ces visages remontés des années mortes ? Il y a ceux qui s'en allèrent de vil trépas et qui errent autour des vivants. Et ceux que nous avons trop aimés et que nous ne pouvons oublier...

Quarante et quatre années sous l'armure d'obédience, et je ne suis pas guéri ! Ni les jeûnes, ni les Messes, ni la Règle, ni le fort compagnonnage des moines-soldats, ni cette ultime apparence de douceur, ni le pâle rayon de gloire qui m'échoit, ne me sont d'un quelconque secours. A croire que je n'ai, précisément, d'un Templier que l'écorce ! Que tout mon effort et ma patience devaient aboutir à refermer le cercle ! J'achève par mon début. Tant qu'il m'a fallu obéir, tant que j'ai pu chevaucher et me battre, je ne pensais à rien. Il me semblait que mes péchés anciens étaient aussi inoffensifs que ces peaux de serpents que l'on découvre dans les sentiers après la mue.

Or les serpents sont rentrés dans leurs peaux. Les souvenirs m'arrachent des tressaillements. Je me surprends à revivre les fêtes révolues, les espérances et les angoisses enfuies. Des paroles insensées coulent de mes lèvres impures pendant mon sommeil. J'ai peur de dormir. Peur d'être entendu. Peur des odeurs trop violentes. Peur de moi ! J'ai beau me répéter que pour un religieux c'est périlleuse chose que de regarder face de femme, mes yeux s'attardent sur les paysannes qui passent. Parfois, je prends en haine ce terroir sinistre et me souviens, avec quelle insistance ! des collines éclatantes de ma jeunesse. Parfois, je compare mon destin à celui de Guilhem et me dis : « De quoi te plains-tu ? C'est toi qui as eu la meilleure part. » Et, parfois, je l'envie, tant mon cœur est resté avide, obscur et incertain.

Jadis, j'aimais de fréquenter les châteaux accueillants aux conteurs et aux troubadours, afin de me mêler à ceux-ci. Il m'advenait alors, pour les imiter, de chanter des peines que je n'éprouvais point. Aujourd'hui que je les éprouve, et au delà, je ne les chante plus. Je n'avais de cesse d'avoir fait entendre ou lire mes écrits. Maintenant, je sais ce que vaut l'approbation du monde ; j'écris pour moi. Nul ne lira ces feuillets, hormis Celui qui juge les créatures, et peut-être vous, Messire, que j'invoque doucement.

Un jour, me rendant au village, je me suis arrêté à la barrière d'un champ. Un homme était courbé sur les sillons. Il extirpait de tortueuses racines, et riait à la muette.

Je lui demandai :

— Que fais-tu, bon homme ?

— J'arrache l'herbe maligne.

— Et pourquoi ris-tu ?

— Je pense au contentement de la terre. Elle dit : Tu enlèves ces racines et, moi, je te donnerai du blé haut et dru. Voilà, Messire.

Mêmement, je veux extraire les racines vénéneuses, afin de récolter le fort grain et de vous rendre au centuple la semence que vous m'avez prêtée. Je me dis qu'en mettant par écrit ces souvenirs, je me viderai de mes poisons. M'avez-vous assez répété que le Seigneur, dans son exigence terrible, ne veut habiter que les cœurs vides et solitaires !

Mais il n'est pas moins vrai que l'homme a trop de bienveillance envers lui-même et qu'il s'abuse souvent sur la signification de ses propres actes, de sorte qu'espérant se redresser, il s'enfonce. Et je me demande si ce retour dans le passé ne recèle pas quelque ruse diabolique. Car à quoi ressemble un Templier qui, par ennui ou regret, prend la plume du fableur ?

Cependant, à ces heures mornes de l'après-midi, lorsque les laboureurs désertent les champs et que la feuille pend à l'arbre, quand les vapeurs montent de nos douves, les démons des pierres et des bois s'éveillent. Ils désarment mon âme alanguie. La vieille chanson murmure à mon oreille :

Sous cet olivier, j'avais un ami.
Ah ! le beau temps ne peut-il revenir ?

A la façon des vieillards, j'entrevois les soleils étincelants du passé. Puis l'histoire déroule lentement ses anneaux, tel un grand serpent qui serait logé dans mes entrailles. Elle me mord cruellement. Mais j'appréhende et j'attends cette morsure !

C'est l'histoire d'une cité perdue, de Guilhem qui fut mon ami, et la mienne. Dans ma mémoire, tout se pénètre, s'enchevêtre, ainsi que les rameaux du lierre s'enlacent au genévrier de Phénicie : et l'on ne sait où commence l'arbre, où finit la plante. Nos destins se confondent, d'abord dans la joie, puis dans la même chute funeste. Et l'histoire est ma délicieuse ennemie. Elle m'enchante et me déchire. Je la voudrais écrire avec mon sang, avec la moelle de mes os et les tendons de ma chair. Et, ensuite, entrer dans mon repos.

Cette nuit, j'eus un songe. Je m'imaginais sur le Golgotha. J'étais l'un des soldats préposés à la garde du Crucifié. Il faisait nuit noire. C'était le moment où les rideaux du temple de Jérusalem se déchiraient. Moi, tremblant d'épouvante, je tenais embrassé le bois de la Croix. Je croyais sentir la moiteur du sang qui coulait des pieds suppliciés de Jésus, et criais grâce ! Mais, en m'éveillant, je sus que ce n'était pas le Divin Sang : simplement la tiédeur salée de mes larmes.

Je crains que ce songe ne soit à la semblance de ma vie.

II

II

LE VIGNERON DE CESSERAS

J'avais cinq ans lorsque mourut ma mère; et sept, quand le père de Guilhem me recueillit à Minerve. Mon propre père, vigneron de Cesseras, l'avait accompagné à cette Croisade qui fut prêchée par l'archevêque de Tyr et à laquelle participèrent l'empereur Frédéric Barberousse, le roi de France et celui d'Angleterre, Richard-Cœur-de-Lion. Là-bas, quand le mal d'Acre* saisit son corps déjà miné par la fatigue, il reçut de son seigneur la promesse que je ne serais pas abandonné. A son retour, le vieux Minerve fit mieux : il érigea en fief notre alleu** de Cesseras et voulut que je fusse élevé avec Guilhem, son fils unique.

De la sorte ai-je pris dans l'existence un autre départ que celui qu'on pouvait attendre de mes origines. J'ignore si ce fut un mal ou un bien. Que mon père n'ait pas répondu à l'appel de sa foi, et je serais sans doute à tailler mes vignes ou à labourer mes champs, au lieu de me morfondre dans cette tour. Quoi qu'il en soit, j'oubliais vite la plaine de Cesseras et ma pauvre maison, et pris les idées de chevalerie qui convenaient à mon nouvel état.

* *Sorte de fièvre*

** *Terre libre*

En ce temps-là, les Minerve régnaient sur trente fiefs situés pour moitié dans la Montagne Noire, et pour moitié dans le pays plat en deçà Narbonne. Anciennement, l'empereur Charlemagne les avait établis viguiers de cette ville-forteresse de Minerve qui contrôlait la route des invasions. Mais, lorsque la puissance des rois qui lui succédèrent s'émietta, les viguiers prirent le titre de vicomtes, frappèrent monnaie, s'arrogèrent le droit de justice, bref ne reconnurent d'autres souverains qu'eux-mêmes après Dieu. C'étaient des hommes libres et superbes, à l'image de leur contrée minervoise.

Car ce pays, il n'en est certes pas deux au monde ! Qui en a foulé la poussière, une fois, ne le peut oublier. Mais moi, ce que je revois d'abord dans ces garrigues brûlantes ou sous la fraîcheur des olivettes, ce sont mes compagnons disparus. C'est Guilhem. C'est Téouli. C'est... Nous allions dans les taillis du Bouysse remplis d'œufs bleus. Nous montions à la cime des pins. Nous nous baignions dans le Briant, sous l'œil narquois du meunier, dans ce trou profond où l'eau avait l'éclat et la froideur d'une émeraude. Ou encore, parmi les roches blanches qui surplombaient la ville, nous nous poursuivions avec des épées de bois : et toujours le Croisé terrassait l'Infidèle. Oh ! jeux innocents, mais déjà significatifs !

Je revois aussi la table où nous partagions la tranche de pain tendre et le gobelet de lait. J'entends la voix de Mariana, la servante fidèle. Je suis dans cette chambre de la Motte et mon cœur est là-bas, dans la salle claire, sous la voûte aux sept piliers. Je vois s'en aller mes chevaliers noirs, mais apparaître les soldats rouges de Minerve.

Quand nous fûmes retirés aux femmes, on nous donna deux maîtres. L'un qui était brun et sec comme un Sarrazin : il nous enseignait la loi des nombres et les merveilles des révolutions célestes. L'autre qui avait le teint pâle et l'embonpoint des hommes du Nord, nous apprenait à lire et à écrire, et nous instruisait des Saints Mystères. Quant à l'art équestre et à la science des armes, ils nous étaient enseignés par de vieux écuyers ou par le père de Guilhem qui possédait d'un roi la barbe épanouie et le regard serein. Le reste du temps, nous le consacrions aux collines parfumées, aux grands arbres fous et aux quilles. Telles furent ces années où ruisselait le rêve, où tout revêtait une lumière plus vive, une fraîcheur plus intime, où les sentiments exquis fleurissaient de nature sur les lèvres.

C'était aussi une époque de prospérité. Le blé changeait les plaines en nappes d'or fin. Le gel épargnait les oliviers. Le vin remplissait les muids. Le plus pauvre des paysans habitait une maison de pierre. Le riche se faisait bourgeois. Celui-ci mariait sa fille à un chevalier, offrait les éperons* à son fils. Les marchands de Narbonne armaient de vastes nefs qui partaient pour l'Orient et revenaient gorgées de lourds brocarts, de soieries, de joyaux, de gemmes, de fourrures achetés dans le lointain royaume de Samarcande. Jamais on ne vit tant de chevelures perlées, tant de riches habits, tant de riches maisons. Jamais il n'y eut tant de fêtes. Jamais ne s'entendirent tant de chansons, ni tant de rires. Une espèce de frénésie saisissait les plus sages.

Ailleurs, les hommes vivaient encore dans de pauvres cabanes accroupies à l'ombre des donjons. La crainte du seigneur héréditaire, la crainte de l'Église, ne cessaient de les poindre, ni de les humilier. Quiconque élevait une protestation, périssait sur l'heure, souvent dénoncé par les siens. Quiconque essayait de sortir de sa condition, était aussitôt ravalé. Les villes payaient à leurs tyranneaux leur poids d'or pour leur arracher de minces privilèges.

Dans nos pays de Langue d'Oc, elles étaient libres ; elles élisaient leurs consuls et leurs capitouls. Le servage avait disparu de nos campagnes et l'antique adage « Nulle terre sans seigneur » était tombé en quenouille. Partout se rencontraient de ces terres franches, appelées alleux, comme l'était la nôtre de Cesseras.

J'ai ouï dire à un savant de Toulouse que c'était le même air de liberté que l'on respirait naguère en cette illustre ville de Grèce, nommée Athènes ; que la pensée des Anciens avait trouvé refuge dans nos garrigues. De fait, ici et là, subsistaient de mystérieux débris. Dans l'église Saint-Étienne-de-Minerve, le bénitier était une colonne du temple jadis habité par la déesse.

* *Les éperons de chevalier.*

Dans les champs, les socs des charrues exhumaient des mains de marbre, des visages souriants et mutilés, de petits autels gravés de génies ailés et de joueuses de flûte. Le plus humble avait loisir de méditer là-dessus. Il pouvait se dire l'égal des plus hauts seigneurs, prétendre qu'il était de sang meilleur, si toutefois la bonté du sang est consécutive à son antiquité. D'où peut-être cette fierté communément répandue et, chez les maîtres, cette absence de hautainerie.

Lorsque nous croisions des charretées de filles joyeuses au moment des vendanges, elles nous envoyaient des bouquets de baisers. Guilhem les leur rendait, en riant à belles dents. Et c'était toujours lui qui saluait le premier les vieillards, quels qu'ils fussent.

— Il n'y a pas trois labeurs, disait-il. La sueur du paysan, le sang du chevalier, la pensée du troubadour, c'est tout un. C'est la force, la vertu d'une race. Tu ne crois pas, Belvis ?

Déjà, nous étions dans l'adolescence. Et déjà je portais ce surnom de Belvis qui signifiait : Beau-Visage. Plût au ciel que je ne l'eusse mérité, car il m'a valu moins de joie que de peine.

— Plus tard, disait encore Guilhem, je voudrais que tout le monde m'aime. Que, sur mon fief de Minerve, il n'y ait pas un seul regard triste.

Chez lui, ce n'était pas enthousiasme juvénile, fugitif emportement de bonté, mais conviction chevillée au cœur.

Sans escorte, il s'aventurait dans des villages perdus, et ne dédaignait pas de s'asseoir aux tables les plus modestes. De même prenait-il un vrai plaisir à visiter les compagnons de son enfance : Téouli qui faisait son apprentissage de talmelier*, Amiel qui travaillait à la forge de son père, Cercamon, le berger.

— Beau fils, disait la Dame de Minerve, ces fréquentations sont indignes de vous. Vous oubliez que, plus tard, vous serez le maître de cette cité.

Elle était d'Auvergne et ne se gênait pas pour critiquer nos mœurs. Il y a de ces moutures qui aigrissent dès qu'on les transporte. Volontiers évoquait-elle l'ordre et les hiérarchies de son pays de naissance.

* *Boulanger.*

— Mais vous, raillait-elle, placez la charrue avant les bœufs. Faites-vous donc craindre. L'amour viendra de surcroît.

Elle ne souffrait de nos usages qu'un seul, sans doute parce qu'il flattait sa vanité : elle recevait avec plaisir les troubadours et leur permettait de célébrer sa beauté. Les Dames avaient alors un ou deux poètes à leur dévotion, et les époux n'y voyaient pas de mal. Ainsi, dans la grand'salle de Minerve, comme en celles de Carcassonne, de Foix ou de Toulouse, le clair langage déployait-il ses grâces. Et les années roulaient.

Or comme un corps d'homme a des apparences de santé, cependant qu'un mal secret chemine en ses tissus, la plus étrange lèpre de mysticisme rongeait le pays heureux : c'était cette hérésie cathare, aussi appelée hérésie albigeoise.

On racontait qu'un pèlerin avait ramené dans sa besace de toile bise le manuscrit d'un Évangile inconnu, renfermant les révélations inouïes faites à saint Jean par Notre Seigneur Jésus, révélations propres à attendrir les plus durs, à consoler les désespérés, à révolutionner les peuples.

D'autres affirmaient avoir rencontré un marcheur solitaire dont les yeux brillaient d'un feu divin et dont la chevelure crépue s'auréolait d'aigrettes bleuâtres.

Toujours est-il que des prêtres nouveaux parcouraient nos chemins. Ils allaient par deux, vêtus de noir, avec un bonnet de feutre et une ceinture de chanvre à laquelle pendait un rouleau de parchemin. On les nommait : Parfaits, Purs, Bons Hommes, Hommes Apostoliques, à cause de leur esprit de charité et de la rigueur de leurs pénitences. On les comparait aux prêtres de l'Eglise Romaine, alors bien mal représentée. Ceux-là menaient une existence de jeûnes et de macérations ; ceux-ci festoyaient. Ceux-là ne possédaient rien et s'abstenaient de femmes ; ceux-ci recherchaient les compagnies galantes, détenaient de grands bénéfices, pressuraient leurs ouailles. Ceux-là préféraient aux riches hommes les pauvres et prêchaient un credo d'espérance, disant qu'un jour toutes les âmes regagneraient les demeures célestes. Ceux-ci chérissaient les princes et menaçaient les humbles des tourments infernaux.

Bientôt, on assista à des conversions extraordinaires. On vit des bourgeois distribuer leurs biens pour entrer dans la secte ; des paysans délaisser la charrue ; des marins quitter leur nef ; des soldats déposer leurs armes. Les Parfaits disaient que la richesse, la terre, la gloire, étaient les œuvres et les inventions de Sathanaël. Que la chair était une prison et le mariage, une institution diabolique, propre à retarder l'envol des âmes vers la pure lumière. Et pourtant ils soignaient les corps malades et chérissaient les enfants.

Ces mystiques affamés de pureté cohabitaient avec un peuple gavé de richesses, de plaisirs. Les novices des communautés cathares, avec les vierges les plus folles ; les troubadours en mantelet de soie, avec ces hommes et ces femmes vêtus de bure noire, les rêves angéliques se mêlant aux imaginations fiévreuses de l'amour.

Les Parfaits n'avaient d'exigences que pour leurs novices. Nous autres, les Croyants, notre seule obligation consistait à plier le genou devant eux. Les évêques, leurs auxiliaires*, ne se distinguaient en rien des simples prêtres ; ils ne possédaient rien de plus et vivaient de la charité publique. On ne les craignait pas ; on les aimait. Vint même un temps où les familles se les disputèrent :

Palombelles blanches,
Où allez-vous ?
Votre asile de ce soir
Est dans notre maison

Ils ne buvaient que de l'eau, ne mangeaient que du pain, des plantes et des poissons, observaient une continence absolue, employaient la totalité de leurs forces, de leur savoir

* *Dans la hiérarchie cathare, ces auxiliaires étaient le filius major et le filius minor, sortes d'évêques coadjuteurs. Ensuite venaient les Parfaits et les Parfaites. Puis la multitude des Croyants.*

et de leur amour au bien de tous. Ainsi l'exigeait le terrible engagement qu'ils avaient souscrit en recevant la Consolamentum, leur unique Sacrement.

Lorsque l'Église romaine s'émut des progrès de cette hérésie, il était trop tard ; l'herbe poussait dans les chapelles. Vainement l'apostole* révoqua-t-il les bénéficiaires indignes, dépêcha-t-il d'ardents prédicateurs, tel ce Dominique de Guzmann** qui multipliait les miracles. Vainement pressait-il le comte de Toulouse d'extirper l'hérésie de ses territoires. Celui-ci protégeait ouvertement les sectateurs.

Guilhem et moi, nous atteignions vingt ans. Nous avions achevé nos chevaleries, gagné nos éperons. Je passais mon temps de loisir à gratter la harpe, à composer des aubades et des sirventès. Guilhem s'adonnait à la chasse. Nous vivions dans la plus complète insouciance.

* *Le pape*

** *Saint Dominique*

III

III

LES CLOCHES DE L'INTERMINABLE AGONIE

Un soir de juillet 1208, les deux cloches de Minerve, celle de l'église Saint-Étienne et celle de Sainte-Marie, la chapelle du château, se mirent à tinter en glas. Les citadins qui prenaient le frais sur le pas de leur porte, levèrent la tête. Je revenais de la basse ville où c'était mon tour de vérifier l'apostage des gardes. Un homme m'accosta :

— C'est donc vrai qu'il s'en va ?

Son regard était comme égaré.

— Il nous quitte, dit une vieille, parce qu'avant les malheurs, ceux que Dieu protège, ils prennent congé.

— Folle ! rétorqua sa voisine, Il ne les protège pas ; Il les épargne ; Il les dédaigne. Tu en es encore aux dictons de Rome.

— Ancienne je suis, Maria. Tout se mélange dans ma tête : les prêches des Parfaits et les sermons des chanoines.

— Sathanaël te tient.

— Ce glas nous mettra d'accord, Maria.

Les cloches menaient leur dialogue de tristesse. L'une avait la voix rauque et solennelle d'un homme vieux et l'autre, la voix frêle d'une femme.

— Pour sûr, reprit la vieille en branlant du col, c'est lui qui parle à son âme. Oh ! pauvre...

— Messire Belvis, il n'y a plus d'espoir, plus aucun ?

— Les mires* l'ont abandonné.

Je repartis en serrant les dents. A la poterne, les archers me saluèrent, sans un mot. Trois gardes se tenaient immobiles devant les vanteaux fermés de la Salle. Les torches, qui n'avaient pas été renouvelées, se consumaient dans le couloir. La rumeur des cloches traversait l'épaisseur de l'ombre, des murs. Je rencontrai Gilles Cat, soldat de la garnison. Il me dit :

— Sire Guilhem est là-haut, sur la terrasse.

C'était la première fois que l'on donnait ce titre à Guilhem. J'en eus le cœur étreint. Ainsi le vieux Minerve était rayé avant que d'être mort ! Assis sur un banc, au pied de la tour de guet, les coudes aux genoux, Guilhem attendait. Ses yeux brillants erraient sur la ville. Je lui demandai s'il avait pu revoir le mourant

— Il a refusé. Il souffre trop.

— Qui le veille, maintenant ? La Dame ?

— Le chanoine.

Les cloches tintaient, à lents battements. Le Brian** grondait, très loin, au fond du causse, grossi par un récent orage. Guilhem me prit le bras.

— Sais-tu à quoi je pensais ? Sais-tu qui je suis ? Au lieu de me douloir et de prier, je pensais : « Demain, tu auras tout cela, la ville, les villages, les soldats, tout ! Tu seras le maître de Minerve, l'égal de Trencavel »... Quelle honte ! En ce moment !...

J'entendais son souffle précipité, le raclement de ses ongles sur les pierres.

— Et quelle sottise d'orgueil ! Suis-je certain de rendre à mon fils un fief intact, comme le fera mon père ? Aurai-je même un fils pour me succéder ?... Belvis, quel pressentiment m'accable tout à coup ? Je serai châtié. Ah ! ces cloches, ces cloches...

Leurs tintements emplissaient le silence étoilé.

— Tu es épuisé, Guilhem. Va te reposer.

* *Les médecins*

** *Le Brian et la Cesse, torrents qui entourent le rocher de Minerve.*

— Non ! Parle-moi.

Un pas traîna sur les dalles. Une longue silhouette s'approcha de nous.

— C'est Godafla, Guilhem... Godafla, le Parfait

Il ne bougea pas. Godafla s'assit près de lui.

— Voici la troisième tentative, commença-t-il. Mais, je vous en préviens, ce sera la dernière.

— Vous perdez votre peine. Il veut mourir dans la foi de Rome.

— Telle est votre opinion. Mais moi, serviteur de Dieu, j'ai entendu l'appel angoissé de son âme.

— Mon père refuse le Consolamentum.*

— Parce que le chanoine nous a devancés.

— Nullement. Le chanoine a attendu qu'on le convoque.

— Alors, votre père n'avait plus sa lucidité.

— Il l'avait, pleinement.

— Messire Guilhem, réfléchissons ensemble. S'il meurt inconsolé qu'arrivera-t-il ?

— Comme il a vécu, il trépasse.

— Messire, le Seigneur ne prolongera pas sans fin cette agonie. Il est plus que temps.

— Jamais il n'abjurera.

— Vous aimez votre père !

— Assez !

— Vous ne l'aimez pas au point de vous compromettre pour son salut. Vous craignez les foudres du pape et de ses légats. Périsse l'âme paternelle, mais que je sauve mes biens !

— Quel instrument cette conversion serait entre vos mains ! Quel moyen facile de retourner les hésitants, voire de faire pression sur moi : « Votre père était le soutien de notre secte. Il avait renoncé à ce que vous défendez si chèrement. » Non, Godafla ! Vous avez déjà fait trop de mal !

— Comment ?

— Ce sont vos prêches qui ont inspiré le meurtrier de Trinquetailles. Vous avez fourni au pape le prétexte qui lui manquait

— Satan parle par votre bouche.

* *Voir en fin de volume : « Contexte historique ».*

— Douces âmes que vous êtes, hormis sur le chapitre Rome ! Et qui vous contrarie, appartient à Satan !

Godafla eut un soupir douloureux.

— Messire Guilhem, encore une fois, pour l'amour de Dieu, essayez de voir votre père, de le convaincre. Il suffit qu'il se repente.

— Il suffit qu'il meure en paix.

Un peu plus tard, le gros chanoine déboucha de l'escalier, s'avança vers Guilhem, les bras ouverts :

— Victoire ! proféra-t-il avec une chaleur étrange. Il s'est éteint dans la vérité. Tu peux être fier de lui et l'invoquer à l'heure du doute. Il a dit : « S'appauvrir, mais non trahir. » Pour toi, Guilhem. S'appauvrir, mais non trahir sa foi. C'était un saint !

Le ciel blanchissait sur les crêtes. Les cloches étaient enfin muettes.

Six mois auparavant, à Trinquetailles, un écuyer de Toulouse avait transpercé de sa lance Pierre de Castelnau, légat du pape. Ce faisant, il croyait venger l'honneur de son maître, excommunié et mis plus bas que terre par cet outrecuidant. Mais l'apostole, quand il apprit ce meurtre, fut outré de douleur et de colère ; il résolut d'abattre l'hérésie et du même coup le prince rebelle. Sa foudre tonna dans toutes les chaires de la chrétienté :

« Mes frères, comme la branche pourrie doit être séparée du tronc, comme la brebis galeuse doit être retranchée du troupeau, l'hérétique d'Albigeois doit être séparé et retranché de l'humaine condition. L'hérésie qui ronge la terre de Toulouse est un péril sans équivalence, une pourriture qui menace l'arbre entier de Sainte Église, une lèpre pire que celle du corps. L'apostole Innocent* compte sur vous pour décapiter cette hydre d'hérésie... Illustres chevaliers, vous prendrez la croix de laine afin d'accroître vos mérites. Simples soudoyers, vous prendrez la croix et vos fautes vous seront remises. Par avance, absolution entière vous est octroyée. Encore plus : le saint apostole expose en proie les domaines des seigneurs félons. Ainsi, dans le même temps, vous vous augmenterez sur la terre et au ciel... »

En écoutant les prédicateurs, plus d'un qui, se rendant jadis en Terre Sainte, avaient traversé notre pays, se souvenaient de nos villes claires, de nos olivettes, de nos intérieurs fastueux, de nos femmes parées comme des châsses. L'appétit de terre se mariait en eux au désir de racheter quelque péché bien noir, ou de servir. Déjà les enclumes retentissaient dans les forges du Nord. Déjà l'on se préparait à partir pour cette joyeuse quarantaine**.

Dans le Midi, les opinions étaient divisées. Les uns ricanaient en apprenant ces préparatifs guerriers :

— Ceux du Nord se casseront les dents sur nos tours. Que peut un ramassis de haillonneux contre les hauberts de nos chevaliers ?

D'autres croyaient qu'il s'agissait là de fausses nouvelles, d'une manœuvre d'intimidation.

Bien peu prenaient l'exacte mesure du danger. De ceux-ci se trouvait le comte Raymond de Toulouse. Mais sa princière clairvoyance s'accompagnait d'un courage plus que chancelant, de sorte qu'il passait d'un extrême à l'autre et ne décidait rien. D'abord, il rechercha l'alliance de son neveu, Trencavel de Carcassonne. Alliance que Trencavel refusa par ignorance de la situation, haine de famille ou présomption folle. Alors le comte courut se jeter aux pieds du légat Arnaud-Amaury, abbé de Cîteaux. Devant le parvis de Saint-Gilles, il s'humilia jusqu'à offrir sa poitrine nue aux verges des hommes d'Eglise, en présence d'une foule immense. Et il promit d'accompagner les Croisés, de les guider dans les

* *Innocent III.*

** *Durée légale du service militaire au Moyen Age.*

domaines de Trencavel. Peut-être espérait-il, au bout de la quarantaine, rester maître des vicomtés de son neveu. En vérité il se trahissait lui-même.

Sur ces entrefaites, la Dame de Minerve, deux écuyers et quatre vieux soldats périrent dans la même semaine. L'épidémie n'alla pas plus avant. Le mire expliqua que ces hommes avaient ramené leur mal de Saint-Jean-d'Acre où, naguère, ils avaient accompagné le feu vicomte. Quant à la Dame, elle avait assez longtemps partagé la couche de son époux pour respirer le mauvais air. Sur le point de défaillir, elle fit mander Guilhem.

— Beau sire, lui dit-elle entre autres choses, vous m'êtes témoin qu'à l'imitation de votre père, je meure dans la véritable foi, et non dans cette diablerie de catharisme. Pour l'estime que je vous porte, je vous conjure de chasser ces hérétiques de votre ville. Où qu'ils aillent, sous leur apparence de charité, ils sèment le deuil et la désolation... Beau fils, veuillez me répondre. Chasserez-vous les Parfaits de Minerve ?

Elle détourna sa face qui luisait de fièvre :

— Faut-il que je trépasse dans cette angoisse de vous ?...

Lorsqu'elle reposa, mains jointes et paupières scellées, Guilhem dit :

— Hélas ! pouvais-je souscrire telle promesse ? Le peuple aime les Parfaits. Les exclure serait une dangereuse provocation. Et cependant...

Cependant les Croisés d'Innocent III se rassemblaient à Lyon. Il y avait là Eudes de Bourgogne, Hervé de Nevers, le comte de Saint-Pol et, parmi les moindres, un seigneur de l'Ile-de-France, Simon de Montfort. A la fin de juin 1209, cette armée s'ébranla, précédée du légat Arnaud-Amaury.

Elle descendit la vallée du Rhône, se reposa à Montpellier et fit irruption dans les domaines de Trencavel. Avec stupeur, on se montrait le comte Raymond de Toulouse, contre lequel cette Croisade avait été prêchée, chevauchant à côté du légat. Un vent de détresse souffla dans nos rangs. Trencavel lui-même, pour déterminé qu'il fût, sollicita son pardon, mais en vain.

Le 22 juillet, l'armée campait sur les rives de l'Orb, devant Béziers. Les chevaliers déjeunaient dans leurs pavillons, lorsque les bourgeois de la ville commirent l'imprudence de sortir afin de pourchasser les ribauds qui les provoquaient. Ils furent repoussés pêle-mêle. Les Croisés s'armèrent en hâte, accoururent. Ce leur fut un jeu de refouler hors des remparts ces marchands déguisés en soldats. Ainsi fut prise la riche cité de Béziers. Jusqu'au soir, on égorgea. Sept mille, dit-on, périrent dans l'incendie de la cathédrale dont se rompirent les voûtes : et ceux qui tentaient de se soustraire à la morsure des flammes, on les brochait.

— Tuez-les tous, aurait dit le légat. Dieu reconnaîtra les siens.

L'armée quitta ce charnier puant et, par la voie domitienne, s'avança vers le Sud, brûlant et massacrant tout sur son passage. Le peuple fuyait dans les montagnes. Les châteaux se rendaient sans combattre. Le 15 août, par trahison insigne, Carcassonne succomba. Trencavel, qui s'était sacrifié pour que l'on épargnât « ses peuples », fut enchaîné dans un cul-de-basse-fosse.

— A présent, disait-on, qui nous défendra ? Trencavel était le meilleur.

Les gens de Minerve regardaient les herses baissées de leur donjon.

— Et lui, grondaient-ils, quand est-ce qu'il se décidera ? Est-il seulement pour nous ? Pourquoi n'a-t-il pas secouru Trencavel quand il en était temps ?

Guilhem ne se hâtait point. Il flairait le vent. Au surplus

les siens avaient eu trop de démêlés avec les Trencavel pour qu'il intervînt spontanément. Il accueillait courtoisement les messagers que lui expédiait son suzerain, le roi d'Aragon ; ceux du comte de Toulouse ; et d'autres. Mais il évitait de s'engager, peut-être par habileté politique, peut-être parce qu'il n'avait pas fait son choix. Il devenait soucieux, aisément irritable. Il ne se confiait plus. L'énigme de son attitude déconcertait jusqu'à ses amis. Pis encore : l'un de ses vassaux, Giraut de Pépieux, partit à Carcassonne, devint un familier de Simon de Montfort, cet obscur, élu maître des vicomtés à la place du malheureux Trencavel.

– C'est un Romain, glapissaient les Minervois. N'a-t-il pas empêché son père et sa mère de se convertir à la vraie foi ? Il est d'intelligence avec Pépieux. Avant la fin de l'année, les loups du Nord seront ici. Ah ! l'étrange, l'étrange sire !...

Soudain, comme pointait l'hiver, Guilhem jeta le masque. Beaucoup s'étonnèrent qui n'apercevaient pas les raisons de ce changement. A la tête de ses cavaliers, on le vit descendre dans la plaine. Il s'en allait châtier les traîtres de Narbonne, coupables d'appuyer Simon dont faiblissait la puissance. Près de lui, on notait la présence de Pépieux qui, talonné par les Croisés, s'était réfugié à Minerve.

D'ailleurs, à partir de ce moment, notre cité devint l'asile des proscrits de tout poil, hérétiques ou simples croyants traqués par les moines d'Arnaud-Amaury, seigneurs dépossédés de leurs fiefs et soldats de fortune. Vinrent aussi l'oncle de Guilhem, Esquieu de Minerve et son épouse, Braïda de Cabaret, ainsi que les Parfaits et les Parfaites dont ils avaient coutume de s'entourer dans leur hôtel de Peyriac.

Et l'hiver s'écoula, violent et noir, de brefs combats meurtriers succédant aux veilles anxieuses, les feux clairs des incendies trouant çà et là nos ténèbres.

Puis l'herbe des collines et les amandiers refleurirent. Ce fut alors que tout commença réellement pour nous.

IV

LES PARFAITES DE SAINTE-COLOMBE

Notre vrai commencement fut cet après-midi de mai 1210. Guilhem, à la prière de sa tante Braïda, avait accepté d'héberger la communauté des Parfaites de Sainte-Colombe isolée dans une forêt aux confins du Minervois, donc impossible à défendre. Puisqu'il était entré dans la lutte, pouvait-il refuser ? Qu'il y eût à Minerve vingt Parfaites de plus ou de moins n'avait plus guère d'importance ! On attendait aussi Bohita, filius major de l'évêque cathare de Castres.

Guilhem m'avait envoyé, avec deux écuyers et une dizaine d'archers, au-devant de ces réfugiés, pour assurer leur protection et les guider dans ces chemins difficiles. Les hommes avaient enlevé leurs casques dont l'acier brûlait. Ils se protégeaient la tête à l'aide de carreaux d'étoffe. C'étaient des gouttes de plomb fondu qui tombaient du ciel. Les montagnes nous enserraient de toutes parts, étageant leurs pentes fauves, montrant leurs crevasses recuites par le soleil, semblables à des mauvaises plaies. Nous regardions avec envie les gorges profondes où des ruisseaux couraient sous les ombrages. La poussière soulevée par les fers de nos chevaux nous piquait les yeux. Notre route, taillée dans le roc, serpentait au ras du précipice. En cas de surprise, nous n'avions pas le choix : il fallait attaquer.

Nous descendîmes enfin dans la vallée et nous arrivâmes dans un village dont les maisons bordaient le torrent. Aucune fumée ne montait des cheminées. Les portes étaient ouvertes. Un panier avait été laissé sur la margelle d'un puits. Soudain, nous entendîmes un hurlement et, au-dessus de la murette d'un jardin, nous aperçûmes un chien d'une maigreur effrayante. Les crocs sortis, il tirait sur sa chaîne.

— En fuyant, dit un homme, ils l'auront oublié. Mais où sont-ils partis et pourquoi ?

Une flèche siffla. Le chien tomba dans l'herbe.

— Ceux de Simon sont venus, Messire. Il y a du sang sur cette fenêtre.

Je leur interdis de boire l'eau peut-être empoisonnée de ce puits. Nous reprîmes notre marche. Le chemin traversait le village, puis montait vers une petite église basse et longue sous son toit de lauzes*, comme perdue dans ces solitudes de montagne. Un bourdonnement continu venait d'en bas, du tournant derrière la colline. Je dépêchai un éclaireur :

— Ce sont ceux de Sainte-Colombe. Ils chantent.

Nous vîmes deux Parfaits dont l'un s'accrochait à son bâton, et l'autre, le plus grand, chantait à pleine gorge. Puis une vingtaine de femmes, le visage enfoui dans le capulet. Toutes étaient habillées de noir et encordées de chanvre blanc, hormis une qui était la dernière et portait un bliaut gris, galonné de rouge. Toutes avaient des sandales de cuir retenues par des lanières, sauf la fille dont brillaient les souliers fins. Toutes avaient à la main un paquet de linge serré dans un morceau de toile rayée ; mais, en plus, la fille tenait une harpe. Le Parfait interrompit son chant. Nous descendîmes de cheval. Les hommes s'agenouillèrent :

— Père Vénéré, bénissez-nous.

Le Parfait leva sa main pâle. Sa manche glissa sur un bras plus noueux qu'un cep.

— Je vous bénis, âmes en peine.

C'était Bohita, le dignitaire. Il jouissait parmi les Croyants d'une réputation insigne.

* *Larges et épaisses plaques d'ardoise.*

— Et vous, Messire, soyez remercié d'être venu. Quel tracas nous vous donnons !

Il souriait de toutes ses dents plates et jaunes. Mais un feu sombre incendiait le fond de ses prunelles. Les rides du jeûne encerclaient ses lèvres minces. Des cernes mangeaient ses joues. Je lui proposai de prendre un instant de repos.

— Nous nous reposerons à Minerve, répondit-il. Non, Messire, nous n'avons pas peur. Mais, depuis le début de la Croisade, cinq cents des nôtres ont péri. Notre évêque veut épargner la semence. Malgré notre soif de martyr, nous obéissons.

Il surprit mon regard posé sur l'inconnue en bliaut gris. Ses yeux s'assombrirent et ce fut presque brutalement qu'il me dit :

— Une de nos novices. Elle recevra sous peu le Consolamentum.

Nous prîmes leur bagage. Le convoi repartit. Je marchais entre Bohita et son diacre. Ce dernier semblait au comble de l'épuisement. Il pesait de tout son corps, à chaque pas, sur son bâton. La sueur coulait sur sa tunique. Il n'avait certes pas trente ans, mais les privations, les veilles, cette foi dévorante, l'avaient consumé. Je risquai :

— Père, il y a une place sur mon cheval.

Il secoua la tête.

A la sortie du village, Bohita reprit son cantique et le chœur des Parfaites, ses répons. Sa lourde voix caverneuse contrastait avec les voix aiguës des femmes. Je pensai aux cloches de l'interminable agonie, à la nuit derrière les créneaux. Je ne sais quelle prescience m'envahit. Je regardais ce Bohita droit comme une lance. Ces soldats qui cheminaient sans gaieté. Ces montagnes qui nous écrasaient. Cette accablante escarboucle du soleil ! Un tremblement s'empara de moi. J'eus envie de fuir. Mais je me souvins de la fille au bliaut gris. J'affectai d'avoir à donner un ordre et rejoignis l'arrière-garde. Gilles Cat disait :

— Je suis pareil à sire Guilhem. Je supporte les béguins*,

* *Les dévôts.*

mais ils m'agacent. Toujours la nuit, la tristesse, la mort. Chef-Dieu ! c'est pourtant bon de vivre !

— Parce que, ce soir, tu retrouveras ta douce entre deux draps. Et que je te tourne ! Et que je te retourne !

— C'est toi qui tiens la chandelle ?

— Hoû ! écoutez miauler le petit cat*.

Ils ricanèrent, mais à l'étouffée. La fille m'adressa un rapide sourire. Je m'approchai d'elle. Elle releva la frange de son capulet, m'offrit ses yeux semblables à des lacs dans leur couronne de feuillage tant ils avaient de clarté et de transparence : et cependant on plongeait en eux comme en une eau profonde. Ses grands cils recourbés faisaient leur ombre sur ses joues. Ses lèvres étaient des fleurs épanouies sous la rosée du matin. Pourtant ce qui dominait dans son visage, ce n'était pas l'exquise beauté, mais une douceur rayonnante : cette sorte de tendresse inhumaine que l'on prête aux anges envoyés sur la terre. Ses longues mains avaient l'éclat affaibli du montant d'ivoire de sa harpe.

Lorsque Bohita consentit à reprendre souffle, elle me dit :

— N'êtes-vous pas Michel de Cesseras ?

— Si fait, Demoiselle.

— Jadis le compagnon de Guilhem de Minerve ?

— Toujours. Puis-je savoir votre nom ?

— Vous avez donc oublié le palais de Toulouse et les jardins sur la Garonne.

Sa voix était un bruissement de feuilles, un soupir de sources, si neuve et chargée d'un tel pouvoir de caresse que je garde de cet entretien un souvenir ébloui.

— Messire, vous aviez chanté « L'ami sous l'olivier ».

— Et vous, Demoiselle, m'aviez demandé de copier le poème.

— « Sous cet olivier, j'avais un ami. Ah ! le beau temps ne peut-il revenir ? »

— Vous êtes Esclarmonde, la fille du sire de Trèbes ! Pardonnez-moi de ne vous avoir pas tout de suite reconnue.

— J'avais quinze ans, Messire. J'ai dû changer.

— En grâce, Demoiselle.

* *Jeu de mots . cat en langage occitan signifie chat.*

Nous parlâmes du palais rose du comte Raymond, des maisons roses, des remparts roses, de la Garonne que rendait plus verte le flamboiement de toutes ces briques, de la couronne du comte incrustée de rubis, de son manteau de pourpre et des troubadours qui s'étaient produits au cours de cette fête. Elle me demanda si je composais encore des chansons. Je regardais sa harpe avec insistance :

— Moi aussi, me dit-elle. Ils tolèrent ce caprice. Ils savent être patients.

« Ils », c'étaient ses maîtres, les Parfaits. Alors je m'enhardis :

— Est-il exact que vous êtes novice, que vous recevrez bientôt le Consolamentum, vous êtes si belle ?

Ses paupières battirent.

— La beauté du corps est fugitive.

— Il y a longtemps que vous êtes à Sainte-Colombe ?

— Depuis que mes parents sont morts, voilà quatre ans. Mon frère aîné me voulait instruite.

— Vous n'êtes jamais revenue à Trèbes ?

— On m'y déteste. Mon frère avait choisi cette maison pour son éloignement.

— Et vous êtes restée, malgré la guerre ?

— Je préfère le risque à la méchanceté.

— Vous vous plaisiez au milieu des Parfaites ?

— Leurs disciplines me révoltaient au début ; j'avais envie de rire, de danser, comme les autres filles. Cette envie s'est dissipée. Maintenant, j'aime les saintes femmes.

— Et vous rêvez de les imiter ?

Elle examinait, au-delà des falaises déchiquetées, des croupes rabotées par les vents, un sommet divinement bleu, et, encore au-delà, la houle des collines, l'immense tempête pétrifiée que formait notre pays. Enfin elle répondit :

— Sais-je ce que je veux ? J'ai vingt ans, Messire... Oh ! regardez l'aigle ! Là-bas ! Il s'est envolé de l'arbre !

L'aigle piquait droit sur l'horizon, le bec en avant, les ailes largement déployées. Il passa sous le soleil et fut pareil à quelque oiseau de prodige, emplumé d'or.

— L'aigle de saint Jean ! s'exclama une Parfaite. L'aigle flamboyant du seigneur Dieu ! Quel présage ! Notre cause triomphera.

Mais Esclarmonde :

— Comme il est heureux et fier !

Bohita entonna un autre cantique. Lui aussi, la vue de cet oiseau lui procurait un inexplicable réconfort. Les Parfaites lui répondaient avec plus de cœur, me semblait-il. Esclarmonde ne chantait pas. Mais ses yeux allaient d'une cime à l'autre, et plus nous avancions, plus ils luisaient.

Tout de même, lorsque nous atteignîmes la maison-forte du Bouysse, proche de Minerve, Bohita consentit à faire halte. Nous nous assîmes sous les pins. On nous apporta une cruche d'eau fraîche. Esclarmonde me tendit le gobelet :

— Devinez mes pensées, beau sire !

J'entendis son rire pour la première fois. Il était aussi pur que sa voix, aussi plaisant au cœur et à l'oreille.

— Mon enfant, demanda Bohita, quelle est cette gaieté insolite ? Es-tu si heureuse de quitter Sainte-Colombe ?

Le rire s'éteignit.

— Ce sont les chants d'oiseau, Père Vénéré...

— Vraiment ?

Nous repartîmes dans le même ordre. Mais, au bout d'un moment, Bohita nous attendit et se plaça contre Esclarmonde.

— Que tout est paisible !

— Qu'est-ce qui est paisible, mon enfant ?

— Mais cette nature, ce pays !

— Erreur, duperie de tes sens. Tout n'est en ce monde que faux-semblant, illusion et piège. L'oiseau chante, quand il est gavé d'insectes. L'homme tue son prochain. Le soleil dévore la pierre immobile et l'eau fuyante. Tout se hait et se détruit. La paix que tu convoites est ailleurs.

— Ne peut-on goûter le calme d'un instant ?

— Un instant suffit à engluer l'âme.

Je sentais que ma présence l'importunait. Il n'osait pas me congédier, mais, à plusieurs reprises, il planta son regard impérieux dans le mien. Je feignis de ne comprendre pas. J'avais le sentiment qu'une partie se jouait et que j'y tenais un rôle, au surplus sans réellement discerner lequel. Le chemin s'enfonçait au milieu des plantes épineuses, s'étrécissait jusqu'à n'être plus qu'un sentier chétif. Force me fut de céder le pas.

— Je t'observe depuis notre départ, reprit à voix basse Bohita. Ton attitude m'est un sujet d'étonnement, d'inquiétude. Les Parfaites prétendent que tu es en progrès, que ton âme ne tardera pas à donner ses fleurs. Elles s'abusent. Il y a autre chose en toi, une aspiration inavouée que trahissent tes gestes, les expressions de ton visage... Esclarmonde, écoute-moi. Tu n'ignores pas combien tu m'es chère dans l'Esprit, ce que je veux de toi ?

— Ai-je cessé de vous obéir ?

— Quand tu étais une petite fille, tu courais vers moi pour me confier tes chagrins...

Sa voix n'était plus qu'un murmure indistinct. Soudain, Esclarmonde s'emporta :

— Non, personne ! Je ne suis jamais allée à Minerve !

— Tu es comme les autres, obstinée et menteresse. Tu veux t'avilir, connaître les tribulations...

Le diacre trébucha sur les pierres roulantes, s'affaissa dans les épines. Les Parfaites se précipitèrent.

— Non, leur cria Bohita, pas vous ! Ne le touchez pas !

Ainsi l'exigeait la Règle, même en péril de mort, même s'il s'agissait d'une mère ou d'une sœur. Pareillement, Bohita repoussa-t-il l'aide impure des soldats. Ce fut lui qui releva le malade et le prit par le bras. Je revins près d'Esclarmonde. Des larmes séchaient sur ses joues. Je lui dis :

— Ce n'est pas s'avilir que de chercher à connaître.

— Laissez-moi.

— Quel mal y a-t-il à aimer la nature ?

— Elle est l'œuvre de Satan.

— A célébrer ce qui est beau ? Le rossignol, qui a reçu le don de musique, est innocent quand il chante. Ainsi de nous, troubadours.

— Tout est vanité.

Mais, quand le plateau s'inclina doucement et qu'au-dessus des cistes les oliviers frémirent, et que de son gouffre d'ombre jaillit le rocher de Minerve, l'âme lui remonta à fleur de lèvres ; elle me rendit ses yeux de songe et l'éclat de son sourire. Ces mots lui échappèrent :

— « Sa » ville...

V

V

MINERVE

Par les nuits d'orage, lorsque la terre était « une femme en gésine », disaient nos pères, la Cesse et le Brian avaient bondi de la montagne et taillé le promontoire de Minerve, l'isolant des collines par ces profondeurs vertigineuses. La ville s'enlevait, d'un jet brutal, fauve et blanche, au-dessus de leurs lits desséchés. Ses murailles crénelées, ses tours percées d'archères, ses maisons aux toits de lauzes, s'accrochaient aux parois à pic, épousaient les accidents et les contours de la roche, et pointaient vers un ciel couleur d'iris. Au nord, elle se soulevait, tel un grand vaisseau en marche vers l'Etoile. A sa proue, se dressait la masse du château, encore exhaussée par le donjon de forme barlongue et par la tour de guet bâtie à la mode sarrasine, aussi mince qu'un mât et annelée de briques. Tout en haut, flottait la bannière rouge et or de Guilhem.

Mais cette grandeur et cette véhémence s'alliaient à une simplicité quasi rustique et comme rassurante. Car, au pied de la forteresse, s'étendaient les vignes et les olivettes, les champs d'amandiers et les carrés de blé jaunissant. Tout cela posé dans la lumière ardente, dans le crissement sans fin des cigales !

Esclarmonde me questionnait :

— Combien êtes-vous ?

— Deux mille, avec les forains*. D'ordinaire, onze cents. Que de bouches à nourrir ! C'est là notre souci.

— Et vous pouvez loger tout ce monde ?

— Il y en a qui dorment à l'église. D'autres, dans les tours. D'autres, dans les caves. Nous avons des salles souterraines... Mais rassurez-vous, Demoiselle, pour vous il y aura place au château, si vous le désirez.

— Quelle est cette maison, en face, sur la colline ?

— C'est la maison des lépreux.

Nous nous engageâmes dans le routin qui menait, par une pente raide, à la porte de ville. La corne retentit sur le donjon. Des casques parurent aux créneaux. De nouveau le diacre tomba. De nouveau le filius major le releva et, le portant à demi, l'exhortant, il reprit la montée. Sous la voûte, se tenait un homme à barbe grise. Des soldats en armes l'accompagnaient.

— Et celui-ci ?

— C'est Esquieu de Minerve, l'oncle de Guilhem.

Esquieu s'avança vers Bohita. Il fit sa génuflexion. Puis :

— Père Vénéré, dit-il, je m'honore de vous recevoir au lieu et place de mon neveu. Et vous de même, saintes épouses de Dieu.

— Sire Guilhem est donc absent ? me demanda Esclarmonde.

— Il chevauche en plaine et « soigne » les félons de Narbonne.

Nous entrâmes dans l'ombre bienfaisante. Les pavés étaient si frais qu'il nous semblait baigner nos pieds dans l'eau du torrent. Les Minervois se serraient contre les murs pour nous laisser le passage. Les filles vêtues d'étoffes chatoyantes s'agenouillaient devant les Parfaites mais faisaient aux archers l'offrande de leurs sourires amoureux, de leurs longs cils. Ah ! que la guerre paraissait lointaine ! Pourtant de ces hommes noirs, aux yeux de prophètes, lequel savait que, bientôt, il faudrait redescendre cette rue, non pas au milieu de cette foule admirative, ni dans cet appareil ? Lequel

* *Réfugiés.*

savait que cette rue serait appelée « rue des Martyrs » et pourquoi ?

Esquieu nous conduisit au château qui était séparé de la ville par une cassure de rocher, et sans cour intérieure car il occupait la pointe de l'isthme. Tout de suite donc, le froid nous enveloppa, et le diacre fut pris d'une quinte de toux.

— Par ici, vous autres, disait Esquieu. Prenez garde à la marche, Père Vénéré...

Face au dais seigneurial, dans la grande salle, une table avait été dressée. Des orfèvreries étincelaient sur la nappe et sur la crédence s'épanouissaient de ces fleurs du causse qui sont pareilles à du duvet et s'agitent au moindre souffle. Une chandelle était accrochée à chacun des sept piliers qui supportaient les voûtes. Ces lueurs se reflétaient dans le dallage noir et blanc, rosissaient le crépi et rendaient plus flamboyant le soleil au fond des arcades. Esquieu servait lui-même les Parfaits. Il tranchait le pain, présentait les jarres de fruits confits et l'aiguière. Je voulus l'aider :

— Non, Cesseras, tu as fait ta part. Veille seulement à ce que tes hommes ne manquent de rien.

Les hommes se restauraient dans la salle voisine, d'épais vin rouge et de riches viandes.

J'aimais cet Esquieu. Mais qui n'aimais-je pas alors ? Il était le frère de mon bienfaiteur. Il lui ressemblait. J'aimais ses mains dont la peau ridée bleuissait sur les tendons. Elles m'enseignaient la tristesse de ce qui va finir.

— Cesseras, qui est cette jeune femme ?

Bohita ouvrit la bouche, mais je le devançai :

— Demoiselle Esclarmonde, fille de Messire de Trèbes.

Il s'inclina.

— Soyez la bienvenue, Demoiselle. J'ai souventes fois* chassé avec votre père...

Dame Braïda faisait son entrée. Il s'interrompit pour l'aller prendre par la main et la présenter au filius major. N'eût été le velours de sa robe, on l'eût prise pour une Parfaite. Elle avait la même face maigre et jaune, les mêmes cernes de jeûne, la même attitude compassée.

* *Souvent.*

Lorsque ces saints personnages eurent collationné, d'un morceau de pain et d'une gorgée d'eau, car ils avaient refusé les fruits confits, ils prirent congé. Un à un, ils sortirent derrière Godafla, chef des communautés de Minerve. Bohita se tourna vers Esclarmonde qui demeurait auprès d'Esquieu, comme si, brusquement, elle requérait protection.

— Tu es presque des nôtres, mon enfant. Tu peux venir.

— Vous êtes surchargés, dit Esquieu. Peut-être demain y en aura-t-il d'autres.

— Ses parents nous l'ont confiée, Messire.

— Je n'ai plus quinze ans !

— Je te prie de nous suivre.

— Je suis libre de mes actes !

Il se toucha le front, douloureusement :

— Quelle violence ! ... Quel est cet esprit de révolte ?... Esclarmonde, ce n'est pas toi ? Petite fille...

— Je n'irai pas avec vous.

— Tu le dois.

— Je refuse.

— Voilà ta vérité ! Voilà ce que tu me cachais ! Tu veux vivre... Eh ! bien, vis, pauvre âme. Perds ta couronne. Tu es libre en effet. Nous ne contraignons personne. Oh ! Dieu !...

— Mais Père Vénéré, intervint Esquieu, en restant ici, elle n'est pas perdue. Vous aurez licence de la visiter. Mon épouse Braïda veillera sur elle.

— Reste donc, trancha Bohita. Mais n'oublie pas ce que dit l'Ecclésiaste : « Devant toi, il y a le bien et le mal, le jour et la nuit. » N'oublie pas que Dieu t'aime et te veut.

Esclarmonde fut secouée d'une espèce de sanglot, mais elle retint ses larmes et même trouva-t-elle le courage de sourire au vieil Esquieu.

— Dame Braïda s'occupera de vous, Demoiselle. D'abord nous allons vous donner une chambre. N'est-ce pas, m'amie ? Braïda, où êtes-vous ?

La femme noire avait disparu, outrée de l'insolence de « cette créature ».

Ce fut Mariana qui se chargea d'installer Esclarmonde, qui la repeigna, rangea ses vêtements. Brave Mariana ! Depuis un an elle était devenue énorme, mais avait gardé son teint de lys et les plus belles dents de la ville. Malgré son poids, elle n'avait jamais de repos. Des chambres à l'office, elle poussait son encombrante charnure, riant, caquetant, gourmandant les servantes, bousculant les valets, voire les archers de service.

— La dernière chambre disponible, Demoiselle ! Vous avez une de ces chances ! Et ce n'est pas la plus vilaine. Tout l'après-midi, vous aurez de l'ombre. Ça compte à Minerve ! Le vieil Esquieu vous a gâtée. Il a été galant dans son temps jeune, Esquieu ! Mais, à présent, il est calmé, le diable à quatre !... Vous verrez comme on s'amuse ici. Quand sire Guilhem rentre d'expédition, c'est la fête au village ; on soupe aux flambeaux ; on carole* jusqu'à la mi-nuit, et au-delà. Ah ! sire Guilhem, c'est un vrai miroir d'homme ! La franchise aux lèvres et le cœur sur la main. Les filles le regardent comme fleur de rosier, quand il est sur son cheval blanc. Mais lui, il ne se presse pas ; il se donne le temps de choisir. Et puis ces fiefs, ces messagers d'enfer, cette mauvaise guerre, forcément, ça le tracasse. Quelquefois j'ai peine de le voir dans tout ce mouvement. Pensez : il a tout juste vingt-cinq ans... Tiens, voilà Cesseras ! Grand pendard, je crois que tu m'écoutais. Viens céans. N'est-ce pas qu'elle est belle ? C'est moi que tu veux voir peut-être ?

Quand elle riait, des outres de graisse tressautaient autour de son corps. Esclarmonde semblait heureuse.

Mais, le soir, ce fut un autre son. Les valets enlevaient la table. Nous nous étions mis aux échecs ou aux quilles. Les femmes étaient à leurs travaux d'aiguille. Esclarmonde, un peu effarouchée, se tenait à l'écart, dans une embrasure de fenêtre. Arzen l'y rejoignit. J'aperçus, au bout d'un moment qu'elle parlait avec animation, quoique très bas, cependant qu'Esclarmonde hochait la tête pensivement.

— Cesseras, attention à ton roi !

* *On danse.*

Pourquoi cet intérêt subit de la part d'Arzen ? Ces confidences ?

— Que tu es distrait, Cesseras ! Ta tour !

A la fin de la partie, Arzen s'approcha, me lança :

— Vous avez encore perdu ? Cher homme, un rien le trouble.

Elle m'adressa une révérence moqueuse.

— Je vous rends votre protégée, Messire. Elle tombe de fatigue.

J'emmenai Esclarmonde qui ne connaissait pas les aîtres. Dans l'escalier conduisant à sa chambre, elle me demanda timidement :

— Quand est-ce que sire Guilhem l'épousera ?

— Mais qui, Demoiselle ?

— Cette femme qui est son amie. Arzen. Il lui a promis le mariage ?

— Je l'ignore.

— Alors c'est un secret entre eux ?

— Possible.

— Qu'avez-vous, Messire ?

— Rien, Demoiselle. Je n'ai rien.

Elle ne pouvait savoir que j'aimais Arzen. Oh ! sans espoir, puisque celle-ci appartenait à Guilhem et que c'était lui qu'elle chérissait. Et, certes, il eût mieux valu que les choses demeurassent en l'état. Mais qui résiste aux appâts du bonheur et connaît ses lendemains ?

En bas, dans la plaine, sous la tente, les compagnons de Guilhem dormaient. Dure avait été la journée pour eux. Mais lui, ne trouvait pas le sommeil. Je sus, par un écuyer, qu'il erra dans le camp, la nuit entière, des sentinelles aux chevaux, des chariots aux trefs*, scrutant le noir où, çà et là, rougeoyaient des brasiers.

Et moi, pouvais-je dormir ? Je m'étais accoudé à la fenêtre. J'écoutais le cri plaintif des chevêches. J'interrogeais la nuit :

* *Tentes.*

MINERVE

« Etoiles amies, ce mariage se fera-t-il ? Est-elle tout à fait perdue pour moi ? »

Le tourment d'amour me tenait éveillé, car, désespérant, j'espérais encore et sans doute ma passion n'était-elle qu'inassouvissement de désir.

VI

LE BLIAUT BLANC

Le lendemain, comme je revenais des remparts du Sud où les charpentiers achevaient d'établir le hourdage*, je croisai Mariana.

— Je ne sais pas ce qu'ils ont contre elle. Ce matin, quand elle est descendue, la salle était vide. Personne pour lui tenir compagnie ! Hormis le sire Esquieu qui l'a saluée, comme il devait. On la traite en étrangère. Qu'est-ce que ça signifie ? Va chez elle, mon grand. Promène-la. Il faut qu'elle prenne de l'aplomb. Pauvrette, elle est comme une oiselle dans un chenil ! Moi, je ne puis m'occuper d'elle. Tu t'imagines, avec cette sacrée maison sur les bras ! La nourriture. La valetaille. Mariana par-ci, Mariana par-là. Et la Braïda qui chapelète du matin au soir, au lieu de donner ses ordres. Si je l'écoutais, vous boiriez de l'eau et carêmeriez douze mois de l'année. Bref, va chez la petite et tâche de la distraire. J'ai mon idée sur elle. Et puis non, les hommes sont trop bêtes. Va, mon grand...

Esclarmonde n'était pas du tout « comme une oiselle dans un chenil ». Elle me reçut avec joie, me prit les mains, me fit asseoir :

* *Construction en bois surhaussant les remparts.*

— Pardon, Messire, pour hier. J'ai parlé sans discrétion, et je vous ai blessé. Rassurez-vous...

— Comment ?

— Ne rusez pas. Mariana m'a renseignée.

— Alors ?

— Arzen m'a conté des fables. Je l'ai crue, naïvement. Mais, à votre avis, pourquoi ces fausses confidences ?

Elle avait un bliaut* blanc, serré à la taille par une large ceinture de cuir ajouré, et dont les échancrures montraient le lin plissé de sa chainse**. Ses cheveux descendaient sur son épaule gauche, en longues torsades d'un roux doré. Elle était plus précieuse que ces effigies que l'on achetait aux marchands byzantins pour orner les autels. L'eussé-je ardemment aimée que je n'aurais pas osé la prendre dans mes bras, ni même l'effleurer d'une caresse : je n'aurais su que l'adorer. L'armoire aux angles vifs, le raide lit à piliers, les murs lavés de chaux et jusqu'aux fleurs de tournesol sur le coffre bas, me semblaient embellis par sa seule présence.

De même ensuite, lorsque nous fûmes en ville, tout me parut procéder de la même rareté exquise, revêtir cette livrée de poésie. Ces ruelles si étroites qu'on pouvait se donner la main d'une fenêtre à l'autre, me semblaient plus vastes. Ces murs plus craquelés que des pâtisseries, plus ocrés que les pains de Téouli, semblaient vernis et mystérieusement vivants. Ainsi des collines qui encerclaient la ville et que la tendre lumière du matin éclairait. Les parfums qu'exhalaient les jardins invisibles, les giroflées ocellant les toits, me semblaient aussi plus violents et plus suaves. Nous rencontrions des femmes pareilles, dans leurs soieries, à des tulipes éclatantes, portant haut leur regard de tendresse et les boucles de jais de leur chevelure. Les enfants se pourchassaient avec des cris d'hirondelles, autour de nous. Innocence embaumée de ce matin-là !

— Cesseras, disait Esclarmonde, il y a donc un bonheur de vivre ?

Dans la rue principale pendaient les enseignes des bouti-

* *Vêtement de dessus, sorte de longue robe, comme on en voit aux statues d'église.*

** *Chemise.*

ques, découpées dans du fer battu : celle du heaumier sur laquelle étaient peints deux glaives croisés ; celle de Déodat Preixan, le boucher, avec un taureau aux cornes d'argent ; celle de Ricart, avec un chapeau rouge et celle de Téouli où l'on voyait une pelle et trois pains ronds. Des auvents, tout à fait comparables à des visières de casques, protégeaient ces éventaires du soleil. Chez le haumier, le marteau sonnait sur l'enclume depuis l'aube car sire Guilhem avait passé une grosse commande ; les valets de forge façonnaient des pointes de flèches qu'un apprenti entassait devant la porte. Le tranchoir du boucher frappait le chêne épais de l'étal. Le métier du tisserand cliquetait. Les bonnes gens échangeaient des bonjours, devisaient joyeusement ou disputaient sur les événements :

— Les Narbonnais méritent la leçon !

— Et s'ils s'allient à ces chiens du Nord ?

— On les recevra avec de la poix fondue. Ils engraisseront nos vignes.

— Tais-toi, compère. Ce sont des hommes

— Ce sont des chiens.

— Ils se lasseront d'être pillés et brûlés. La colère change les chiens en loups.

— C'est le risque à courir. Mais le butin que ramènent les soldats, hein ?

D'une grande maison, dans le bas de la ville, près de la seconde enceinte, s'élevaient des voix d'une pureté céleste. Les branches fleuries d'un oranger dépassaient la haute clôture. Des arcades soutenues par de fines colonnettes perçaient la façade. Au-dessus de la porte, il y avait la croix à branches égales des cathares.

— C'est ici la communauté des Parfaites, Demoiselle. Les saints Hommes habitent près de l'église.

Elle m'entraîna plus loin, voulut voir la triple poterne qui dominait le lit du Brian. Nous nous assîmes à l'ombre d'une tour.

— Vous ne dites plus rien, Cesseras ?

— Je savoure l'heure présente.

— Par crainte de l'avenir ?

— Qui sait ?
— Croyez-vous que Montfort attaquera Minerve ?
— C'est probable.
— Et les Narbonnais ?
— Ils n'osent quitter leurs murailles et se bornent à nous injurier de loin.

Des lézards se chauffaient sur les pierres. Une petite brise nous apportait des odeurs de thym, de lavande.

— Mon père disait qu'il fallait se défier des lâches.
— Que peuvent-ils ? Ce sont des marchands !
— Sauver ce qui leur reste.

Nous nous arrêtâmes à l'église qui se ramassait sur ses lourds contreforts, à faible distance du château. De ses longues mains, Esclarmonde caressa la colonne de la déesse et s'en fut vers un gisant couché dans un rai de lumière, tout contre l'autel : il figurait Bérenger de Minerve, un ancêtre de Guilhem, « fort prud'homme, mais un peu béguin », disait-on dans la famille.

— A quoi bon cette guerre, Cesseras ? Le Seigneur n'est-il pas venu pour tous ?

Elle, comme moi, et Guilhem et tant d'autres, au fond nous pensions de même. Tous, nous éprouvions, parfois à notre insu, cette oppressante et vague angoisse qui est celle des arbres, lorsque monte un orage. Nos incohérences, nos contradictions étaient pareilles aux rumeurs désordonnées de leurs sèves.

Quand nous regagnâmes le château, les convives habituels étaient attablés. Arzen souffla :

— Compliments, Messire. Elle est charmante. Mais je croyais que vous m'aimiez ?
— Je lui ai simplement montré la ville.
— Simplement ? Ses lèvres sont-elles à votre goût ?
— Arzen !
— Eh ! quoi ? Je connais ces tourterelles. Il leur tarde d'être plumées. Racontez, beau sire...

Au cours de l'après-midi, des fugitifs demandèrent asile. Et, parmi ceux-ci, un homme blessé dont la stature et le visage étaient d'un soldat. Je les reçus dans la salle aux sept piliers, à la place d'Esquieu qui devait accompagner son épouse chez les Parfaites. Je leur servis la collation, comme nous avions accoutumé de le faire. Puis je m'efforçais de les répartir entre les habitants. C'étaient pour la plupart des laboureurs issus des villages environnant Carcassonne. L'homme blessé requit de m'entretenir privément :

— Messire, je suis Cairola, natif des Corbières et chevalier. J'étais au siège de Carcassonne. Après la reddition, j'ai pris refuge dans le haut pays. Mais les Croisés nous ont donné la chasse. Lundi de cette semaine, devers Miraval, ils m'ont surpris dans mon sommeil et navré au front avant que je fusse sur pied... Messire, je ne sollicite pas un traitement de faveur, ni même un commandement. Admettez-moi dans la garnison.

Il me dit que Simon de Montfort se vengeait sur les petits et les désarmés, de ses échecs de l'hiver, qu'il convoitait les châteaux montagnards et n'attendait, pour les investir, que les renforts indispensables. Aussi que, dans la plaine, Guilhem avait des partisans insoupçonnés :

— Ils fourbissent leur glaive. Mais, isolés, ils n'osent.

Finalement, je promis d'intervenir auprès de Guilhem et je confiai l'homme à deux sergents de confiance, avec mission de l'abreuver congrûment et d'ouvrir les oreilles. Il faut croire que le vin n'a pas de prise sur certaines têtes.

Peu après, le vieil Esquieu, moitié figue, moitié raisin, vint m'annoncer que Braïda était admise à recevoir le Consolamentum.

— Ce sera pour après-demain, dans la grotte de la Cesse. Une grande cérémonie à laquelle toute la population est conviée. Ainsi en a décidé Bohita.

Et il ajouta :

— Après trente ans de vie commune, nous séparer !

Tard dans la journée, la corne ronfla sur le donjon. Des fanfares joyeuses lui répondirent. Nous courûmes aux créneaux. Déjà la foule s'assemblait sur la place de l'église et dans la rue principale. La troupe déboucha de la poterne, chevaliers ayant au poing la lance, gens de pied portant la hache ou la guisarme et précédant la file des voitures. Tous portaient le surcot écarlate, et l'écu bandé d'or des Minerve. Les filles les accompagnaient en chantant. Les adolescents, travaillés de rêves belliqueux, tenaient les arçons. Les vieux jetaient en l'air leurs bonnets et leurs chapeaux de paille. Les matrones levaient leurs nouveau-nés à bout de bras. Et, devant l'église, les Parfaits s'étaient alignés. L'un d'eux, qui était peut-être Bohita, bénissait ces hommes qui s'en revenaient de semer la destruction et la mort. Parmi les cris, les vivats, on distinguait le grincement des essieux. Les meubles de prix, les sacs de blé, les ballots d'étoffe, la vaisselle, s'empilaient dans les charrettes. En tête, sur un destrier blanc, chevauchait le vicomte Guilhem. Rouges étaient ses harnais. Rouges, le cuir de ses houseaux et le velours de son mantel. Les écailles serrées de son haubert d'Anjou scintillaient sur ses épaules. Il avait le visage nu, alors que ses cavaliers portaient le heaume percé d'une ouverture en forme de trèfle. Des plumes rouges sortaient de son casque et se recourbaient sur sa nuque. Dans la lumière du couchant, cette coiffe était comme un panache de flammes.

Une grande fille lui tendit un bouquet et prit la bride de son cheval. Nous reconnûmes Arzen. A côté de moi, Esclarmonde respirait vite.

VII

QUAND TU ENTENDRAS MARCHER SOUS LE VENT

Dans un romancero qui fut écrit à Xanthèse et dont le manuscrit enluminé se trouvait dans « le trésor » des Minerve, j'ai lu ceci :

« Lorsque deux êtres d'élection se rencontrent, il leur est impossible de résister à la tentation. Cependant leur union ne peut que demeurer stérile ; différemment, ils enfanteraient des monstres ou des génies. Mais, si elle ne se réalise pas, ils mènent une existence farouche et funèbre et leurs âmes, à travers le temps et l'espace, s'appellent. Il y a par le monde de ces infortunés qui sont l'exacte moitié l'un de l'autre, et gémissent d'être séparés, parfois sans se connaître. Mais c'est pour eux et pour ceux qui les entourent un malheur plus grand encore d'être réunis. »

Chaque fois que j'évoque la nuit du retour de Guilhem, ces visages attentifs et heureux, ces chandelles, cette procession de piliers vivement illuminés, je me souviens du romancero de Xanthèse. Avec une acuité extrême, je ressens la sorte de désespoir qui naît d'une impuissance irrémédiable. Je suis comme un témoin désarmé qui, de la rive, assiste à un naufrage : il voit la nef courir à sa perte ; il entend la chanson des matelots ; il voudrait leur porter secours, au moins les avertir ; mais les bruits de la mer étouffent ses cris. Je me dis que c'est vainement que je me tourmente et me travaille de remords. Que vainement l'homme se flatte d'être l'arbitre de sa destinée, quand il est grain de sable emporté par les tourbillons, goutte d'eau qui roule vers l'immensité indifférente et que son néant nourrit la plus tragique des présomptions.

Alors, voici la salle aux sept piliers. Au-dessus des crédences, on avait tendu deux tapisseries. Elles représentaient le départ d'Ulysse dans sa galère ornée de boucliers, et la reine Pénélope entourée de ses prétendants. Elles provenaient des pillages de la veille. La cire effilait ses pointes, grésillait dans les torchères. Des ombres remuaient sur les murs, sur les voûtes. Le vieil Esquieu était attablé devant un damier d'ivoire et d'ébène ; il poussait les paonnets* contre Giraut de Pépieux au chef frisé. Ces lumières parsemaient sa barbe d'éclats d'argent. Braïda, selon son habitude, s'était abstenue de paraître. Les Dames buvaient du grenache et du muscat, picoraient des noix confites et des amandes. Les chevaliers s'alignaient sur trois bancs à hauts dossiers, en face d'elles. Guilhem était assis sous le dais armorié, dans son fauteuil à griffes de lion. Le poing sous le menton, il écoutait. Arzen l'observait du coin de l'œil, en souriant. Mais moi qui m'étais placé un peu en retrait, le dos à la première colonne, afin de ne rien perdre de la soirée, je savais ce que valait l'aune de ce sourire. Au bout de la table, se tenait Esclarmonde, avec son petit air absent. Derrière elle, se voyait la peinture à fresque de la cheminée : Eve, notre mère, offrant à son époux la pomme, cependant que l'encourageait le serpent à tête humaine et que, sous la tiare constellée, un dieu naïf froncait les sourcils.

Péghulan récitait en pinçant délicatement les cordes de sa harpe :

Amour parfait inspire ma chanson
Plus que ne fait aucun autre savoir,
Car sans lui je ne saurais rien...
Mais il me fit d'abord trouver doux à la bouche
Ce qui me fut plus tard amer au cœur...

* *Les pions du jeu d'échecs*

Il avait un bliaut vert de pré, une chainse finement plissée, des bagues aux doigts, des boucles aux tempes. Il empestait l'essence de benjoin. C'était un troubadour de grande réputation, fort demandé par les Dames. Quand il eut achevé, il s'inclina devant Arzen avec une grâce infinie, en prenant bien soin de cambrer ses mollets de page. Tous, hormis Guilhem, l'applaudirent. Arzen se leva, vint s'asseoir aux pieds de son seigneur, sur un coussin de velours.

— Cher sire, pour ce soir, laissez de côté vos soucis. Oyez plutôt ce que dit Amour.

Une résille de perles retenait sa chevelure sombre. Ses lèvres se tendaient ainsi qu'une grenade ouverte. Sa robe scintillante s'étalait autour d'elle.

— Cher seigneur, déridez-vous. Ce Péghulan n'est-il pas admirable ? ... Et, maintenant, bel ami des Muses, quelle surprise nous réservez-vous ?

Péghulan, par calcul ou gentillesse, entama « L'ami sous l'olivier », le seul de mes poèmes qui fût acceptable, celui que je chantai naguère au palais du comte de Toulouse. Il disait si bien qu'un instant je pus me croire l'égal de Miraval ou de Bertrand de Born*. Pardonnez-moi, Messire, de transcrire ici ce pauvre objet de ma vanité :

Sous cet olivier, j'avais un ami.
Ah ! le beau temps ne peut-il revenir
Et faudra-t-il, jusqu'au bout de la vie,
Mâcher le pain rassis du souvenir ?

Le myosotis, l'arôme et le jasmin
Refleurissent chacun dans leur saison,
L'ombre partie revient sur la maison,
Mais notre bonheur est sans lendemain.
Comme l'hirondelle au soleil du soir,
Comme un nuage volant dans le ciel,
Comme l'abeille qui cherche son miel,
Nous sommes un cri, une ombre, un espoir.

* *Célèbres troubadours de langue d'Oc*

Mais le temps s'en va, le temps nous emporte.
Où est le rire des dents éclatantes,
Où sont les chants, les musiques violentes ?
Le rire est mort. Les musiques sont mortes.

Sous cet olivier, j'avais un ami,
Et il m'appelait comme l'oiseleur
Fait pour l'oiseau. Jusqu'au bout de la vie
J'entendrai sa voix, saignera mon cœur.

— Très chères, demanda Arzen, à qui donnerons-nous le prix ? Lequel sera notre roi d'amour, de Péghulan ou de Cesseras ?

Elle s'empara d'une main de Guilhem.

— Messire, dites votre opinion.

— Mais, rétorquai-je, nous sommes trois. Entendons aussi Demoiselle de Trèbes.

Arzen haussa les épaules. Je conduisis Esclarmonde devant Guilhem. Il y eut des chuchotements, parce que, à cet endroit, elle se trouvait en pleine lumière et qu'apparaissait la modestie de son vêtement. Elle n'avait que ce bliaut sans franges, ni galons, que cette ceinture de cuir ajouré. Mais n'est-ce pas le lys qu'entre toutes les fleurs on regarde le plus volontiers ? Fille-lys, elle était au milieu de nous. Et, seules, les femmes la pouvaient jalouser, car sa splendeur les éclipsait. Nous, les hommes, nous l'admirions sans réserve, même Péghulan, si attentif à sa renommée.

Il y eut l'un de ces moments où tout demeure en suspens, où le glaive s'immobilise comme sous l'effet d'un charme. De tout son corps, de toute son âme, Esclarmonde regardait ce visage étranger et cependant connu, rencontré autre part, le visage même qui hantait ses rêves, ce front aussi bombé qu'une tour sous les cheveux coupés ras, ces sourcils droits qui augmentaient la profondeur et l'énergie du regard bleu sombre — du bleu de nos nuits d'été, de la mer au crépuscule — ce menton étroit et dur, ce mélange de félinité et de hardiesse, de distinction et de force qu'était Guilhem, mon compagnon, mon presque frère. Et lui, pareillement, il la dévisageait. Que dis-je ? Il prenait possession du doux visage, du col de cygne, des yeux de songe, des mains de tendresse, de l'être adorable qui s'offrait à son investigation passionnée et que les cierges habillaient de leurs incandescences. Et je devinais quelles pensées, quelles interrogations le traversaient de leur vol rapide : « Qui est-elle en réalité ? Est-elle faite pour les caresses ou les macérations ? Cette ardeur contenue à qui s'adresse-t-elle ? »

— Sire Guilhem, dit-elle après une révérence timide, daignez agréer ce chant. Je vous le dédie.

Les chuchotements redoublèrent. Il y eut même quelques rires. Mais le regard de Guilhem s'appesantit sur les indiscrètes. La harpe égrena ses soupirs et la voix fusa, étonnamment haute et pure :

Quand tu entendras marcher sous le vent
Le seigneur de la mort,
Tu t'en iras
Sous le pommier d'Avalon
Attendre ta bien-aimée,
Afin que vos âmes étroitement enlacées
Dorment ensemble,
Éventées par les cimes,
Et qu'elles se souviennent des cieux d'autrefois.

Guilhem ne cherchait même pas à dissimuler l'émotion qui le saisissait. La flèche étincelante de l'amour s'était fichée dans son cœur. Elle n'en finissait pas de vibrer.

Alors tu connaîtras la flamme d'amour
Qui pénètre les fleurs
Et s'apaiseront tes tourments...

La voix redescendait sur la terre, devenait semblable à une eau profonde et lente. Et l'âme brûlante de Guilhem s'y désaltérait. Cette voix qui le transportait loin de Minerve, loin de nous, hors du temps, dans une île au milieu de la mer ! Une île avec des feuillages verts et des oiseaux blancs sur les rochers.

Quand tu entendras marcher sous le vent,
Des étoiles inconnues s'allumeront
Et se lèvera un autre soleil
Tout rouge...

Elle comblait l'avidité secrète de ce cœur. Elle était le pays ignoré, le royaume solaire, l'antique désir des hommes généreux. Il buvait à cette coupe de miel et d'étoiles. Il buvait le poison terrible !

Seigneur Dieu, pour l'amour de Vous,
Envoyez-moi celui qui peut m'aimer,
Afin que je sois une colombe dans sa main,
Un bouquet sur sa poitrine,
Et que je vive de son souffle
Encore un peu sur cette terre.

Tous notèrent l'expression qu'il eut en disant :

— Vous avez merveilleuse voix, Demoiselle. Mais qui est l'auteur de ce chant ?

— C'est votre servante, seigneur.

Arzen s'énervait.

— Messire, pour que le jugement soit équitable, il faudrait entendre Cesseras interpréter lui-même une de ses œuvres.

Guilhem l'écarta d'un geste, poursuivit :

— Et qui vous l'a inspiré ? Peut-on savoir ?

Elle se troubla.

— Ou quoi, Demoiselle ?

Elle balbutia :

— La vue de Minerve.

— Merci pour elle.

— Cher Guilhem, dit Arzen, sied-il de prolonger cette veille ? Vous devez être las. Laissons nos amis à leur recréance* et retirons-nous.

— Je vous y autorise.

Elle eut la maladresse d'insister :

— Nos amis garderont la charmeresse. Ils vous excuseront.

* *Divertissement*

Personne ne soufflait mot. Esquieu se caressait la barbe, Giraut de Pépieux avait son insolent rictus. Tous attendaient la fin de ce duel de langue.

— Nous la garderons ensemble, reprit Guilhem.

Une lueur verte passa dans les yeux d'Arzen, tels ces feux qui montent des branches pourries dans les forêts. Elle disparut sous la retombée prudente des paupières.

— Après tout, beau seigneur, je suis bien sotte de prendre soin de vous et de me priver d'un plaisir.

Elle emplit son verre et me le tendit :

— Contre une petite place près de vous, mon ami de cœur.

Et elle guetta l'effet de cette réflexion sur Guilhem. Mais il ne cilla même pas.

VIII

LES NARBONNAIS

La lune brillait, ronde et blanche, sur la ville. Les toits de lauze étincelaient dans cette clarté étonnamment vive. Serrés les uns contre les autres et rayonnant autour de l'église, ils ressemblaient aux alvéoles d'une ruche. Les abeilles de Minerve dormaient enfin, saoules de joie, de soleil, de fatigue. Elles avaient fini d'engranger le miel de cette journée trop brève. Mais, sur les remparts, les sentinelles veillaient, appuyées sur leurs piques ; et leurs casques coniques luisaient de loin en loin. Un prodigieux silence enveloppait toutes choses. On entendait seulement, vers le nord, l'appel discret des chevêches. Le causse était muet. Le torrent ne coulait plus depuis deux jours. Son lit de cailloux sinuait, au fond du gouffre, tel un sentier de lumière. Il n'y avait pas le plus petit souffle de brise. La bannière pendait à sa hampe en haut du donjon. Les feuillages des oliviers étaient immobiles, pareils à de gros oiseaux endormis la tête sous l'aile. Les étoiles, dans le velouté de cette nuit de mai, avaient de charmants sourires bleuâtres. Certaines poussaient hors de leur cœur des aigrettes fines comme des aiguilles. D'autres s'étaient retirées dans un nuage de brume. Les plus proches clignotaient ainsi que des lampes. La plupart se pressait sur le Chemin de Compostelle, formant une immense chevelure éclairante qui retombait derrière les monts. L'air embaumait, car dans les ténèbres les fleurs s'enhardissent et s'enivrent l'une l'autre. Mais sur toutes les odeurs prédominait celle des giroflées.

Je rentrais de ma ronde, m'attardais dans le hourd. J'aimais cette heure avancée où la terre oublie les hommes, où l'esprit attentif peut surprendre ses secrets. Je n'avais pas oublié les leçons de mon maître sarrasinois. Je pouvais encore donner leurs noms aux étoiles. Je tirais de ces moments contemplatifs un étrange sentiment de liberté ; l'impression de n'être plus Michel de Cesseras, mais de participer au grand rythme de l'univers. Sans doute portais-je en moi ce désir informulé d'une vie plus exaltante, d'une solitude remplie de l'Unique Présence, et que j'ai cru atteindre en me faisant Templier, mais que je cherche encore en dépit de vos soins, Messire. Ai-je même progressé depuis cette époque ? Cette virginité de l'âme, cette joie de contempler, cette confiance, je les ai perdues.

Mais il était dit que cette nuit de mai ne serait pas semblable aux précédentes, que je n'irai pas me mettre au lit, l'âme rassérénée par les astres. D'abord la garde fut relevée. Elle remonta jusqu'au château par la rue principale. Mais l'un des soldats se détacha du groupe, enjamba prestement le muret d'un jardin. Une ombre se découpa sur une façade illuminée, allongea ses bras minces, renversa son visage, s'appuya contre le corselet brillant du soldat. Bouches mêlées, ils disparurent dans le noir d'une porte.

— Bonsoir Gilles, cria quelqu'un. La nuit douce !

Des rires fusèrent.

« Il y a le silence des étoiles, et il y a cela. Le tremblement des caresses données et reçues, le mouillé d'une bouche, la blessure profonde d'une chair aimée. Il y a les brûlures glacées de l'esprit et les délices foisonnantes du corps. Cela dont je me sèvre, par orgueil ou par timidité, et qui est la chaleur de la vie. »

Et ce fut à Arzen que je pensai. Arzen que j'avais laissée à sa colère ou à sa peine ! Lorsque les invités s'étaient retirés, elle avait attendu Guilhem, à son habitude. Il l'avait saluée comme s'il se fût agi de n'importe laquelle des nôtres. Elle avait pâli sous l'affront.

— Cesseras, veuillez m'accompagner, puisque le sire est retenu.

Elle avait pris rageusement mon bras.

— Cesseras, entrez chez moi. Un instant !

Mais le rôle de consolateur me déplaisait. A dire vrai, dans ma maladresse d'amoureux transi ou dans mon inexpérience, je ne savais quelle contenance adopter. Et la porte avait claqué sur mes talons...

— Est-ce vous, Cesseras ?

Une main touchait mon coude.

— Cher Cesseras, ne soyez pas fâché.

Son visage se levait vers la lune. Son regard filtrait sous ses paupières à demi closes. Une ombre bleue soulignait l'ourlet de ses lèvres.

— Venez, mon cœur. Par ici. Au bout de la galerie... Vous les voyez ?

Esclarmonde et Guilhem étaient assis sur le banc au pied de la tour de guet. Devant eux, la harpe paraissait taillée dans un bloc d'or pur. Voix de Guilhem :

— Je veux encore ce chant.

— Jamais plus je ne le chanterai, répondit Esclarmonde.

— Pour Minerve ! Elle vous écoute de toutes ses pierres !

— C'est à vous que je l'ai dédié.

— De grâce...

Et ce fut de nouveau cette indicible musique :

Quand tu entendras marcher sous le vent
Le seigneur de la mort,
Tu t'en iras
Sous le pommier d'Avalon
Attendre ta bien-aimée...

Ces paroles-fleurs qui s'épanouissaient sous les gemmes du ciel et montaient plus haut que la plus haute étoile !

Envoyez-moi celui qui peut m'aimer,
Afin que je sois une colombe dans sa main,
Un bouquet sur sa poitrine,
Et que je vive de son souffle
Encore un peu sur cette terre.

— Que dis-tu de « la colombe », cher cœur ? susurra Arzen.

Ses ongles entraient dans ma paume.

— Il n'y a pas de doute. Ils se connaissaient déjà. Ce sont des amants qui se retrouvent.

Elle me tira par la manche.

— C'est mieux ainsi, reprit-elle. Il me facilite les choses. Mais oui, Cesseras. Oui ! Je ne pouvais le détacher de moi.

— Le détacher ?

— C'est une brute. Il prend une femme comme on mord dans un fruit, et recrache les pépins. Il n'a pas loisir d'être tendre. Ses travaux l'absorbent. Jamais une attention délicate ! Jamais une vraie pensée amoureuse, hormis quand il me besognait, et encore !

— Arzen !

— C'était à lui qu'il pensait d'abord, à son plaisir. Ce qu'il préfère, c'est humilier, avilir. Comprends-tu ? Après, il se détourne. Au début, je croyais qu'il dormait, enfin repu. Non, le cher homme ne dormait pas ! Il réfléchissait. L'amour lui avait éclairci les idées. Je surprenais ses yeux de hibou, grands ouverts...

— Je vous en prie.

— Oh ! ne sois pas stupide ! Voilà deux semaines que je le déteste. Un soir, il me caressait, distraitement. Il s'est arrêté. J'ai gémi. Il a recommencé. Mais, quand déjà j'étais affolée par ces mains qu'il a, au moment où j'embrassais son épaule nue, il s'est levé. Je lui ai dit : « Guilhem, où êtes-vous ? » Il n'a même pas daigné me répondre. Tu m'écoutes ?

— Hélas !

— Pourquoi « hélas » ?

— Vous souffrez et vous me faites souffrir.

— Je ne souffre pas, puisque, maintenant, j'en aime un autre.

Elle plaqua ses seins durs contre ma poitrine, me baisa le menton. Ses lèvres étaient humides. La lune vernissait le fil de ses dents. Les étoiles scintillaient au fond de ses yeux.

— Embrasse-moi, soupirait-elle.

Ses bras se fermèrent sur ma nuque. Je fus comme assommé par la joie furieuse qui m'envahissait. Arzen s'écarta :

— Toi, tu sauras m'aimer. Tu m'aimes. Viens...

Je la retins.

— Guilhem est mon ami.

— Et moi, que suis-je ?

Qui était-elle en effet ? D'où venait-elle ? Quel était son nom véritable ? Au milieu de l'hiver noir, elle avait obtenu asile à Minerve et, par ses intrigues, elle était parvenue à se glisser dans l'entourage de Guilhem. Mais Esclarmonde agissait-elle différemment ?

— Tu hésites ?

— Certes.

— Lui, se souciait-il de tes sentiments quand il m'a prise ? Et, ce soir, t'a-t-il demandé licence d'emmener Esclarmonde ?

— Elle ne m'est rien.

— Eh bien !

« Laisse-la ! Laisse-la ! » hurlait en moi un ange au comble de l'angoisse. « Elle ment. Ses lèvres mentent. Son corps ment. Elle a faim d'amour, non de toi. Elle veut se venger. Souviens toi d'Eve et de la pomme. C'est toujours la même histoire. »

— Tu te méfies, Cesseras ? Tu crois que je te fermerai ma porte ? M'aimes-tu ?

— Depuis le premier jour, vous le savez.

— Enfin ! Il a dit le mot ! Viens, Michel... Viens... Que ce soit notre nuit...

Je la suivis. Tout était déjà perdu. La machine était en mouvement. Rien, ni les sacrifices, ni le repentir, ni les prières, ni l'amour, ni la mort, n'étaient capables de l'arrêter.

Sous les murs de Narbonne, les habitants erraient par les vergers. Ils avaient vu les cavaliers de Minerve se retraire vers les montagnes, mais ils redoutaient quelque ruse et s'entouraient d'archers le doigt sur la corde. Balançant leurs lanternes, ils allaient parmi les troncs essartés, se penchaient sur les cadavres d'hommes et de chevaux. Des restes d'incendies pointillaient l'horizon. L'âcreur de la fumée échauffait leurs narines. A leur approche, un destrier redressa le col et hennit ; puis ses mâchoires retombèrent et ses yeux voilés s'inclinèrent vers le monceau d'entrailles gluantes qui se dévidaient de son ventre. Un autre, renversé sur le dos, agita ses pattes sanglantes dans un spasme d'agonie. Une jument caparaçonnée de vert allongeait sa tête morte près de celle de son maître, les naseaux retroussés par un rictus de douleur. Quant aux hommes, le col tranché, les gantelets crispés sur leurs blessures béantes, le casque enfoncé, le torse percé d'une flèche, les membres décollés par la hache, ils gisaient à l'épars, dans la pose grotesque ou tragique où leurs âmes les avaient abandonnés. Sur eux, des amis, des parents abaissaient leurs lanternes.

— Pourquoi, gémissaient quelques-uns, ont-ils tenté cette sortie ? Ils n'étaient pas en force. Est-ce qu'on peut résister à ces loups de là-haut ?

Une femme criait, attachée au corps d'un chevalier :

— Mon Joris... mon Joris... Lève-toi... C'est moi... Moi... Azalis...

— Que le diable emporte ce Minerve, gronda un soldat.

— Oui, que les corbeaux lui mangent les yeux !

— Je le châtrerai de ma main.

— On l'attirera dans les faubourgs et, tranquillement, on te les massacrera, lui et sa bande.

— Non, on le livrera à Montfort. Les moines le brûleront en place publique.

Certains s'en retournaient vers Narbonne, portant des civières. Les lanternes éclairaient les pans des linceuls dont on avait enveloppé les morts.

— Charognards ! Oh ! charognards des montagnes !

Devant l'une des plus riches maisons de la ville, près de l'échevinage, il y avait foule assemblée. Le fils d'un notable avait été tué au cours de cette sortie désespérée. Il était étendu entre deux rangées de cierges, dans la salle du rez-de-chaussée. On l'avait habillé d'un surcot neuf pour cacher la blessure par laquelle sa force s'était enfuie. Mais le sang brunissait les broderies et dégouttait sur le lit d'apparat. Les pleureuses entrèrent en file, le capulet sur les yeux, les mains dans les plis de leurs longues robes noires. Quand elles entamèrent leurs cris, une femme hurla :

— Taisez-vous ! Partez d'ici !

Un gros consul, dans sa tunique rouge, intervint :

— Mais, femme, c'est l'usage.

— Alors que toute la ville le vienne pleurer, et non seulement celles-ci que l'on paie. C'est pour toute la ville qu'il est mort !

— Sois raisonnable.

— Vous l'entendez ? Raisonnable ! Elle brandit un débris de lance rouge et or.

— Et ça, est-ce raisonnable ? Tu sais ce que c'est ? C'est le morceau de lance qu'on a retiré de sa poitrine.

Le consul renifla.

— C'est la lance de Guilhem de Minerve !

— Je prends part à ta peine.

— Je te dis que c'est la lance de Guilhem de Minerve !

— La mort ne choisit pas.

— Si ! Les braves. Les lâches survivent. Tous, incapables de décider, de risquer ! Mais moi, j'irai trouver l'évêque et votre Aymeri*. J'irai au Conseil. Je dirai : « Vengez mon fils ! Abattez le meurtrier. Qu'il pourrisse ! Qu'il se vide sous les épées ! » Je leur dirai...

On vint quérir le gros consul. Les trompettes sonnèrent. Les fenêtres de l'échevinage restèrent éclairées une partie de la nuit. A l'aube, deux de nos hommes quittèrent la ville.

Moi, je dormais entre les bras d'Arzen, le front dans ses cheveux, ses lèvres sur ma joue.

* *Aymeri, vicomte de Narbonne. Concurremment avec l'évêque et les capitouls élus, il administrait la ville.*

IX

FONTAINE-LUMIÈRE

Encore ce mardi, vingt-cinquième de mai ! La grâce d'une journée de bonheur ! La joie de notre dernière chasse dans les fourrés de Minerve, d'un dernier jour de printemps avant l'angoisse de l'été ! O Dieu ! quelle puissance de nostalgie un tel souvenir peut avoir sur une âme obscurcie, quelle soudaine clarté dans ce crépuscule ! Et qu'avons-nous fait, Guilhem et moi, pour être punis de la sorte, ou bien est-ce que la jeunesse est toujours punie de manière ou d'autre ?

C'était l'après-midi. Des risées de vent éparpillaient les pétales dans l'herbe reverdie. Sur le sable du ruisseau, les amandiers courbaient leurs branches roses. Le ciel était un étendard d'espérance. Au zénith errait une dentelle de nuages, poussière de neige sur poussière d'azur. Et le soleil, dans son alacrité de jeune dieu, se penchait sur la terre, comme si c'eût été son épousée de la veille, timide encore, voilant ses charmes. L'alouette, portée par ses ailes rapides, montait vers lui, folle petite âme d'amour, folle petite flamme enivrée. Les cigales frottaient frénétiquement leurs élytres. Les feuilles vivantes des oliviers, émues par ces caresses de brise, rendaient grâce à leur façon qui était de froissements, de soupirs légers. Les oiseaux, d'arbre en arbre, menaient leur concert. Mais, pour ouïr le solo du rossignol, ils savaient se taire et nous apercevions leurs têtes inclinées et le diamant de leur œil dans les fleurs.

Esclarmonde était entre nous, sur une jument mouchetée dont Guilhem lui avait fait présent. Il lui avait aussi donné ce bliaut de soie jaune et ce mantel* bordé de fourrures rares. Ce même matin, de sa part, je lui avais porté le faucon bleu. Or, dans le langage du pays heureux, et de la courtoisie, cela signifiait :

« Je vous proclame reine. Vous êtes la plus belle à mon gré. Daignez accepter, avec cet oiseau, mon sincère amour, car je vous offre l'un et l'autre. »

Elle tenait l'oiseau sur son poing fermé, le gant sous les serres. Derrière nous, les chevaux de l'escorte tapaient du sabot.

— Cesseras n'est guère parlant, aujourd'hui, plaisanta Guilhem. Il préfère écouter et faire son profit.

Je tressaillis. Ma pensée était ailleurs. Non dans ce sentier du Bouysse, mais dans la chambre au bord du causse, dans le lit aux draps fripés. Je regrettais qu'Arzen ne nous eût pas accompagnés. Guilhem ne l'en avait pas priée : ce qui était assez clair. Cependant j'avais presque honte d'avoir cédé à la tentation. Il me semblait que le parfum d'Arzen, les baisers, les morsures d'Arzen, ses caresses de femme experte, se lisaient sur mon visage. J'étais comme un voleur craintif et pourtant radieux de son aubaine.

— Cesseras est las, dit Esclarmonde. Vous le faites veiller trop tard.

— Non. Il a les yeux mâchés de quelqu'un qui rêve amoureusement.

— Défendez-vous, ami.

— J'aime mieux avouer.

— Qui est-ce ? Je la connais ?

— J'ai promis le secret.

— Nous n'insistons pas.

Mais, par deux fois, mes yeux rencontrèrent son vif regard bleu sombre qui m'étudiait. Tout à coup, il décapuchonna le

* *Cape.*

faucon, le prit sur son poing, siffla. L'oiseau ouvrit les ailes, fondit tel un dard brillant vers le ciel.

— Regardez, amie ! Regardez !

Il eut son rire cruel. Sa main gantée pressait le bras d'Esclarmonde.

— Il a gagné ! Il descend ! Le démon...

L'oiseau piqua vers nous, se posa sur son poing, cependant qu'une tourterelle sanglante s'abattait à nos pieds. Guilhem la ramassa, la tendit à l'oiseau qui détourna son bec crochu.

— Quel dédain ! Aussitôt conquise, il lâche sa proie.

— C'est un seigneur, murmura Esclarmonde.

Elle prit la tourterelle morte. Poursuivit :

— Il est comme vous.

— Comme moi ?

— Ce qu'il a conquis, il le rejette.

— Qu'est-ce à dire ?

Elle caressait le poitrail tiède de l'oiseau. Ses beaux yeux s'embuaient.

— Il tue pour tuer.

— Selon sa race. Cela l'innocente.

— Pourquoi tuer ? Cette tourterelle chantait au lever du soleil. Elle était probablement heureuse. Et la voici.

— Que vous êtes sensible !

— Ou stupide. Qu'est-ce qu'une tourterelle, Guilhem ? Une bête. Mais les bêtes se réjouissent. Elles souffrent. Elles ont une âme et un cœur. Si petites et insignifiantes soient-elles, à cause de cela, nous n'avons pas le droit de les détruire.

— Ainsi parlent les Parfaits.

— Il y a un grand mystère chez les bêtes...

Guilhem remit le faucon à un écuyer, se déganta. Nous arrivions au Bouysse. Il dit :

— Restez là, vous autres.

— Sire...

— Il n'y a pas de danger. En attendant, faites-vous donner du boire. Viens, Cesseras.

L'homme du Bouysse accourut, une longue épée lui battant les mollets.

— Je bénis ce jour, sire Guilhem !

— Que se passe-t-il donc ?

— J'ai du vilain à vous montrer. Il faut, seigneur, que vous voyiez de vos propres yeux pour croire.

— Je verrai au retour.

Nous nous enfonçâmes dans ce bois qui était de hêtres et de sapins noirs, de ramures si denses qu'elles séparaient en flèches le soleil et qu'une mousse épaisse recouvrait le sentier.

— Sire Guilhem, pourquoi avez-vous déçu ce malheureux ?

— Je sais ce qu'il a à me dire. Tous ceux des domaines autour de Minerve ont les mêmes plaintes : des hommes rôdent dans le causse, pillent les fermes isolées. Certains prennent la croix, pour égarer l'opinion. Il veut me demander de lui prêter des archers et un sergent. Je refuserai. L'heure n'est pas de disperser son monde. Parlons d'autre chose...

Une chouette effrayée se détacha d'une enfourchure, rasa nos chevaux.

— Je crois que je vous ai déplu, seigneur.

— Nullement.

— Si. Vous preniez plaisir à chasser.

— Davantage à vous entendre.

— Pardonnez ma gaucherie. J'ai si longtemps vécu à Sainte-Colombe, loin de tout, que j'ai oublié les usages.

— Au moins n'avez-vous pas appris à mentir.

— Je veux que vous sachiez... Non, c'est sans importance...

— Parlez librement.

— Dans le monde, je me sens parfois comme en exil, comme vendue en terre étrangère.

— Cela m'arrive aussi.

— Je rêve d'un pays où les hommes et les bêtes s'aimeraient fraternellement. On appellerait le renard, et il sortirait de son repaire. L'ours des montagnes jouerait avec les enfants de la plaine. Et personne ne couperait les fleurs... Je suis puérile, n'est-ce pas ?

— Adorable, seulement...

Ils oubliaient ma présence. Ils retombaient dans leur enchantement de la veille. Amour nouait autour d'eux ses lacs plus serrés que les branches de la hêtraie. Ils ne se défiaient pas de lui. Ils ne se défiaient, ni ne s'apercevaient de rien. Ni que leurs genoux se touchaient. Ni que leurs chevaux s'étaient arrêtés afin de brouter l'herbe fraîche. Et le pays qu'elle s'efforçait de décrire, c'était toujours le même, celui de son poème, celui où l'on entend « marcher sous le vent », le sourire de l'île au milieu de la mer.

Une médaille luisait sur la gorge d'Esclarmonde, retenue par une mince chaîne. Il demanda :

— Quelle est cette médaille ?

— Vous ne la reconnaissez pas ? C'est la Minerve que vous m'avez donnée à Toulouse voilà cinq ans.

— Je me souviens.

Elle eut un rire menu :

— Vous vous souvenez de l'enfant que j'étais ?

— De l'adolescente. Vous aviez déjà vos cheveux dorés. C'était au mariage du comte Raymond. Tandis que je dansais, vous parliez à Cesseras. Je me suis approché et...

— Vous m'avez dit : « Demoiselle — alors que l'on m'appelait encore " petite " — Demoiselle, vous êtes triste ! Il ne faut pas. Le soleil brille pour tout le monde. Demain, ce sera pour vous. Prenez part à la fête. »

— Tu étais déjà très belle, tu sais...

Elle ne remarqua pas qu'il l'avait tutoyée. Les mots qu'ils prononçaient n'avaient ni force, ni importance. Ce n'étaient que les rumeurs de leurs âmes haletantes, qu'un écho affaibli.

— Et le lendemain, je me suis levée devant l'aube, pour ne pas vous manquer. Lorsque vous êtes sorti du palais, en compagnie de Cesseras...

— Tu es apparue. « Voilà ma petite colombe de tristesse », ai-je dit.

— Et moi : « Je vous souhaite un bon voyage, Messire Guilhem. »

— Et j'ai détaché la médaille de mon manteau... N'est-il pas extraordinaire que nous soyons de nouveau réunis ?

Les chevaux nous portèrent dans une clairière pleine de cigales.

— Cette médaille, elle ne m'a jamais quittée. Même chez les Parfaites de Sainte-Colombe.

Le bois, clairsemé, s'étirait sur un éperon qui dominait le

causse, l'immense nappe de cistes que perçaient les crocs blancs de la roche. Vers le sud, en contrebas, s'entassaient les toits aigus de Minerve. Ce fut là qu'ils mirent pied à terre.

— Vous allez sourire, je dormais avec elle et la déesse imprimait sa marque sur mon cou. Lorsque je priais Dieu de vous protéger de male blessure, je la regardais. Et quand des losengiers* étaient hébergés à Sainte-Colombe et répandaient sur vous leurs calomnies, j'interrogeais la médaille, naïvement, et lui demandais le courage de croire en vous.

— En moi ?

Il se retourna, m'adressa un petit signe. Je m'éloignais tout réjoui par la tournure que prenaient les événements. Mes scrupules s'étaient dissipés. Je pouvais me repaître à loisir de mes souvenirs nocturnes, chérir paisiblement Arzen, nous promettre mille folies pour les jours à venir. Eux, là-haut, sous le pin, ils parlaient, assis épaule contre épaule.

Près de l'endroit que l'on nommait Fontaine-Lumière, à cause d'une source qui était, sous les ombrages, plus lumineuse qu'une opale, tout contre la maison, je retrouvai l'escorte. L'homme du Bouysse se précipita :

— Vous, chevalier, vous m'écouterez. Et vous le répéterez à sire Guilhem. N'est-ce pas ?

Il m'emmena derrière la fontaine. Dans un trou de feuillage, à la branche maîtresse d'un chêne, pendait un gros fruit noir. La croix de laine rouge s'étalait sur sa poitrine. Les corbeaux avaient déjà becqueté ses mains nues, sa face, et vidé ses orbites. Les vers fourmillaient sous les mailles de son haubert.

Celui-ci n'était pas un brigandier travesti en Croisé ; il avait trop bonne armure et portait des éperons d'argent.

— Un de Simon de Montfort, pour sûr, gronda l'homme avec une expression de haine et de crainte mêlées. Un éclaireur. Il s'était risqué de nuit jusqu'au Bouysse. Il a dû se

* *Les médisants.*

perdre dans le bois. Mes valets l'ont surpris pendant qu'il dormait.

— Il fallait le conduire à Minerve.

— Ils l'ont pendu, avant de me prévenir. Ce n'est pas tout. On a relevé des empreintes sur la route, et trouvé des pierres noircies dans le causse. Il y en a d'autres ! Ils se cachent pendant le jour. Si vous pouviez m'envoyer une paire d'archers et un bon sergent...

X

LE CONSOLAMENTUM

— Au commencement des commencements, seul, régnait le Père du Bien, l'Engendreur de Lumière. Imaginez un soleil mille fois plus ardent que l'astre du jour, mille fois plus bénéfique ! Ce ne serait qu'un grain de mil auprès du soleil de Dieu : un grain de cendre froide devant Sa Face d'Or ! Notre Père était le cœur de ce rayonnement. Il était le noyau de ce brasier immense. Alors, pauvres âmes, il n'y avait nulle ombre, nul péché, nulle souffrance. Cette coupure dans l'éternité que sont notre histoire et notre épreuve misérables, n'existait pas encore...

Ainsi prêchait Bohita, debout sur un quartier de roche, dans le lit souterrain de la Cesse, au milieu d'une foule serrée. Quasi toute la population de la ville s'était rassemblée dans cette grotte gigantesque. Mais aussi les habitants des domaines voisins, ceux des Alibères, du Bouysse, du Vieux-Minerve. Il en était même venu de plus loin, des villages cachés dans la montagne, tant la présence du filius major et la perspective de l'entendre séduisaient les esprits.

— Mes frères, de même que la fleur s'ouvre à la rosée céleste, je vous conjure d'ouvrir vos âmes à la vraie parole !... Aux origines donc, rayonnait ce Dieu solitaire. Solitaire, et cependant formé de trois personnes consubstantiellement liées, quoique distinctes. Et cette Trinité, nous la devons nommer Amour, car c'est l'Amour Divin qui unissait au Père, le Fils et l'Esprit Saint...

Douze hautes chandelles de cire étaient portées par des Parfaits qui se tenaient en demi-cercle autour d'un petit autel recouvert d'une nappe blanche. Au centre de cette blancheur reposait un livre à ais de bois*. De loin en loin, des torches illuminaient les parois de la grotte. Des pendeloques de pierre, des monstres grimaçants, des arcs sortaient de l'ombre, figurant les tentures, les statues, les voûtes de cette cathédrale sous la terre et ajoutant au mystère angoissant de la cérémonie. Au-dessus des douze lueurs des cierges, on apercevait une infinité de dents aiguës, de rides blanches dont se détachaient des gouttes d'eau.

— Ce qui devait être l'Univers, continuait Bohita, n'était qu'une masse informe et muette. Alors le Verbe clama : « Que la lumière soit ! » Et, docilement, la lumière se sépara des ténèbres ; puis l'eau, du firmament. Ensuite le Père Céleste créa les idées futures. L'idée de la terre et l'idée de la mer. L'idée du premier brin d'herbe, né de la première humidité. L'idée des forêts, l'idée de l'homme... Retenez ces paroles, mes frères, et méditez-les... Efforcez-vous de redevenir semblables à votre aïeul originel, parcelle et reflet de son Créateur, ange de clarté, multiple et unique. M'entendez-vous ? Adam, votre aïeul, était une multitude d'âmes adorantes, de flammes vives, réparties entre les douze demeures du Zodiaque. Et c'est pour rappeler ces douze demeures initiales que nos Parfaits portent ces douze cierges et que notre croix cathare, inscrite dans le disque solaire, possède quatre bras ornés chacun de trois perles précieuses. Car la sollicitude du Dieu d'Amour s'étend à tous les peuples, à tous les hommes de la terre...

Braïda de Minerve était agenouillée au milieu des Parfaits. Esquieu se tenait près d'elle, tête nue. Derrière eux, il y avait Esclarmonde et Guilhem, les gens de sa Maison, ses principaux officiers, ses écuyers, des seigneurs de la vicomté, des faïdits**, leurs familles, et moi, Cesseras. Dans notre groupe,

* *Reliure de bois.*

** *Seigneurs languedociens dépossédés par les Croisés.*

les épaulières d'acier, les corselets de macles cousues jouxtaient le velours des robes, les collets de martre ou de vair ; les fourreaux de nos glaives, les hanches douces de nos amies. Nos relans de cuir et de graisse d'armes se mêlaient aux parfums de ces têtes bouclées, de ces gorges trop blanches. Sur l'ordre de Guilhem, certains avaient endossé le haubert. Des archers gardaient les entrées de la grotte et la foule se frangeait de piques. Cet appareil guerrier, ces femmes gracieuses, ces paysans en extase, ces Parfaits en prière, ces torches et ces chandelles striant l'obscurité, composaient le plus étrange spectacle qui se pût concevoir. C'était le visage secret de notre pays.

— Hélas ! s'écriait Bohita, Sathanaël sentait lever en lui le ferment de l'orgueil. Il était jaloux de l'omnipotence divine. Il rêvait de s'asseoir sur le trône du Père ! Par ses promesses, il lui fut aisé d'abuser les anges innocents. Et Dieu permit cette trahison. Certes, voilà un grand mystère ! Il permit au mal de prendre naissance. Pourquoi ? Parce que des tourments et des détresses qui devaient résulter de cette révolte des anges, nos âmes sortiraient embellies. Pour nous donner l'occasion d'acquérir un supplément d'âme ! Sathanaël s'approchait du trône, étonné du silence de Dieu. Soudain l'archange Mikhaël* et ses milices fondirent sur lui, l'épée haute et le précipitèrent dans le monde inférieur. Dans sa chute, il entraîna Lucifer, son lieutenant, et les anges rebelles : le tiers des anges, répartis en sept queues, comme il y a sept péchés capitaux. Alors Sathanaël modela la terre pour y établir son règne, modela les corps pour y accueillir les âmes mises à l'épreuve, substituant le mal au bien et sa face horrible au Visage du Père...

Sa voix profonde résonnait sous la voûte et l'écho nous revenait, amplifié par une demi-lieue de montagne creuse, menaçant, énorme, comme si cette voix eût été le gémissement de toute la terre humiliée par le mauvais ange. Pépieux susurrait à l'oreille de sa voisine, plongeant un regard de concupiscence dans l'échancrure du corsage. Esquieu fixait la nuque grise de Braïda, encore pour un instant sa femme. Guilhem observait Esclarmonde.

* *Saint-Michel.*

— Aux hommes à naître, il avait montré les fastueux édifices qu'ils habiteraient, la gloire, la puissance, la richesse, qui seraient les leurs, les plaisirs qui récompenseraient leur soumission. Et les âmes ignorantes commençaient de tomber, telles les feuilles d'automne désertées par la sève...

Les yeux clos, les lèvres entr'ouvertes, Esclarmonde buvait le prêche de Bohita.

— Pourtant Sathanaël a dit au Père : « Accorde-moi le temps, encore un peu de temps, et je te rendrai toute chose. » Que signifient ces paroles obscures ? Elles signifient qu'un jour ces âmes déchues, toutes ces âmes ! seront sauvées, qu'elles recouvreront leur éclat et réintégreront les demeures. Les ténèbres se dissiperont enfin. Les âges seront révolus... Ce sera peut-être demain. Peut-être lorsque ces pierres seront usées. Mais pour vous, Croyants, si vous en avez le désir, ce peut être aujourd'hui...

Arzen était restée dans sa chambre. Elle m'avait déclaré : « N'insiste pas, cher cœur. Je suis lasse. Hier, tu m'as brisée. D'ailleurs il vaut mieux tenir secrète notre liaison, pour le moment. » Pourquoi fuyait-elle ces pieuses réunions ? Elle avait ajouté en me donnant ses lèvres : « Je me reposerai en t'attendant. Va, remplis ton office, mon démon. Va vite ! »

— Car le Père, reprit Bohita, est impatient de vous presser sur sa poitrine, comme autant de voyageurs fatigués, de fils prodigues ! C'est en raison de cette impatience qu'Il nous envoya son Fils né de la femme sans tache. Or Jésus initia douze apôtres. Et ceux-ci instruisirent des disciples. Jusqu'à nous, les Bons Hommes se sont succédé. Ils sont les seuls à pouvoir briser vos chaînes, en vous conférant le Baptême selon l'Esprit, notre Consolamentum !...

Guilhem prit la main d'Esclarmonde. Elle le repoussa doucement, s'écarta de lui.

— Si tu veux être Parfait, va, vends ce que tu as, disait Jésus, donne-le aux pauvres et tu auras un trésor dans le ciel. Car la vraie religion n'a que faire des temples de marbre, des chasubles et des crosses dorées ! Elle n'est avide que de pauvreté, de charité et d'amour. Elle n'a d'autre rôle que de consoler les âmes en péril, que d'effacer les fausses craintes, les fausses délices, au profit de l'unique espérance. Hors de cette mission, une église n'est que forfaiture et synagogue de Satan..

Mon maître Gaucelin, je relis avec une stupeur douloureuse, ce paragraphe où j'ai transcrit, comme malgré moi, cette genèse répandue par les cathares, et jusqu'aux mots dont ils se servaient pour désigner l'Église de Rome : « Synagogue de Satan », afin d'activer nos haines partisanes. Hélas ! j'aurais trop mangé de ce pain pour en oublier de si tôt le goût ! Pourtant il faut que je dise encore...

Trois des Parfaits, dont Bohita, se placèrent devant l'autel. Ils figuraient les anges qui préserveraient dans l'avenir l'âme de la postulante. Braïda s'avança. Les officiants se firent la génuflexion.

— Benedicite parcite nobis, dit le filius major.

Braïda pencha son vieux front. On posa sur ses paumes le livre saint. C'était le début du Consolamentum.

— L'Église est réunion. Où sont les chrétiens, le Père, le Fils et l'Esprit, sont. Si deux d'entre vous s'accordent pour demander quoi que ce soit au nom du Père, ils l'obtiendront. Parce que vous êtes le temple du Dieu vivant et que l'Esprit est en vous.

Il récita le Pater Noster. Puis :

— Braïda, ma sœur, désires-tu adhérer sincèrement à notre foi et recevoir le Consolamentum ?

— Prie Dieu qu'il fasse de moi une bonne chrétienne et me conduise à bonne fin.

— Qu'il soit prié... Braïda, te donnes-tu à l'Évangile ? Pense que le seigneur Jésus octroya ce baptême à Pierre, à Jean, aux douze apôtres, et que ce baptême se perpétuera jusqu'à la révolution des siècles. Et pense que tu dois observer les Commandements qui en découlent jusqu'à ta mort charnelle.

On emporta une femme qui se débattait, l'écume aux lèvres.

— Promets que tu ne mangeras aucune substance qui ne soit aquatique ou végétale. Que tu ne mentiras plus. Que tu ne prêteras plus serment. Que tu ne commettras aucune impureté. Que tu ne dormiras plus sans chemise. Que tu n'abjureras pas ta foi, même sous la menace des supplices, de la mort par l'eau ou par le feu.

— J'ai cette volonté de bien faire. Prie Dieu qu'Il m'en donne le courage.

Godafla, chef des communautés, s'agenouilla devant le filius major :

— Que le don de Dieu lui soit accordé.

— Que le don de Dieu lui soit accordé, répéta la foule.

— Accuse-toi, ma sœur.

Le vieil Esquieu baissa la tête. La main de Pépieux se glissait sous un manteau ; ses yeux en pépins de pomme semblaient encore plus petits. Guilhem se penchait vers Esclarmonde qui joignait les mains, à l'imitation de Braïda, instinctivement.

— J'ai péché par orgueil et par luxure, bredouillait la voix cassée. Je me suis trop attachée à la créature. Je l'ai chérie pendant des années et des années, mettant au-dessus de l'Amour de Dieu, un pauvre amour humain.

Esquieu se prit le front.

— Ce temps me fait horreur... J'ai péché par envie. Je haïssais les femmes mieux parées que moi... J'ai péché par outrecuidance, et par colère irraisonnée...

— Est-ce tout ?

— J'en ai voulu à Dieu de m'avoir faite bréhaigne. Lorsque je voyais les enfants des autres s'ébattre devant mon hôtel, je Le haïssais, sans comprendre qu'en agissant ainsi, Il évitait la corruption d'esprits innocents.

Esquieu ne put retenir un gémissement.

— Est-ce tout ?

— Ce l'est.

— Renonces-tu à ces bassesses ?

— J'y renonce.

— A l'amour de la créature, à tes richesses ?

— J'y renonce.

Des larmes coulaient sur les joues d'Esclarmonde. Une nouvelle fois, Guilhem s'approcha d'elle. Une nouvelle fois, elle s'écarta de lui.

Bohita prenait le livre. Il l'appuya sur le front de la postulante, tandis que les assistants lui imposaient la main droite.

— Père Saint, accueille en Ta Justice ta servante Braïda, ici présente. Mets Ta Grâce et Ton Esprit Saint en elle.

La foule psalmodia le Pater Noster et les premiers versets de l'Évangile selon saint Jean : « Au commencement était le Verbe, et le Verbe était avec Dieu, et le Verbe était Dieu. En lui était la vie, et la vie était la lumière des hommes... »

Puis les Parfaits et les Parfaites emmenèrent leur nouvelle sœur, Braïda. La cérémonie était terminée.

Nous rentrâmes à Minerve, silencieusement, entre nos porteurs de torches.

— Me voilà seul, disait Esquieu. Je la rejoindrai. Mais quand ? Pourtant, avec les événements qui se préparent, je ne puis me faire « consoler »*. Vous rendez-vous compte ? Elle, dans sa maison de prière ; moi, au château. Défense de se voir. D'ailleurs le souhaite-t-elle ?

Le chagrin le mettait hors de lui :

— Vous avez entendu ? Elle m'a renié ! « Je me suis trop attachée à la créature ! »

— Mais, mon oncle, ce n'est qu'une formule.

— « Ce temps me fait horreur ! »

Les oliviers étaient dans leur sommeil. Les chouettes jetaient des cris plaintifs, apeurées par cette procession de lumières. La ville se hissait, toute noire, vers la lune. Des cavaliers passaient au loin, balancés par leurs chevaux.

* *C'est-à-dire recevoir le Consolamentum.*

— Et toi, demanda Guilhem en attirant Esclarmonde, me renieras-tu ?

Il y avait dans ce geste, dans cette question, une telle violence inquiète que le vieil Esquieu rentra en lui-même.

— Sans toi que ferais-je ?... Pourquoi pleurais-tu ? D'émotion ? De regret ?

Sans répondre, elle se pressa contre lui.

— Est-ce toi, mon cœur ? soupira Arzen lorsque je la rejoignis. As-tu assez fait l'ange ? T'es-tu bien purifié ?

— Ne blasphème pas.

Elle se leva, alluma une chandelle. Par sa chainse fendue se voyaient les fuseaux polis de ses jambes, la courbe voluptueuse de ses hanches. De ses lèvres d'un rouge sombre, de ses dents humides, elle m'appelait.

— Je me suis bien reposée. Mais toi, peut-être souhaites-tu dormir ?

Je la pris dans mes bras. Elle se débattait, mais seulement pour aiguiser mes désirs.

— Oh ! fais-moi mal ! Fais-moi mal ! Plus tu me feras mal, plus je t'aimerai.

Ses cheveux dénoués pendaient jusqu'à terre.

XI

IX

GAUCELIN

— Cette ambassade est superflue, je vous le répète. Les positions sont prises.

— Il se peut. Cependant mon maître, Simon de Montfort, vous offre cette ultime occasion de rachat.

— De rachat ? Qu'ai-je à racheter ? La punition des félons ? La défense des opprimés ?

— C'est loyalement qu'il vous propose son alliance.

— Contre qui ? Raymond de Toulouse ?

L'étrange entrevue ! Je vous avais été quérir, Messire Gaucelin, aux limites de la vicomté. Vous étiez dans notre salle aux sept piliers, assis près de Guilhem, sous le dais. Nous autres, les principaux de Minerve, assistions à l'entretien. Dehors, la ruche minervoise bourdonnait : votre entrée avait été remarquée, on la commentait avec passion. Pour vous recevoir, Guilhem avait endossé sa tunique de velours écarlate. Ses mains dures et fines se fermaient sur le pommeau d'un glaive, garni d'émeraudes et de rubis. Vous, sous le manteau immaculé du Temple, vous portiez un haubert noir, écartelé de la croix de sang.

— Ma famille, disait Guilhem, a loyalement servi les Toulouse. Ensemble, nous avons combattu outre-mer.

— Je le sais, Messire. Sous les murs en flammes de Maara,

tandis que le vieux Toulouse et Bohémond se prenaient de querelle, votre aïeul fut le premier à descendre de cheval et à retirer ses bottes, afin d'être semblable au plus misérable des pèlerins. Et cet exemple suffit à retourner la situation. Je sais aussi qu'il se fit porter devant le Saint Sépulcre, blessé à mort, et qu'il guérit miraculeusement. Mais qu'est-ce que cela change ?

— Ceux-là mêmes qui nous honnissent, nous comblaient alors de prières.

— Si le vieux Toulouse a trahi la foi ancestrale, il est juste qu'il perde ses titres et ses biens, et que ses vassaux l'abandonnent.

— Je ne suis pas son vassal. Le roi d'Aragon est mon souverain.

— Le roi d'Aragon est un fils zélé de l'Église.

— L'affection crée des liens plus solides que les contrats de vassalité.

— Surprenante réplique de votre part ! Comment le sire de Minerve peut-il estimer ce vieux Raymond ? Il a les yeux chassieux et les mains grasses de ceux qui s'adonnent aux femmes. C'est un lâche couronné !

— Il aime ses peuples. Les humiliations qu'il accepte sont à la mesure de cet amour. Mais cela n'est sensible qu'aux esprits un peu hauts.

— Mille grâces ! Tel on vous a décrit, je vous vois, avec cette insolence de jeunesse, d'ailleurs plus propre à forcer mon admiration qu'à m'irriter.

— Je vous dispense de m'admirer.

— Avec une poignée de cavaliers, vous faites trembler la ville de Narbonne ; vous déjouez nos pièges. C'est d'un capitaine habile. Mais, précisément, vous avez les défauts de vos qualités.

— En vérité ? Dites-moi donc pourquoi vous avez accepté cette mission ?

— Je l'ai sollicitée. Je suis né dans le pays de votre mère, sire Guilhem, et j'ai servi dans la même Commanderie que Jacques de Ventajou, l'un de vos compagnons d'autrefois. Jacques m'a souvent parlé de vous.

Esquieu, accoudé à la table, s'effilait la barbe. J'eusse

donné gros pour connaître les idées qui roulaient sous son front chauve.

— Sire Guilhem, votre véhémence dissimule une grande perplexité. La cause que vous défendez, par entraînement plus que par conviction, est mauvaise. Mauvaise dans le ciel et sur la terre. Dans le ciel, parce que vos cathares, en supprimant le Sacrement de mariage, autorisent les pires licences et précipitent les âmes vers l'abîme.

— Assez de prêches ! cria quelqu'un.

Et un autre :

— Congédiez-le promptement !

Guilhem frappa les dalles de son glaive.

— Sur la terre, parce que, si cette cause triomphe, les femmes ne voudront plus d'enfants, les champs et les ateliers seront à l'abandon. Tout un peuple se suicidera pour être plus vite délivré de Satan. L'ordre que nous avons eu tant de peine à établir, après la ruine de l'empire romain, disparaîtra et les Barbares déferleront de nouveau.

— Vous avez vu autour de Minerve, les enfants qui se pressaient sur votre passage ? Est-ce là d'un pays qui expire ?

— On vous craint.

— Ou on m'aime. Abrégeons. Quelles sont vos offres ?

— Le comte de Montfort oubliera vos dévastations.

— C'est facile. Les Narbonnais lui indiffèrent. Ensuite ?

— Il exige simplement que vous chassiez les Parfaits de votre ville et fermiez les maisons de prière.

L'assistance gronda. Le glaive heurta les dalles.

— De plus, vous rendrez au culte l'église Saint-Étienne et la chapelle Sainte-Marie-du-Château. Enfin, vous logerez une garnison qui sera chargée, sous votre contrôle, de protéger nos prêtres.

— Et vos juges de la foi. Est-ce tout ?

— Il faudra livrer Giraut de Pépieux, traître et meurtrier.

Il y eut un moment de silence. Les yeux de Guilhem avaient la fixité de ceux des oiseaux de nuit. Vous, Messire, vous priiez certainement : par trois fois vos doigts se posèrent sur la croix de laine.

— Je ne chasserai pas les Parfaits de Minerve, dit enfin Guilhem, car ils se sont mis sous ma protection. Je ne fermerai pas plus leurs maisons que je n'ai interdit au culte l'église et la chapelle, ni retranché ses privilèges au chanoine titulaire. Je ne livrerai pas Giraut de Pépieux, car, s'il a tué vos Croisés, préalablement ceux-ci avaient assassiné son oncle, de sorte que son parjure n'est qu'un acte de justice. Et je n'accepterai pas votre garnison, car, en moins d'une semaine, je serais à sa merci et vos moines dresseraient leurs échafauds sous mes tours.

— Mais vous garderiez votre vicomté.

— Qu'on vienne me l'enlever !

— Dieu est grand, Messire. Béziers et Carcassonne passaient pour imprenables. Qu'en est-il advenu ?

Le glaive frappa les dalles.

— La vérité est celle-ci : Simon vous envoie parce que sa situation tourne au désastre. Que reste-t-il de la Croisade de juillet ? A peine quatre cents chevaliers. En comptant les gens de pied, les écuyers et les valets, cela fait deux mille hommes. Il occupe Béziers et Carcassonne ? Soit Mais où sont les grands barons, Eudes de Bourgogne, le comte de Nevers ? Où sont les reîtres d'Allemagne ? Simon est prisonnier de sa conquête. Il en est réduit à se défendre. Les châteaux de la Montagne Noire et des Corbières le narguent. Qui s'y frotte, s'y pique. Il le sait d'expérience. Devant Lastours, il a piteusement échoué. Or qu'est-ce que Lastours auprès de Minerve ?

— Il vous offre son amitié.

— Contre ma neutralité ! Ainsi espère-t-il diviser ce qui se rassemble et vaincre chaque parti séparément. C'est une vieille tactique.

— Nous attendons d'importants renforts, Messire.

— Pour mes ravins !

— Réfléchissez encore.

— Tout est parfaitement clair.

— L'apostole Innocent, lorsqu'il l'exhortait à chasser les hérétiques des États de Toulouse, écrivait au comte Raymond : « Vous n'êtes pas de fer. Votre corps est comme celui des autres. Vous pouvez être envahi par la fièvre ou par la lèpre, devenir démoniaque. La puissance divine peut vous changer en bête, comme elle a fait du roi de Babylone. »

Vicomte Guilhem, je vous adjure dans les mêmes termes. Vous aussi, la puissance divine peut vous changer en bête, vous accabler de maladies, car vous n'êtes pas de fer !

— Etes-vous mon confesseur ou l'avocat de Simon ?

— Votre ancien ami Ventajou racontait, Messire, qu'un serpent était entré dans votre chambre, alors que vous étiez enfant. Ce serpent était attiré par l'odeur de lait que vous aviez. Il s'introduisait par la fenêtre et se glissait dans vos draps. Et vous, au lieu d'appeler au secours, vous le cachiez. Jusqu'au jour où votre père le découvrit et lui écrasa la tête d'un coup de talon. Il paraît que vous avez longtemps pleuré.

— Quelle est cette fable ridicule ?

— Rien de plus qu'un rappel de votre enfance, et une familiarité dont je vous prie de m'excuser. Je voulais simplement vous montrer qu'aujourd'hui comme hier vous accueillez la vipère et la dérobez au châtiment.

— Vous êtes bien audacieux !

— Etes-vous certain de prendre vos décisions en toute sérénité ? Les Parfaits savent parfois ruser.

— Vous cherchez à me troubler. Mais c'est peine perdue, je lis dans votre jeu.

— Le serpent, Messire, prend parfois visage de femme.

Guilhem se leva. Il me dit :

— Tu te chargeras du Commandeur, Cesseras. Qu'il se restaure et se désaltère à son gré. Quant à moi, je ne l'entendrai pas davantage.

— Et moi, votre pavé me brûle !

— Alors, reconduis-le, Cesseras.

La foule s'était massée sur la place, hostile ou curieuse. Des ricanements, des cris de mort nous accompagnaient. Ils ne vous émeuvaient pas. Vous chevauchiez, Messire, tout droit et raide sous votre manteau blanc. Ce fut cette indifférence glacée, ou cette assurance, qui, d'abord, m'attira en vous. Mais, quand nous parvînmes sur les crêtes, votre visage changea d'expression, et dans une espèce de gémissement :

— Cette ville dans sa force !... Oh ! souffrir et ne rien pouvoir faire...

Obéissant à un mouvement de cœur, peut-être à mon humilité, je me rapprochai de vous. Vous me regardâtes avec de grands yeux de tristesse :

— Et toi aussi, quand tu te réveilleras, ta jeunesse ne sera plus qu'un songe. Tant de courage au service du mal ! Soldats du Néant, Chevaliers des Ténèbres, voilà ce que les cathares ont fait de vous... Hélas ! tu aimes ton maître.

— N'est-ce pas mon devoir ?

— Ton maître n'est qu'un homme.

— Et le vôtre ?

— Ce n'est pas Simon. C'est Dieu. Le vrai maître du Temple, c'est Dieu.

— Comme ce doit être facile pour vous !

— Ne raille pas. L'Ordre est un corps vivant, et pour âme il a Dieu.

Puis vous me parlâtes de la Règle du Temple, de l'existence des frères-chevaliers :

— Tout ce qui est au-dessus de tout honneur et de toute noblesse, on le trouve dans nos Commanderies. Car la noblesse, Cesseras, n'est que l'immense besoin de pureté des hommes... Là se guérissent des blessures plus venimeuses que celles de la chair. Ne jamais mentir, ne jamais donner de rançon, accepter le combat à un contre trois, fuir la compagnie des femmes, tels sont nos Commandements... Tu ne comprends pas ? Le sang bout dans tes veines. Toi aussi, tu es possédé par l'amour impur ? Un jour, tu seras délivré...

Des sabots claquèrent sur la roche. Un cavalier sortit de la poussière :

— Messire de Cesseras ! Messire de Cesseras !

Par-dessus l'encolure luisante de son cheval, il me tendit un message « de la part du vicomte ». Trois lignes écrites de sa main, d'une concision terrible :

« Nous sommes trahis. Arrête le Commandeur. Mais ramène-le vif à Minerve. »

Le combat fut bref, car nous étions trente contre vous et

vos écuyers. Quand on vous eut désarmé et encordé, je vous ai demandé pardon.

— Dieu le veut, répondîtes-vous.

A Minerve, les tambours battaient furieusement. Les bannières, les heaumes, les hennissements, les interpellations, emplissaient la place Saint-Étienne. Dans la grand'salle, nous retrouvâmes Guilhem déjà sous le haubert. Près de lui, se tenait Giraut de Pépieux.

— Vous m'avez dupé, Templier du diable ! Simon de Montfort accepte de recevoir les capitouls de Narbonne ; ceux-ci, comme introduction, lui expédient un convoi de farine. Trente chars ! Une bagatelle !

— Est-ce Giraut de Pépieux qui vous a porté cette nouvelle ?

— Lui-même, aboya Giraut, mais ses yeux riaient.

— On m'amuse avec des offres de paix et l'on prépare ma perte.

— Sire de Minerve, Montfort a toujours préféré un ennemi loyal à des amis félons. Si vous acceptez ses propositions, je vous affirme que les Narbonnais seront éconduits.

— Assez de chausse-trappes, faux moine ! Le convoi est en route !

— Vous pouvez me tuer, Messire, non m'injurier. Je jure ma bonne foi.

— Menez-le aux prisons.

Il ajouta :

— Mais vous me répondez de sa vie !

Lorsque les soldats vous eurent poussé hors de la salle :

— Sa mort, dit-il, leur fournirait trop beau prétexte. Souvenez-vous du meurtre de Trinquetailles. Mais je vais brouiller les pions. Le convoi des Narbonnais n'arrivera pas à Carcassonne. En selle, Messires.

Pépieux lui emboîta le pas, joyeusement.

XII

ARZEN

La nuit tombait, quand la corne ronfla sur le donjon. Il fallut du temps pour introduire les trente chariots dont nous nous étions emparés. Nous ne mangeâmes que fort tard et brièvement, non dans la salle, mais à l'office. On avait envoyé aux soldats du vin et de la viande sur tranchoirs*.

— Et les prisonniers ?

— Demi-part à eux, dit Guilhem.

Pépieux gloussa :

— Tu n'as pas volé ta réputation. A ta place, je les affamerais ; ils parleraient mieux.

— Que savent-ils ? Ce ne sont que pauvres soudoyers.

— Voire.

— Le peuple ragote. Comment démêler le vrai de l'invention ?

— Mais le Templier, Guilhem ? Ça, c'est une fameuse prise !

— Dont je te suis redevable.

— Je lui caresserais volontiers la couenne avec des lames chaudes, et celui-ci n'est pas de gent menue ; il aurait à dire.

* *Sur tranches de pain.*

— Depuis Bérenger, mon aïeul, la question n'est plus appliquée à Minerve.

— La fin justifie les moyens. Si tu veux, je puis m'en charger.

— Quel prix accorder aux aveux d'un malheureux que l'on brodequine ? Son esprit est affolé de souffrance.

— Mais il cesse de se défendre. Il perd ses tours et ses détours.

Il rit pour appuyer son jeu de mots.

— Gaucelin est un Templier. Il résisterait.

— J'ai dans ma suite un sarrasinois merveilleux. Il a servi chez un roitelet d'Orient. Il ferait se pâmer un saint de pierre.

— Non, Pépieux. Nous pouvons avoir besoin du Commandeur, l'échanger peut-être contre un des nôtres. Il sied de le maintenir en santé.

— Pour qu'il témoigne de ton indulgence ?

— Sait-on.

Là-dessus, Guilhem prit congé, avec une hâte surprenante.

— L'oisel est au gluau*, railla Pépieux.

— Est-ce pas son heure ?

— Autre labeur commande. Mais il tarde à notre sire d'être dans les robes. Sa fableuse l'a enjôminé**. Mauvais ! Mauvais !

— Et toi, Pépieux ?

— Moi, j'enseigne la patience aux belles Mes amours ne sont pas de tête !

Ils rirent encore, grassement. J'en profitai pour m'esbigner***. Il me tardait aussi de retrouver le miel d'une bouche, le frais de deux bras. Pendant la chevauchée, je n'avais guère pensé à autre chose. La course, le danger, la griserie que procure une victoire facile, avaient fouetté mon sang. Alors, j'étais d'opinion que la femme est la récompense du guerrier. J'eus ce que je voulais, et davantage.

Guilhem fut moins heureux. Il dut parlementer à la porte d'Esclarmonde. Dès qu'il eut contre soi les beaux flancs

* *L'oiseau est pris au piège.*

** *Captivé par magie.*

*** *Disparaître.*

lisses, sous sa bouche avide les lèvres de pétales, il perçut une rétractation violente, une crispation forcenée.

— Mon amour ?...

Elle reculait, mains en avant.

— Qu'arrive-t-il ?

Elle remuait la tête. Un désespoir inexprimable bouleversait son visage.

— Non ! disait-elle. Non !

Il bondit vers elle, l'enferma dans ses bras forts.

— Tu es douce !... Oh ! que tu es douce... Tout ce jour, j'ai rêvé de toi...

Il la serrait, l'étouffait dans ses muscles bandés.

— Non ! répétait-elle. Non !

Mais sa taille se creusait sous le bras de Guilhem.

— Sois à moi !

Les doigts s'insinuaient dans les plis du cainsil*, fripaient l'étoffe légère.

— Je t'aurai. Je te veux depuis que ie t'ai vue. Je te voulais pendant la bataille.

— Pas cela ! Pas ainsi ! Pas cela, Guilhem !

Il l'atteignit là où elle était la plus tiède et la plus tendre. Elle parvint à se dégager, le frappa sur la bouche. Il saisit ce poing coléreux, le baisa.

— Tu ne peux pas m'aimer ! Tu n'as pas le droit ! Personne n'a le droit !

— Qu'est-ce que tu dis ?

— Malheur à qui vole ce qui est au Maître ! Malheur à toi si tu me prends de force, car j'appartiens à Dieu ! Laisse-moi, Guilhem, je ne puis être son épouse et la tienne.

Elle était superbe. Un lys dressé dans la tempête, courageux, fragile !

— Si tu es à Dieu, pourquoi ces mômeries de poèmes, ces sourires engageants ? « Seigneur, envoyez-moi celui qui peut m'aimer » ?

— Épargne-moi.

— Et pourquoi cette médaille à ton cou ? Et Fontaine Lumière ?

* *Lin.*

— Pardon.

— Mon désir te choque ?

— Va-t'en. Je t'en supplie ! Pour toi, pour ta ville, pour les gens de Minerve... Aie pitié... Tu étais ma faiblesse...

Il se jeta dehors, rabattit la porte. Un instant, il tint la poignée. A travers le panneau s'entendaient des plaintes. Il eut la tentation de rentrer dans la chambre, de reprendre Esclarmonde dans ses bras, de la bercer jusqu'à l'aube comme un petit enfant malade. Mais son orgueil l'emporta. D'un pas résolu, il passa devant les archers de faction, descendit l'escalier, se dirigea vers notre galerie.

Ses talons sonnèrent sur les dalles du couloir. Notre porte grinça.

— Eh ! quoi ! tu t'enfermes à présent ? Arzen !

Avant que j'aie pu la retenir, elle était hors du lit et tirait le verrou.

— Quelle surprise, seigneur !

— Agréable, je l'espère ?

Elle eut un soupir sur lequel il se méprit.

— Permettez que j'allume.

Elle trouvait donc naturel qu'il la visitât de la sorte ? S'aimaient-ils encore, parfois, en secret ? J'étais atterré par son flegme et son accent de soumission.

— Dommage, dit le sire lorsqu'il y eut de la lumière, tu étais si jolie sous ce rai de lune ! Mais, bientôt, tu le seras plus encore.

— Vraiment, cher Seigneur ?

— Vraiment, puisque le plaisir t'embellit.

— Alors, comme je dois être belle...

Elle s'écarta de devant le lit. J'étais accoudé à l'oreiller, ne sachant quelle attitude prendre, franchement désolé et passablement inquiet.

— Je t'en prie, Belvis, ne te dérange pas.

Je ne répondais rien. J'avais peur de perdre son amitié, peur de perdre Arzen. Elle triomphait sans courtoisie.

— Cher Seigneur, minaudait-elle.
— Laisse là tes « chers » !
— Je comprends votre déception. Mais ne m'aviez-vous pas abandonnée ? N'étais-je pas libre ? Cesseras m'aimait depuis des mois.
— Je ne vous reproche rien.
— Je ne suis pas une poire pour la soif. Qui j'aime se doit à moi entièrement.
Soudain, elle fit patte douce :
— Vous vous ennuyiez, ce soir ? Savez-vous que, pendant votre absence, Esclarmonde a reçu visite ? Oh ! rassurez-vous : c'était quelqu'un de très convenable. Mais tout de même un rival, ou plutôt le mandataire de ce rival.
— Arrête tes calomnies.
Elle eut son rire flûté.
— Mais je vous renseigne, cher Seigneur. C'est Bohita qui est venu chez votre amie. L'entretien a duré plus d'une heure. Ce qui explique sans doute votre solitude.
— Carogne* de femme ! Sale museau de carême !
— Tu entends, Belvis ?
Je sautai du lit. Guilhem éclata de rire :
— Si tu te voyais, Belvis ! Allons ! ne te fâche pas. Je te la donne, vieux frère. Fais-en à ta guise...
Ce souvenir m'est odieux. Et pareillement, ce qui suivit : ces cris de démone outrée de plaisir, mon ardeur aiguisée par ces caresses trop habiles.
— Aime-moi, gémissait-elle. Toi, tu sais aimer. Que tu es fort, mon Belvis !
Elle avait le don d'éveiller en moi tout ce qu'il y avait de trouble, de remuer une boue de luxure et de bassesse.

A l'aube, en s'écartant un peu afin que je visse bien les cernes ravissants de ses joues, elle dit :
— Désormais, je ne veux plus te quitter, Belvis. Je ne peux

* *Charogne.*

plus. Pourquoi nous cacher ? Si nous habitions ensemble, ce serait mieux pour ton service ; je serais plus longtemps avec toi. Le sire ne fera pas d'objections...

Elle fut devant la fenêtre, s'étira voluptueusement. Le soleil habillait son corps de baisers de feu.

— Que je suis heureuse ! Quelle belle journée s'annonce !

Elle revint près du lit, me donna sa taille :

— Non, Belvis, non ! Tu te mettrais en retard...

Et je ne sais quoi encore de roucoulé à mon oreille. Puis cette mélopée, ce chant de la chair qui m'enivrait, m'égarait. Mais ensuite :

— Ce n'est pas aujourd'hui qu'il pleuvra.

— Tu aimes la pluie ?

— Quand elle emplit les citernes. On dit que les nôtres sont à moitié vides. Est-ce vrai ?

— Le moindre orage les remplira.

— Mais s'il ne vient pas et si les Croisés nous assiègent ?

— Il y a le puits.

— Et s'il est détruit ?

— Le mur qui le protège est solide.

— Fuyons ensemble !

— Es-tu folle ?

— Ne mourons pas pour rien !

Elle se serrait contre moi. Ses lèvres mouillaient mon épaule.

— Il n'y a aucun danger.

— Tu es sûr ?

Celui qui aime, est aveugle et sourd ! Maintenant encore, ce péché m'est délectable, la vieille brûlure recouvre les cuissons du regret. Comme vous aviez raison de dire « Qui pèche en une chose, perd de grands biens ! »

XIII

LE CHEVALIER AUX YEUX CLOS

— Pourquoi avoir abusé de mon absence, Bohita !
— Je remplis mon office.
— De quoi vous mêlez-vous ?

Les insinuations d'Arzen portaient leurs fruits. Le filius major et Guilhem s'affrontaient, loin des importuns.

— Esclarmonde était l'élève préférée de nos Parfaites. A Sainte-Colombe, on avait su développer en elle cette inclination vers Dieu et ces vertus précoces que j'avais distinguées lorsqu'elle vivait à Trèbes. Mais dans ce château de Minerve...

— Ce château n'est pas un repaire de Satan. Ma tante y habitait.

— Malheureusement elle n'est plus là pour freiner vos licences !

— Trop aimable !

— Vous êtes des soldats.

— Race exécrable entre toutes, n'est-ce pas ? Mais qui a du bon quand l'ennemi est aux portes.

Bohita s'abstint. Ses prunelles ardentes erraient sur les lions et les bêtes ailées qui décoraient les murs.

— Esclarmonde ne paraît plus à nos réunions. Elle évite nos sœurs, quand elle se rend en ville.

— A-t-elle prononcé ses vœux ?
— Elle s'y préparait.
— Une novice qui compose des chansons et joue de la harpe ?
— Nous croyions qu'elle célébrait un autre amour.
— C'est donc une simple Croyante. De quel droit la contraignez-vous ?
— Vous êtes un soldat, Messire. Vous savez discerner les braves et les utiliser. Moi, je suis un serviteur de Dieu et sais discerner entre les âmes celles qui aspirent à regagner la Demeure et celles qui sont de la terre.
Guilhem se souvint des paroles d'Esclarmonde.
— Selon vous, elle appartient à Dieu ?
— Il est des attitudes, des intonations, une pureté du regard, une gravité de l'esprit, qui ne trompent pas. Dieu l'a choisie. Or il paraît que vous lui avez envoyé le faucon bleu, comme à l'une quelconque de vos créatures ? Que vous l'avez conduite au bois ? Que vous l'accablez de présents somptueux ?
— Je l'accable ?
— Et que l'on peut vous voir, la nuit, sur la terrasse, seul à seule ?
— Et si je l'aime ?
Les doigts du Parfait se refermèrent ainsi que des serres d'oiseau.
— L'ai-je élevée pour cette salissure ?
— Qu'avez-vous dit ?
— Tout amour humain est péché dans son essence, car il frustre le Seigneur.
— Et si j'ai besoin, moi qui vous défends, de cet amour-là et non d'un autre !
— Tout amour humain est recherche effrénée du plaisir, poursuite d'un bonheur impossible. Aimer, c'est vouloir connaître la forte vie avant que d'être mort, et cela ne se peut.
— L'amour est aussi exaltation incomparable, occasion de progresser, possibilité de salut.
— Non, sire Guilhem ! Car l'exaltation se change en appétit bestial, en perversions innombrables... Rendez-nous cette enfant avant qu'il ne soit trop tard. Soyez encore plus grand et plus généreux qu'on ne l'affirme.

— Jamais je n'avais aimé. Jamais ainsi. J'aime son corps et le désire, certes, n'étant qu'un homme. Mais j'aime son âme. Je l'aime à cause de son âme. Elle est lumière dans mes ténèbres, paix dans mon tourment. Près d'elle, je vis ! Je respire à pleins poumons. Je me sens plus robuste et meilleur. J'ai la volonté d'accomplir de vastes choses.

— Pour mieux l'assujettir ?

— Pour l'égaler, Bohita ! Peut-être pour pénétrer dans son royaume.

— Mais entre vos mains, l'enfant pure deviendra forge ardente. Elle aspire à la joie sereine, et vous lui imposerez vos misères. Elle pleurera en mettant au monde le produit de vos péchés. Elle pleurera parce qu'une fois comblé votre fol désir, vous l'aimerez moins et la délaisserez. Ou parce que son enfant grandira trop vite, ou trop peu. Parce que, peut-être, il mourra devant* elle et qu'il lui faudra essuyer ses sueurs d'agonie. Sa honte et sa douleur, elle les pleurera. Et son paradis perdu par votre faute !... Si vous l'aimez autant que vous le dites, épargnez-la.

— Peut-être, sous sa vêture de Parfaite, regretterait-elle de n'avoir pas connu la tendresse d'un homme, ni la joie d'allaiter un fils, ni aucune de ces espérances mêlées d'angoisses qui sont notre lot.

— L'amour du Père est une lampe toujours allumée. Ses lueurs suffisent à chasser les démons.

— Comme vous haïssez la vie ! Vous êtes encore plus insensibles que vos ennemis ne prétendent, et encore plus cruels sous votre douceur !

— De quel parti êtes-vous, Messire ? De Rome ou de Toulouse ?

— Je défends mon peuple contre un envahisseur.

— Pourquoi le compromettre en nous recevant à Minerve ?

— J'accueille tous les proscrits, sans distinction.

— Nous espérions que vous aviez enfin choisi.

— J'ai choisi de ne pas capituler devant des hommes qui détruisent notre patrimoine sous couleur de religion. Tant

* *Avant.*

que la Croisade en paraissait une, je n'ai pas bougé. A présent, ce n'est qu'une guerre. Et vous, Parfaits de Minerve, puisque vous menez l'opinion, vous devriez m'aider, au lieu de m'entraver.

— Il eût été plus beau que le chef de guerre se doublât d'un vrai Croyant. Mais nous n'astreignons personne.

— Alors veuillez vous désintéresser d'Esclarmonde.

— Dieu ne partage pas. Il est impitoyable envers qui lui dérobe Son bien. Malheur à vous, si vous vous obstinez ! Malheur à votre ville !

— Le maître de Minerve, c'est moi ! Les Parfaits me doivent obéissance, ne l'oubliez pas. Quant à vous, Bohita, abstenez-vous de venir au château sans ma permission.

— Et vous, Messire, n'abusez pas de la patience divine...

Peu après cet entretien, j'eus à rendre compte au sire d'un arrivage de viandes salées. Il interrompit mon rapport :

— Laisse tes viandes, Belvis. J'ai confiance en toi. Le nœud se resserre, mais je crois que nous serons prêts. Là n'est pas mon souci... Écoute. Tu me jugeras comme tu voudras, mais il faut que je te dise...

Tout à trac, avec un emportement douloureux, il me raconta les choses qui précèdent. Et pour finir :

— Insupportables sont ces hommes de Dieu ! Pour le Templier, Esclarmonde est un serpent que j'adore et qui me perdra. Pour Bohita, c'est moi le serpent. Le bonheur est leur ennemi personnel. Tu as de la chance, toi. Ils t'ignorent. Elle t'aime. Tu l'aimes. Nulle barrière entre vous. Tu n'as pas Dieu pour rival, toi...

Au repas, Esclarmonde était absente. Guilhem regardait continuellement la porte. Il quitta la table avant la cervoise, excédé par les propos des chevaliers, par les roulades peu charitables d'Arzen. D'un pas rageur il traversa la salle. Nous crûmes qu'il se rendait chez Esclarmonde. Mais nous entendîmes bientôt une galopade sous les murs et nous le vîmes qui se dirigeait vers le Bouysse, seul.

— Quelle imprudence ! dit Esquieu. Cette nuit, deux fermes ont encore brûlé à Saint-Jean. La région est infestée.

Je partis ventre à terre, avec dix chevaliers. Nous n'avions pas pris le temps d'endosser nos hauberts et n'avions pour armes que nos glaives.

Autre sujet se débattait à Carcassonne. Sous les voûtes de l'ancien palais des Trencavel, devant le dais, les quinze bourgeois entouraient leur chef, Aymeri de Narbonne. Ils portaient les insignes de leur charge : le bonnet carré et la tunique pourpre à bandes d'hermine des capitouls. Le vicomte Aymeri avait un haubert aux mailles dorées et un surcot safran à ses armes. Une femme en robe de deuil s'était jointe à la députation : la mère du chevalier mortellement blessé par Guilhem lors de la sortie des Narbonnais.

— Seigneur comte de Montfort, je vous présente les envoyés de la bonne ville de Narbonne, jadis capitale des rois de Gothie, mes aïeux, et vous remercie de nous avoir accordé audience et sauf-conduits pour ce faire.

— Une capitale, répondit Montfort, qui s'avère impuissante à châtier une poignée de brigands.

D'autant plus mordante cette ironie que la voix de Simon était lente et basse, légèrement grasseyante.

— Ne nous jugez pas trop sévèrement. Nos chevaliers se sont toujours battus avec vaillance. Mais les milices plient au premier choc et nous abandonnent.

Il y eut des exclamations. Les capitouls étaient élus par les marchands et les ouvriers de la ville, où se recrutaient précisément les milices. L'un d'eux :

— Pourquoi demeurez-vous en votre hôtel, sire Aymeri, au lieu d'assumer en personne les commandements ?

Aymeri se rebiffa. Les autres s'emportèrent. Sous son dais de brocart, Montfort écoutait, impassible. Ses lourdes paupières voilaient à demi ses yeux incolores. On racontait qu'il était quasi aveugle et tuait sans voir. La lumière acide des vitraux soulignait les rudes traits de son visage d'homme du Nord, au teint clair, au poil rare.

— D'ailleurs, enchaîna Aymeri, pourquoi nous serions-nous préparés à combattre ? Nous n'avions rien à craindre de la Sainte Eglise, ayant extirpé les hérétiques de nos murs...

— Pour vous épargner le sort des habitants de Béziers. Et à vous, Messire Aymeri, le sort de Trencavel.

— Nous avons toujours exécuté à la lettre les ordres du légat apostolique.

— La lettre n'est pas l'esprit.

— Nous avons spontanément reconnu votre élection, comme vicomte de Carcassonne.

— Vous avez reconnu le fait accompli.

— Et votre amitié, ne l'avons-nous pas recherchée ?

Pour ne pas rire, Montfort serrait ses fortes mâchoires.

— Seigneur Comte, reprit Aymeri en changeant de registre et d'attitude, le choix nous coûte cher. Deux cents domaines ravagés ! Nos maisons de campagne, pillées ! Nos vignes, arrachées ! Nos bois, essartés !

— Vous êtes patients.

— Isolés, Seigneur.

— Pourquoi n'êtes-vous pas sortis en force ! Il est facile de cerner le loup dans la bergerie.

— Nos sorties ont échoué. La dernière fut une véritable boucherie. Guilhem de Minerve a des alliés partout. Nous, personne ne nous aide !

— C'est que l'on connaît votre exploit de Puisserguier.

Aymeri perdit contenance. Il se râcla piteusement la gorge.

— C'était une erreur, dit un capitoul. Nous la confessons volontiers.

— C'en était une, et de taille ! On ne lève pas le camp pendant un siège. On n'abandonne pas ainsi son allié. D'aucuns nomment cela trahison. Mais vous êtes excusables, braves gens. Vous me croyiez fini : « Simon ne peut s'emparer de ce misérable fort de Puisserguier. Il ne verra pas les feuilles*. Les seigneurs des montagnes et Raymond de Toulouse te le vont bouter hors de ses conquêtes de l'été... » Or je perdure.

* *Le printemps.*

Et, si l'on a pu mettre ma victoire en doute, désormais elle paraît certaine. Ma femme, la comtesse Alice, a rassemblé des renforts plus que suffisants pour reprendre les places abandonnées ; je l'attends d'un jour à l'autre. Il y a mieux. Dans sa hâte de voir triompher notre cause, le saint apostole a prié Monseigneur l'évêque d'Auch de réunir les chevaleries gasconnes. L'ost* gascon est annoncé pour cette semaine. Et c'est le moment que vous choisissez pour venir en mon logis. Au moins ne peut-on vous reprocher un manque d'opportunité.

Les Narbonnais s'entre-regardèrent.

— Messires, poursuivit Simon, bien que votre présent de bonne amitié ne me soit pas parvenu, je veux dire le convoi de farine que vous m'annonciez, je reste disposé à vous entendre.

— Ce convoi, dit un capitoul, le brigand de Minerve s'en est emparé. La perte est pour nous, mais pour vous l'injure, Sire Comte.

— Tout beau ! de cela je suis juge.

— Nous ne pouvons supporter plus, reprit Aymeri. Il faut abattre cette puissance démoniaque.

— Est-ce là votre proposition ?

— Oui, Seigneur Comte, et notre espoir unique.

Montfort caressait son large menton. Le tour que prenait l'entretien le comblait d'aise. Mais il n'en laissait rien paraître.

— Malheureusement pour vous, dit-il, je n'ai pas l'intention d'assiéger Minerve. Guilhem ne me gêne pas.

— En dépit de ses méfaits ?

— En dépit, Messires de Narbonne.

La femme s'avanca, tremblant de colère :

— Alors, c'était vrai ? Vous traitez avec lui ? Les hérétiques auront la vie sauve et les bons serviteurs périront, trahis par tous, trahis par vous !

— Tu nous reproches Puisserguier, dit un capitoul. Mais nous...

— Sans Puisserguier, Minerve n'existerait peut-être plus,

* *L'armée.*

et vos biens seraient intacts. Encore une fois, Messires, vous arrivez trop tard.

— Rends-moi mon fils !

— Tais-toi, femme.

— Rends-moi mon fils ! Il est mort pour la vraie foi !

— Gardes ! Emmenez cette femme.

Elle regimba sous les gantelets. Il y eut une brève interruption.

— J'ai horreur de ces criailleries.

— Seigneur Comte, elle n'avait que cet enfant.

— C'est assez de vos tergiversations et de vos astuces, Narbonnais ! Parlons net. La prise de Minerve m'est indifférente. Si le vicomte Guilhem se convertit, comme je l'espère, j'oublierai le passé.

Or son désir le plus vif, comme je l'ai marqué précédemment, c'était de réduire cette citadelle, clef de la montagne. En outre, il venait d'apprendre que Guilhem retenait prisonnier le Commandeur Gaucelin. Il est vrai qu'il ne lui déplaisait peut-être pas d'être débarrassé à peu de frais de ce Templier dont l'influence l'importunait. La complexité de cette âme était à l'image des événements.

— La conversion de Guilhem, risqua Aymeri, ne saurait être sincère. Braïda, sa tante, est une hérétique revêtue. Il a donné asile aux Parfaites de Sainte-Colombe, et à Bohita, le filius major de l'évêque cathare de Castres. Il n'a pas hésité à recevoir Giraut de Pépieux après que ce dernier eut essorillé vos chevaliers et fait enterrer vifs vos sergents.

Une poussée de sang colora les joues de Simon. Mais il ne haussa pas la voix :

— J'admire que vous vous enflammiez ainsi pour mon honneur et que votre zèle apostolique se soit tellement accru depuis cet hiver... Vous voulez que j'abatte la puissance de Minerve ? Soit. Partageons l'effort et le sacrifice. Fournissez-moi de vivres, de machines et d'hommes. Soyez de part dans la dépense. Si nous réussissons, la ville et le pays de Minervois me restent. N'est-ce pas équitable, Messires ?

Un moine parut, tenant un rouleau de parchemin. C'était Pierre des Vaux-Cernay qui se fit plus tard chroniqueur de cette Croisade. Simon déroula le parchemin, le tendit aux Narbonnais.

— Approchez. Prenez connaissance.

Ce disant, il le laissa choir, mais n'eut pas un sourire lorsque les capitouls se précipitèrent.

— Tout est prévu et dénombré, la somme, la durée des services et les contingents.

Et il s'absorba dans la contemplation des piliers de la salle. Parmi les capitouls, les uns poussèrent des cris de surprise ; d'autres, de colère. Un petit vieux chuchota : « Il nous prend à la gorge. »

— Tout était donc préparé à l'avance ? gronda le vicomte Aymeri.

— C'est à prendre ou à laisser.

Les capitouls se parlaient à l'oreille, s'agitaient dans leurs belles robes rouges. Aymeri serrait les poings. Un officier traversa la salle à grands pas, remit un message à Simon.

— Messires, dit celui-ci, je suis dans l'obligation de vous congédier. On m'annonce une autre députation... Mais rassurez-vous. Vos sauf-conduits demeurent valables. Vous êtes libres de regagner Narbonne.

Aymeri saisit la plume que lui présentait le moine.

XIV

LE CIEL ÉTINCELANT

Une à une, les cigales, saisies par la fraîcheur de nuit, se taisent. Une à une, s'allument les lampes du ciel. Une à une, s'éteignent celles de la ville ; non toutes : il y a les hommes qui vocifèrent dans les cabarets et d'autres qui compulsent des grimoires. Il y en a qui rient et il y en a qui méditent. Il y a ceux qui pensent dans le noir et dont l'esprit avide s'élance sur la route étoilée de Compostelle. Et ceux qui répugnent à renouveler leur provision de bougies, économisent jusqu'à leurs propres yeux. Et ceux que l'on veille et qui geignent dans les draps moites. Ceux qui étreignent leurs épouses ou leurs amies et boivent goulûment les délices de cette vie trop courte. Ceux qui savourent la joie d'aimer et ceux qui calculent l'effet de leurs caresses. Et ceux qui prodiguent leurs forces et ceux qui en sont avares. Les femmes qui gémissent et celles qui prient, les Parfaites et les amantes...

C'est le dernier soir de paix.

Le dernier soir où Minerve la Blanche, perchée sur son nid d'aigle, respire librement. Sous son dais de dix mille étoiles, indolente, pareille à une épouse aux cheveux dénoués, elle repose. Sa chevelure, c'est le feuillage luisant des oliviers. Elle allonge sa beauté de pierre sous le ciel criblé de signes prodigieux, et les chevêches bercent son sommeil. De roche en arbre, à cris discrets, ces colombes de la nuit s'appellent. Loin sur l'autre bord du causse, un chien aboie.

C'est la dernière nuit où la Minerve casquée de lauzes peut dormir sans armes. Où les soudoyers mettent sans risques leur coiffe de fer dans l'échiquetage des créneaux. Où l'odeur de la campagne n'est que de lavande et de thym.

La journée entière, on a besogné dans les poternes et dans les hourds. On a renforcé les portes, creusé des archères, empilé des flèches, transporté de l'eau, recensé et complété les provisions de toute sorte. A présent, c'est le silence des chantiers déserts.

Guilhem est assis au pied de la tour, son lieu favori. Mais, ce soir, la solitude le poigne trop dur. Ni la nuit étoilée, ni la vue de sa ville ne le réconfortent. Pour ne pas me priver d'Arzen, il s'est abstenu de me réclamer : il a de ces délicatesses, ce respect de la joie d'autrui. Comme la nuit des cloches de l'interminable agonie, une langueur l'appesantit mauvaisement. Il perçoit la menace qui progresse dans l'ombre, la bête qui se glisse dans la ruche endormie, affamée de miel. Oh ! savoir ! savoir ! Prêter au moins un visage à ce danger obscur et oppressant ! Ne pas être seul à supporter, à assumer, à décider...

Il descend l'escalier en colimaçon, gourmande un archer qui rêve. De la lumière paraît sous la porte de l'office. Il entre. Mariana ravaude parmi ses chaudrons.

— Encore debout ? Tu n'es pas consciencieux, Guilhem !

— Pourquoi, nourrice ?

— Demain, à ce qu'on dit, tu auras de la fatigue.

— Et toi ?

— Piètre ménage font la vieille et le sommeil.

Il a son rire, mais un peu court. Elle s'arrête de coudre, règle la mèche de sa lampe.

— Comme te voilà triste !

— Inquiet, Mariana.

— Inquiet ? Quand ils verront Minerve, ils tourneront cul sur pointe ! En admettant qu'ils s'acharnent, on est avec toi, non ?

Il ouvre la bouche, se ravise.

— Toi, dit-elle en levant son index boudiné, je sais ce qui

te manque... Vous êtes à l'auberge-du-dos-tourné, hein ? C'est ça qui te chagrine ? Tant pis pour toi. Parfaitement ! Tu ne connais rien aux femmes. Tu t'imaginais que celle-ci était comme les autres, comme cette Arzen du diable : une marie-couche-toi-là, de la braise chaude ? Erreur, fils ! Celle-ci, c'est de la graine d'ange. Oh ! j'ai suivi votre manège...

Il est parti, brusquement. Mariana reprend son ouvrage, puis le laisse. Une grosse étoile s'est vrillée par le milieu de la lucarne. Mariana la regarde longuement.

« Rien ne l'amuse, à présent. Même pas mes bêtises. Il est là à ressasser du matin au soir. Il se demande s'il a bien fait, ou mal. Aussi à son âge, c'est trop ! Les gens de sens rassis, ce vieux racorni d'Esquieu par exemple, ils n'y voient goutte. Et ça se comprend ! Au lieu de nous diriger, Seigneur, vous brouillez les pistes. Chez eux, chez nous, il y a des croix et des boules de flammes, des mourants qui guérissent, des sources qui naissent et qui tarissent par miracle. Alors ? On ne sait de quel bord vous êtes. Pour nous, c'est sans conséquence. Tandis que lui, avec sa ville et ses fiefs, et le Commandeur, et Bohita, et ce Pépieux toujours à aboyer, comment voulez-Vous qu'il s'y retrouve ? Le pauvre, il n'a que les peines et les travaux de sa vie d'homme. On ne s'en doute pas. Moi, je sais. Il n'a même pas sa petite joie de tout le monde. Il faut admettre ces choses-là, Seigneur. Oh ! pardon ! Qu'est-ce que je dis ? »

Guilhem est descendu en ville. Il regarde Téouli enfourner sa pâte, aidé par deux mitrons. Ce décor lui rappelle son enfance, alors qu'il rejoignait Téouli en cachette et partageait avec lui de petites galettes craquantes. Ces hommes au torse nu, ils sont en paix ; ils sont heureux ; ils font un métier de vie. La subtile odeur de la farine qui se mélange à celle du pain chaud, il la respire. Téouli dépose sa pelle de bois, s'approche en essuyant la sueur de son front. Il a des yeux gris, rieurs.

— Quelles nouvelles, sire Guilhem ?

— Détestables, mon bon Téouli.

— Au moins, on aura notre content de pain. Le convoi des Narbonnais est le bienvenu. Oui, vous avez eu là une fameuse idée !

— C'est le pain qui te tracasse, toi ?

— Je suis talmelier.

— Mais que penses-tu des événements ? Quel est ton avis ?

— Puisque j'ai de quoi faire du pain, ça va.

— Tu m'approuves, ou non ?

— Bien sûr, de toute manière. On a confiance.

— Tu es pour les cathares ?

— Le blé, Messire, est-ce qu'il est cathare ou romain ? C'est le blé. Moi de même.

Guilhem s'en retourne au château. La sagesse de Téouli ne l'a pas convaincu. Et même a-t-elle augmenté son désarroi. Il oublie de rendre leur salut aux sentinelles, prend l'escalier, rebrousse chemin. Il s'engage, d'un pas hésitant, dans la galerie, s'arrête devant une porte. Il la pousse avec des précautions infinies. La tête renversée d'Esclarmonde est éclairée par la lune. Ses cheveux brillent sur l'oreiller. Ses lèvres sont entr'ouvertes. Sa main pend comme un fruit mûr. Ses seins paisibles soulèvent le drap. Guilhem regarde la merveille endormie. Il respire ces parfums d'encens et de fleur, la double exhalaison de ce corps dans sa déroutante virginité. Il est immobile. Il entend les battements précipités de son cœur.

Et, quand elle s'éveille, se lève et se dresse devant lui, soudain, longue et pâle, il ne sait si elle est la femme qu'il aime ou un ange. Très bas, il dit :

— Ne fuis pas. N'aie pas peur. Je t'en supplie... Je ne te toucherai pas. Je veux seulement te contempler... Qui es-tu ? Qui es-tu ? Un songe ?

— Peut-être un songe de toi.

— Laisse-moi, oh ! laisse-moi t'adorer...

Il se met à genoux, baise l'étoffe traversée par les rayons, et tremble.

— Relève-toi, Guilhem... Ferme la porte.

— Je peux donc rester avec toi ?

Elle s'enveloppe dans son manteau, s'assied sur le banc à dossier. Et lui, près d'elle.

— Je ne suis qu'un soldat, mais je saurai t'aimer. Non comme l'oiseleur aime l'oiseau qu'il guette, mais comme tu veux. Je m'efforcerai. J'apprendrai.

Il sent l'épaule d'Esclarmonde s'appuyer à la sienne. La nuit devient brusquement éclatante et tiède. Il n'est plus seul. Il peut enfin se délivrer du poids qui l'oppresse. Il a quelqu'un pour le comprendre. Celle qu'il fallait.

— C'est pour demain, commence-t-il.

— Je suis fière de toi.

— Fière ?

— Te voici notre glaive !

— Mais, aujourd'hui, plusieurs ont subrepticement quitté la ville. D'abord, Giraut de Pépieux. Puis de ces forains qui criaient misère. Et surtout un certain Cairola, un soudoyer qui est entré blessé à Minerve et qui a demandé à Cesseras d'être admis dans la garnison. Je me croyais le seul à savoir que c'était pour demain. Qui les a renseignés ?

— A moins que ce soient des lâches.

— Ou que Simon ait un agent à Minerve.

— Tu vaincras.

Il se tait. La joue d'Esclarmonde est contre sa poitrine. La caresse de cette soie de cheveux sous son menton !

— Tu vaincras parce que je suis près de toi, mon Seigneur aimé.

— Mais tu te reprendras.

— Toujours je serai près de toi.

L'espérance renaît dans le cœur de Guilhem.

— Toujours ?

— Suis-je partie chez les Parfaites ? Et cependant tu m'adressais à peine la parole.

Elle dormait encore dans les bras de Guilhem, sur le banc, lorsque la corne du guetteur retentit.

XV

LA LÉPREUSE

On entendit gronder les tambours. On vit se précipiter vers la citadelle les chevaliers privément logés. Mais la foule ne fut pas assemblée sur la place que Guilhem, accompagné de douze lances, franchissait la poterne de l'Ouest. On se porta aux remparts. Il avait déjà descendu la pente. Il s'enfonçait dans l'olivette. Une trompette sonna. Le vieil Esquieu parut, encadré par des sergents.

— C'est pour aujourd'hui, Messire ? Ça y est ?

D'un geste il réclama le silence.

— Oui, bonnes gens. L'armée a été vue dans la plaine et le sire Guilhem part en reconnaissance : Dieu le garde ! Mais d'ores et déjà les dispositions sont prises. Quant à vous, citadins, votre devoir immédiat est de nous aider dans la mesure de vos moyens. Ceux qui savent manier les armes, qu'ils se présentent au château : distribution leur sera faite d'arcs, de piques et autres impédiments. Les autres rentreront ce qui est dehors, outils, meubles et troupeaux. Veillez à ne pas vous écarter de la ville. Hormis la poterne de l'Ouest, tout sera promptement clos et verrouillé. Les femmes, à la corvée d'eau ! Remplissez les récipients disponibles...

Nous avions peine à suivre Guilhem. Sans cesse il donnait des éperons et nous distançait. Les cailloux chassés par les sabots bondissaient dans le torrent. Une résille de sang courait sur le ventre de nos chevaux. L'un de nous perdit l'équilibre, s'étendit dans un bruit de ferraille. Guilhem ne s'arrêta pas. Il fonçait droit devant lui. Pour aller plus vite, il laissa la route, se jeta parmi les roches et les arbustes du plateau. Trois fois, son destrier buta. Trois fois, il le frappa de son gantelet d'acier et lui arracha des hennissements. Il nous maudissait d'épargner nos vies et nos montures. Pour le feu qui le possédait, ce train d'enfer était encore trop lent. Des perdrix s'envolaient devant lui. Des sacres tournaient dans le ciel. Au diable le ciel et la chasse ! Les douceurs de la vie passée ! Au diable tout ! Aux épines succédèrent les lavandes fleuries. Les sabots foulèrent une immense tapisserie de haute lice. Au ras des montagnes bleues, les tours de Carcassonne pointèrent, chapeautées d'ardoises. Il jura si fort que nous l'entendîmes. Obliqua vers la gauche, vers un champ de genets épanouis. Nous le vîmes sillonner rageusement cette nappe dorée. Il entra enfin dans un boqueteau de pins, au bord des falaises. Dents au soleil, crinière hérissée, son destrier laboura la terre, retomba lentement.

Quand nous le rejoignîmes, de sa main dégantée il caressait le chanfrein chevelu. Mais ses yeux durs parcouraient la plaine.

— Aucun doute ! C'est pour nous. Regardez.

Dans le vert des champs s'étirait une longue chenille pâle, dardant mille pointes. Ces pointes étaient des lances et des piques. Sans hâte, en ondulant, elle progressait vers nos montagnes. Cavaliers sous leurs bannières minuscules, piquiers en bataillons serrés, archers en flancs-gardes, chariots tirés par des roncins au pelage clair. Derrière, venaient d'autres formations de cavalerie, d'autres porteurs de piques, d'arcs et d'arbalètes. Et, encore plus loin, de la brume lumineuse de l'horizon, sortait une autre masse ondulante et grise, pareillement truffée de cruelles épingles.

— Ceux-ci sont les Narbonnais. Ils tiennent parole.

Le soleil alluma les couleurs des boucliers, le rouge des croix.

Un chant monta, vaste et lourd comme le bruit éloigné de la mer.

— Ils chantent un cantique, ricana un homme.

Le regard de Guilhem se posa sur lui.

— Et celui-là, demandais-je, n'est-ce pas Simon ?

Tout noir, ce cavalier menait la colonne, au milieu de fantômes blancs.

— Ce doit être lui, au milieu de ses moines.

— La male mort sur lui !

Des archers coururent vers une maison. Une femme en sortit, gesticulant. Des flèches l'allongèrent dans l'herbe.

— Simon pacifie ses conquêtes. Allez, vous autres, demi-tour !

Devant le château, les nouvelles recrues déchargeaient une charrette. L'archer Gilles Cat les surveillait. L'avant-veille, on l'avait envoyé acheter des flèches aux forgerons de Ferrals.

— Pressez ! ronchonnait-il. Pressez-vous donc, tas de mauviettes ! Chef-Dieu, les sacrées limaces !

Il lui tardait de revoir sa femme, Corba. Il n'avait plus envie de jobarder, ni de faire l'amour. La peine au cœur, il était parti à Ferrals ; la peine au cœur, il revenait.

« Et ce bougre de siège qui va commencer, pensait-il. Si on la dénonce, qu'est-ce qu'ils décideront ? Ils sont capables de la tuer par couardise. Ou de la descendre nuitamment par une corde... Peut-être qu'on s'est trompé. Peut-être que ces gros boutons n'étaient que de fièvre... Ces boutons ? Plutôt des plaques. Les larges plaques de la lèpre. Oh ! Corba, nous étions si heureux ! Ça ne pouvait donc pas durer ?... La lèpre ! Quoi d'étonnant avec ces forains qui viennent de partout. Ils cachent leurs plaies sous le manteau et ils nous infectent. »

Un sergent sortit du château, salua Gilles, mais ne s'arrêta pas. C'était l'un des compagnons qui le plaisantaient naguère sur la route de Sainte-Colombe.

« Qu'est-ce qu'il a ? Il m'évite. On n'a pourtant pas eu de mots ensemble. Mais enfin qu'est-ce qu'il se passe ? »

Dès que la charrette fut vide, il s'engouffra dans une ruelle.

Des femmes se détournèrent sur son passage. Il força le pas, arriva, presque essoufflé, devant sa petite maison fraîchement recrépie. Des croix jaunes s'étalaient sur la porte, sur les volets clos.

— Corba ! Ma Corba, où es-tu ?

Des têtes se montrèrent aux fenêtres.

— Mauvais frères ! Qu'avez-vous fait ? Misérables ! Lâches voisins !

Il suffoquait de douleur. Il pleurait en se martelant le crâne.

— J'étais absent ! Il n'y avait pas de risque, n'est-ce pas ? Personne pour la défendre ! Vous l'avez dénoncée. N'est-ce pas, misérables ?

Une femme se dévoua :

— Non, Gilles. Elle a été chez le mire. Puis des archers sont venus. Et ils l'ont conduite chez les lépreux.

— Qu'a-t-elle dit ?

— Rien. Elle acceptait.

— J'irai près d'elle.

— Tu es fou ?

— J'irai là-bas, chez les lépreux.

— On ne te le permettra pas. Tu es soldat.

— Je n'ai plus rien à perdre. Plus de femme ! Plus de maison !

Des acclamations fusèrent des remparts. Un homme accourut :

— Le sire Guilhem ! Le sire Guilhem ! Il est de retour ! Vite, bonnes gens !

Gilles resta seul devant les croix jaunes.

Une foule délirante nous accompagnait. Les hommes criaient :

— Ils s'édenteront sur nos tours !

— Nous nous battrons pour toi !

— Je tannerai la peau de Simon !

— Il pourrira sous Minerve !

— Gloire à toi, Guilhem !

— Gloire à toi !

Des femmes agitaient leurs voiles de tête. D'autres chantaient en marchant au pas et en se tenant par la taille. D'autres proféraient des paroles d'amour :

— Nous sommes à toi ! Et tu es à nous !

— Nous sommes mari et femme.

— Gentil Sire, regarde-moi.

— Nous te défendrons, nous aussi.

— Dieu te prête vie !

— Qu'Il te préserve des blessures !

— Vive le Sire ! reprenaient les hommes.

Les jeunes lançaient en l'air leurs chapeaux, bousculaient les soldats pour être plus près.

— Nous vaincrons !

— Jusqu'à la mer tu seras le maître !

— Merci, répétait Guilhem. Merci vous tous. Merci, jeunes filles... Mes bons compagnons ! Merci ! Merci... Oui, nous vaincrons...

Une femme lui tendit son enfant à bout de bras. Il le prit dans ses gants de fer, l'assit sur l'encolure de son cheval. Alors éclatèrent les cœurs, battirent les mains, se mouillèrent les yeux, et mille gorges entonnèrent le vieux chant de Minerve, ce vieux sanglier de chant, rude mais bondissant, celui des âges héroïques, des grands départs, des retours fastueux, des ripailles, des espoirs. Guilhem chantait avec tous. Autour de son destrier, les adolescents levaient leurs narines palpitantes, leurs cils de faons, leurs mentons duveteux. Les plus hardis touchaient ses harnais, ses chausses, les molettes de ses éperons. Si jamais homme connut l'amour d'un peuple, ce fut Guilhem, cette journée-là.

Il y eut davantage.

A peine avait-il pris place sous le dais, dans la salle aux sept piliers, qu'on annonça la venue des Parfaits et des notables. Entrèrent Bohita et Godafla précédant les Parfaits et les Parfaites sur deux files. Puis Amiel, le heaumier, Étienne Fays, le riche homme, le boucher Preixan, Aicard à la barbe de prophète, et Téouli, le talmelier. Au milieu des chevaliers et des sergents aux surcots bariolés, aux épaules enveloppées de mailles, passèrent ces hommes et ces femmes dans leur vêture noire à ceinture de chanvre. Bohita tenait une épée dans son fourreau de cuir. Il s'inclina devant Guilhem et dit :

— Sire, naguère Notre Père Céleste arma l'archange Mikhaël contre les légions démoniaques. Aujourd'hui, par mon truchement indigne, c'est vous qu'Il désigne pour terrasser l'Ennemi. En Son Nom, je vous remets ce glaive. Il n'a d'autre ornement que notre croix aux quatre bras d'amour. Mais d'or vierge est sa garde. Pour vous l'offrir, chaque femme de Minerve a filé une pièce de toile, chaque ouvrier a donné une journée de son labeur. Soyez donc notre Mikhaël à l'heure du danger. En cette pensée, je vous bénis.

Guilhem fit sa génuflexion et prit l'épée dont il baisa la croix :

— Autant que je vivrai, dit-il, je la porterai à mon côté. Elle sera ma fidèle compagne.

Obscures paroles dont personne, ni même celui qui les proféra, ne saisit le sens tout chargé d'un redoutable avenir !

— Soyons ensemble ! dit-il encore.

— Nous le serons ! clama la foule.

Les ordres avaient été donnés. Chacun volait à sa tâche, qui à surveiller le charroi des pierres, qui à établir les machines aux emplacements, qui aux corvées d'eau, qui au verrouillage des poternes, qui aux domaines environnants, qui aux postes de combat. La salle s'était vidée. Seuls, demeuraient près de Guilhem son oncle Esquieu, l'écuyer de service, Esclarmonde et moi. Quand Gilles fit irruption ! Il renversa un garde, reçut une estafilade à la joue, et vint se jeter, hurlant et sanglant, aux pieds de Guilhem :

— Sire, aie pitié ! Aie pitié ! Rends-moi Corba ! Retiens ma solde de l'année, mais rends-moi ma femme !

— Gilles, est-ce l'attitude d'un soldat ?

— Ils l'ont enlevée pendant mon absence.

— Il valait mieux pour toi.

— Et pour elle ? Dites ! Pour elle ?

— Le mire a fait son devoir.
— En grande hâte, Sire !
— La lèpre ne pardonne pas.
— Rends-la-moi.
— La loi est pour tous.
— Alors permets que je quitte la ville. J'irai là-bas, j'irai chez les lépreux.
— Mais tu n'es pas atteint ?
— Je l'ai connue, malgré ses taches et ses bubons. Jamais je ne l'ai tant aimée ! Je me disais : Prends son mal ! Prends son mal ! Pourris-toi !

Il éclata de rire :

— Je vais l'avoir ! Je l'ai déjà !

Il essuya sa joue, montra son sang :

— Le mal est là ! Si je reste, je contaminerai la garnison, toute la ville. C'est une léproserie qu'assiégera Simon !

Il se peut que Guilhem se souvînt de vos menaces, Messire Gaucelin : « Votre corps est comme celui des autres. Vous pouvez être envahi par la fièvre ou par la lèpre. La puissance divine peut vous changer en bête, comme elle l'a fait du roi de Babylone. »

— Toi aussi, tu l'auras ! Vous aussi, demoiselle de Trèbes ! Et toi, Cesseras ! Tous, lépreux !
— Messire, dit Esclarmonde, accordez-lui cette grâce.
— C'est mon meilleur archer.
— Il ne se battrait pas.
— Soit. Gilles, va rendre ton arc.

XVI

LES LANCES

« Alors, dit saint Jean dans son Apocalypse, je vis et j'entendis la voix d'un aigle qui volait par le travers du ciel, et disait : Malheur ! malheur aux habitants de la terre à cause du son des trompettes dont les trois autres anges vont sonner. »

Moi aussi, j'ai vu l'aigle et j'ai entendu sa voix. Trois heures après midi, j'étais de faction à la tour de guet. Au-dessous, travaillaient les abeilles minervoises ; elles couvraient de leurs grappes serrées la clarté des remparts. En deçà des ravines, la campagne était vide. Les dents de calcaire étincelaient dans la lumière. Les feuillages des vignes et des bois semblaient gainés de poussière. Tout revêtait l'aspect irréel des étés, leur torpeur sommeilleuse. Mais, en bas, dans les rues de la ville, des silhouettes se démenaient. Ce fut alors que je revis l'aigle. Il s'envola d'un arbre, au sommet de la colline, isolé sur l'azur. Il piqua vers la ville. Trois fois, il l'entoura de son vol et jeta son cri rauque. Il n'était point doré comme celui de Boisset, mais presque noir. L'ombre dentelée de ses ailes glissa sur les toits des maisons, sur les merlons de la tour.

— Charognard ! cria un homme.

Et il laissa partir sa flèche qui se perdit dans le gouffre du

Briant. L'oiseau, dans sa majesté sombre, s'éloignait, le bec en avant.

A ce moment, du sens opposé, montèrent une rumeur sourde et le jaune terne d'un nuage.

— Ce sont eux ! C'est la poussière de leurs chevaux !

L'homme emboucha la corne d'alarme. Instantanément, sur les murs, sur la place, dans les rues, les abeilles minervoises suspendirent leurs travaux. Les visages se levèrent vers nous. Les femmes qui puisaient de l'eau, balancèrent leurs cruches. Les attardés saillirent de l'olivette, poussant un troupeau de moutons. Les chiens se mirent à aboyer ; les chevaux, à hennir. Guilhem déboucha sur la plate-forme, se pencha au merlon afin de scruter notre désert ensoleillé.

Un peu de temps s'écoula. Si peu ! Mais il nous parut interminable.

Tout à coup, des crêtes du Midi jaillirent les pointes de cinquante lances. Hommes et chevaux se profilèrent sur le ciel implacable. A droite, à gauche, d'autres lances pointèrent des vignes et des broussailles, de la croupe d'un mont parsemé de rocs, des collines dénudées du mont des Alibères. Après, ce fut une bataille d'archers : elle se déploya en demi-cercle et progressa sur le plateau, à l'est. Ensuite, le son tranchant de plusieurs trompettes déchira l'air et l'on distingua un gros corps de cavalerie, heaume en tête. Il se dirigea vers le plateau, couvert par les archers qui s'étaient apostés au ras du gouffre, derrière les arbustes et dans les anfractuosités de la falaise. Le cavalier noir parut, entouré d'une trentaine de moines. Quatre d'entre eux portaient un crucifix. Puis ce furent les piquiers défilant dans une ordonnance impeccable, en dépit de la difficulté du terrain et de la chaleur. Bientôt, tout l'Est de Minerve fut envahi de soldats. Ces piques, ces lances, balancées par la marche ou la chevauchée, faisaient penser à des grands buissons agités par le vent, à des épis noirs, à quelque récolte de fin du monde gelée sur pied et secouée par une mauvaise tempête. Et ces bruits de sabots, ces interpellations sans nombre, ce vaste murmure, à la sourde et profonde plainte d'un orage à son début.

Tout le peuple de Minerve était au rempart, attentif. Les femmes, les enfants, braquaient leur œil aux meurtrières. Les archers, les arbalétriers, qui ralliaient leurs postes, étaient obligés de les repousser. Pour mieux voir, des hommes se hissaient sur le toit de l'église. Guilhem étudiait soigneusement le comportement des siens, de l'armée de Simon. Quelqu'un toussa. C'était Esquieu. La montée l'avait épuisé.

— Redescendez, mon oncle. Il fait trop chaud ici. Et vous n'êtes pas d'utilité.

Esquieu le regarda tristement.

Les armes de rechange, les piquets des tentes, s'entrechoquaient dans les chariots. Ceux-ci passaient devant le front de l'armée. Les coups de fouet claquaient. Les lourds essieux grinçaient. Guilhem m'appela :

— Regarde ces pièces de bois. Quatre machines au moins ! Il paraît que Simon a loué Malevoisine, la reine des perrières. On aura du fil à retordre.

— Tout dépend de sa force.

— De son emplacement.

Parurent les Gascons. On les reconnut à leurs chevaux sarrasins dont la queue traînait jusqu'à terre, et à leur petitesse. Les précédait Monseigneur d'Auch : sa cape violette flottait sur son armure. Les suivaient des chariots remplis de barils qui déchaînèrent les rires. Rires qui se changèrent en cris de haine, lorsqu'on vit la bannière d'Aymeri de Narbonne, les contingents de cette cité bien fournis de piques, de lances et de bagages.

Le plateau disparaissait sous cette multitude. Tant de heaumes d'acier bruni, tant de cottes de mailles, piquetaient nos collines que nous ne reconnaissions plus celles-ci. Mais sur cette lisière obscure flamboyaient le rouge des croix de poitrine, le vert, le bleu des surcots, les émaux des écus. Toutes les couleurs brillaient sous le soleil de ce jour-là. Tous les signes de l'héraldique se lisaient sur les boucliers : les besants des rançonnements de jadis, les lions griffus, les dragons vomissant le feu, les guivres enroulées sur elles-mêmes, les tours et les épées, les lambels et les tours, les oiseaux mythologiques et les tristes corbeaux du Nord disposés deux et trois. Tout cela répété par les bannières brodées qu'un souffle de brise déroula soudain au-dessus des heaumes, des lances.

Sur un avancer de falaise, au ras du gouffre et comme suspendu dans le vide, le cavalier noir se tenait immobile parmi ses moines. Massif sur son destrier, indifférent aux mouvements de l'armée, il regardait notre ville. D'ornement, il n'en avait aucun, sinon la torque tréflée qui cerclait la large coiffe de son casque. Près de lui, un écuyer tenait l'étendard de la Croisade dont la croix saignait sur fond blanc. Les chevaux piaffaient, hennissaient. Les armes se heurtaient. Les roues écrasaient nos pierres tendres. Les hommes vociféraient. Il y eut des cris parce qu'un cheval, peut-être piqué par un insecte, renversait des piétons. Le cavalier noir ne détourna même pas son mufle de fer. Les chevaliers de son entourage avaient relevé la visière de leur heaume ; ils étouffaient. Lui, non. Il était insensible. Telle une effigie de la fatalité ! Ses yeux avides, ses yeux voilés, s'emparaient déjà de Minerve.

Il leva le bras. Des ouvriers accoururent, avec des pioches et des maillets. En face de nous, le grand crucifix fut solidement planté. Son ombre descendit dans notre causse. Les Minervois considéraient avec crainte cette figure douloureuse, ces flancs de bois que des archers albigeois avaient pris pour cible et constellés de leurs flèches. Plus que les corps de chevalerie et que la nuée de piétaille, ce dieu blessé — et blessé par nos frères ! — frappa les imaginations. Des femmes se sauvèrent et furent houspillées par des fanatiques. Près du cavalier noir — tous avaient compris que c'était Simon de Montfort — un soldat attachait un fanion blanc à sa lance. Guilhem abandonna son poste d'observation. Nous le suivîmes.

— Pèse avant de décider, dit Esquieu. Il est encore temps.

Guilhem eut son haussement d'épaules.

— Tu es comptable de ton peuple !

Là-haut, des trompettes sonnèrent. Les nôtres répondirent. Le hérault de Simon contournait la ville ; il s'arrêta sous les pins, devant le château.

— De ton père, insistait Esquieu, tu as reçu la ville et le fief. Pense au fils que tu auras.

— Livrerai-je les Parfaits ? Ma tante Braïda ?

— Nous ne sommes plus rien pour elle. Elle est comme morte. Ne t'embarrasse pas de sentiments. Quel qu'il soit, j'approuverai ton choix.

Le hérault de Simon s'approchait à portée de voix. Esquieu retint Guilhem.

— Nous nous battrons à un contre cinq !

— A l'abri de nos murs.

— Ils ont Malevoisine.

— Nous, la Cesse et le Brian.

— Et les forains ?

Guilhem secoua le bras du vieillard, se mit à découvert. Le hérault inclina sa lance.

— Etes-vous Guilhem, sire de Minerve ?

— Je le suis.

— Au nom de l'apostole de Rome, Innocent troisième du nom, de Sainte Eglise et du capitaine de ses armes, le pieux comte de Montfort, je vous requiers et ordonne de rendre sans délai la ville et place de Minerve. Le comte Simon accorde à vous, à votre famille, à vos vassaux et soudoyers, vie et bagues sauves, sous condition que vous abjuriez l'hérésie.

— Et le peuple de Minerve ?

— Il aura même traitement. Quand aux hérétiques revêtus, ils nous seront livrés ! Sire de Minerve, je vous somme de répondre sur-le-champ.

Guilhem empoigna un arc. La flèche siffla au-dessus du casque du hérault.

— Voilà ma réponse !

— Alors défendez-vous !

— Je m'y emploierai.

Les troupes se remirent en mouvement, se tronçonnèrent en quatre. Les Gascons traversèrent la Cesse ; aussi les Narbonnais. Ceux-là s'égaillèrent dans l'olivette. Ceux-ci occupèrent un emplacement sous les pins, en face du château. Un autre corps se développa sur les collines du sud. L'élite demeura à l'est, avec Simon ; c'était le noyau de l'armée, une troupe issue de l'Ile-de-France. Il y eut un moment d'indescriptible désordre où piétons, chevaliers et chariots s'enchevêtrèrent, où Simon dut intervenir.

— Mettons à profit cette confusion ! cria l'un des nôtres.

Guilhem refusa. Il fit bien. Il eût fallut déverrouiller la principale poterne, descendre dans le lit du torrent, escalader la falaise. C'eût été perdre des braves et pour quel résultat ? De même ordonna-t-il de cesser le tir : les flèches retombaient à bout de course sur les cailloux.

— Ils seront vaincus par la nature, émit-il. Le torrent est à sec. Sous peu, leurs hommes et leurs chevaux crèveront de soif.

Pareillement, dans la ville, avaient-ils recouvré leur confiance dans l'issue du siège, et même leur insouciante gaieté. Quand un Croisé se penchait sur l'abîme, horrifié par la profondeur, ils riaient à gorge déployée :

— Viens ça, mignard ! Allons ! Allons ! Saute...

Les enfants, avec la cruauté ingénue de leur âge, piaillaient :

— Vise le gros, soldat ! Là, dessous l'arbre ! Vise dans la panse !

Les filles lançaient des quolibets aux soldats. Les femmes regagnaient leur logis pour cuire le repas du soir ; leurs visages ne reflétaient pas la moindre inquiétude. Téouli palabrait devant sa boutique en compagnie du heaumier et du patriarche de Minerve.

— Les pauvrets, disait-il, ils ne sont pas de taille. Ils vont, ils viennent. Aucune organisation ! Que je te pique ma tente. Que je la dépique. Les chevaux par-ci, les chevaux par-là. Et que je te vole la bonne place ! Et l'eau, mes compères ? La bonne eau fraîche, où la prendront-ils ?

— Tu as vu ? Monseigneur d'Auch aime mieux le vin.

— Ils défonceront les muids pour abreuver les chevaux ! Du vieux vin pour économiser l'eau ! La sacrée pagaïe !

— Moi, à force de gueuler sur les remparts, j'ai une râpe dans la gorge.

— Moi de même.

Ils entrèrent dans la boutique. Bérengère, la femme de Téouli, toute jeunette avec des yeux de jais, sortit les timbales.

— Femme, tu as pleuré, ce me semble ?

— J'ai peur.
— Pas possible ?
— Tous ces hommes, ces bêtes...
Il la prit par la taille, lui posa sur la joue un baiser claquant.
— Faut l'excuser. Pauvrette, elle n'est pas d'ici. A Minerve, ma belle, on est tous du même cœur ; voilà notre force ! Remplis vite les gobelets.
Ils trinquèrent au siège.

XVII

L'ORAGE

Dans la matinée du mercredi, quinzième de juin, deuxième du siège, les ouvriers construisirent une chapelle de bois et de feuillage, face à la ville. Lorsqu'ils eurent posé la croix du pinacle, les trompettes sonnèrent dans les quatre camps. La cohorte des moines sortit des trefs de Simon, se rangea devant la chapelle. Ensuite, les soldats qui se rassemblèrent par compagnies avec leurs chefs et leurs bannières. Ceux de Gascogne commencèrent à refluer en groupes compacts vers le chemin de ceinture. De même les Narbonnais.

A leurs crénaux, les Minervois se montraient les chevaux caracolant, les hommes marchant au pas redoublé. Certains se méprenaient :

— La preuve que j'avais raison ! Ils décampent. Ça n'a pas duré longtemps.

— Où est le plaisir ? Ils n'ont même pas goûté à nos flèches !

— De si bonnes flèches, si bien effilées !

— Triples fols, disait Téouli. Regardez les archers le doigt sur la corde, là sous les pins !

La cloche tinta sur le plateau. Chevaliers et piétons s'agenouillaient. La messe débutait. Toujours, lorsqu'il investissait une place, Simon procédait de la sorte « afin que Dieu fût de son bord ». D'où nous étions, nous le voyions parfaitement ; un passage s'ouvrait tout exprès, à travers la foule, jusqu'à l'autel. Son haubert noir tranchait sur les robes monastiques. Lui, n'était pas agenouillé. Il se prosternait, le front sur les cailloux.

— Il ne tient pas debout, plaisantait le heaumier. Le poids de ses péchés l'emporte !

— Misère, glapit une femme, que la damnée chapelle soit si loin ! On lui enverrait un trait d'arbalète. Ça le redresserait.

— Non, mais visez-moi ces grimaces ! Et que je t'écarte les bras ! Que je te batte ma coulpe ! Que je te baise la cendre ! Mort-Christ, le même qui a brulé Béziers !

— Il adore le dieu du bûcher !

— Le vôtre, braves gens, c'est celui des brûlés et des égorgés, le vrai Dieu d'Amour, ne l'oubliez pas.

C'était Bohita qui survenait. Pareillement ses acolytes se portaient en divers points du rempart.

— Mes frères, continuait-il, c'est péché d'ouïr les formules romaines, quand bien même dans votre cœur vous les condamnez. Votre curiosité est pécheresse. Laissez les sataniques adorer Satan. Votre présence ici est superflue. La garnison suffit.

Il s'en alla plus loin :

— Bonnes gens, ôtez de votre vue cette synagogue du démon. Ridicule est ce faux office. Mais c'est péché que d'y assister, même d'où vous êtes. Ce soir, vous viendrez sur la place ; il y aura prière collective pour vous laver de cette souillure.

Beaucoup obéissaient. Quelques-uns faisaient mine de s'éloigner, mais ils s'empressaient de revenir aux créneaux. Une femme fut dénoncée aux Parfaits pour s'être signée selon le rite romain. Elle déclara avoir agi sans réflexion. On lui infligea une peine légère.

A l'*Ite missa est*, Montfort se releva et, croisant les bras, face à la ville, bientôt appuyé par deux mille gorges, il entonna le chant de guerre et de foi :

Bois de la Croix,
Signe du chef,
Suit l'armée,
Ne se rend jamais...

— Engeance du diable ! Chiens de bâtards ! hurlaient les Minervois.

Guilhem fermait les yeux. Cette musique lui perçait la tête.

Avance toujours,
Soutenu par le Saint-Esprit...

C'était le chant clair des Croisades anciennes, non de celle-ci ; le chant de la Croisade d'Urbain II, « le pape d'Or », non du sombre Innocent III : alors, toutes les hautes âmes se confondaient dans un idéal unique et partaient, enivrées, vers les sables de Jérusalem. C'était cela qu'avaient entonné, jadis, les Croisés de Minerve, quand ils marchaient sous les remparts flambants de Maara. Ce chant, on se le transmettait pieusement et, dans son enfance, si proche encore, Guilhem l'avait appris de son père. Mais, ce jour de juin, ce n'était plus la voix du seigneur des années douces, du vieux roi de tendresse, qu'il entendait ! C'était le chœur des hommes armés ! Le chant devenait cri d'orgueil, de défi, énorme menace planante.

« Comme pour eux, tout est simple, pensait Guilhem. Ils sont sûrs de leur choix. Ils exterminent les innocents avec les hérétiques. Qu'importe ? Dieu le veut ! Ils brûlent, ils tuent, Dieu le veut ! Mais Simon ? »

Il rêva un instant qu'il se trouvait devant la chapelle, portant le haubert noir du chef des Croisés. Il essayait de le comprendre, de pénétrer les secrets de cette âme obscure.

Cet esprit-là nous perdit. C'était celui de Toulouse, de Trencavel, de presque tous les dignitaires de notre pays. Ils aimaient leur peuple ; ils respectaient l'hérésie ; mais n'avaient point de conviction arrêtée. Souvent même ils doutaient de la bonté de leur cause. Ils haïssaient les Croisés à cause de leurs crimes, plus encore de leur rapacité travestie en zèle religieux, mais il leur arrivait de leur porter envie.

Avec mélancolie, ils considéraient l'ordre qui était le leur, comparaient nos divisions à leur rigueur, nos incertitudes à leur foi.

Les Croisés n'avaient pas regagné leurs cantonnements que, déjà, les maillets résonnaient de nouveau. A chacun de nos points cardinaux, les ingénieurs de Simon établissaient une baliste. La plus proche dans la pinède, devant le château.

— Elle crèvera une ou deux voûtes tout au plus, opina Guilhem.

— Messire, les ouvriers sont à portée d'arc.

— Ne tirez pas, ou mal et peu. Pour les rassurer. Demain, vous piquerez.

La seconde s'élevait sous les murs de l'ouest, dans le quartier des Gascons.

— Sans efficacité. D'ailleurs nous l'écraserons sous nos boulets, quand elle nous gênera. Là encore patience ! Qu'elle soit debout, complète, avec ses servants. Prévenez-moi.

La troisième était au sud, sur la pente d'une colline. Et celle-ci, Guilhem ne fit qu'en rire. Mais la dernière le rendit soucieux. Elle occupait le mince promontoire où Montfort s'était arrêté, non loin du Christ percé de flèches. Or cette pointe rocheuse surplombait le puits creusé dans le lit du torrent, le chemin couvert qui conduisait à ce puits et la tour qui le défendait.

— C'est folie, émit un sergent. Nous sommes hors d'atteinte. Ils n'égratigneront même pas la tour !

Guilhem ne répondit pas.

Vers la quatrième heure, une compagnie d'archers quitta le camp de Simon. Un chevalier la commandait, visière baissée et lance au poing.

— Qu'est-ce qu'ils ont ? plaisantaient les Minervois. Hé ! dardiers, c'est-il le Mardi gras chez vous ?

Les archers avaient des masques de linge noués derrière leurs casques. Ils s'arrêtèrent près de la maison des lépreux. Les Minervois se turent ; ils avaient compris. Sur un ordre sec, les archers se déplièrent, encerclèrent la maison. Une troupe de ribauds sortit de l'olivaie, portant des fagots de javelles. Un lépreux ouvrit la porte. Une flèche le cloua sur le panneau. On le vit se débattre, s'immobiliser. Un autre se risqua. Il roula sur les marches, la cuisse percée, mais parvint à se traîner dans la maison. La porte se ferma. A l'aide de crochets à longs manches, les ouvriers arrachaient les tuiles. Ils grimpèrent sur le toit, balancèrent des fagots et plusieurs récipients d'une matière jaunâtre. Dès qu'un lépreux paraissait à la fenêtre, les flèches sifflaient. Les javelles s'entassèrent devant la façade, obturèrent peu à peu la porte et la fenêtre.

— C'est de la poix qu'ils ont jetée, les maudits !

— J'ai reconnu Gilles Cat.

— S'ils lui avaient laissé son arc !

— Oh ! pauvres...

Les archers reculèrent. Les ouvriers balancèrent leurs torches. Des langues de feu jaillirent aussitôt des ouvertures, et aussi des hurlements horribles. A Minerve, tous abandonnèrent leurs boutiques, leurs postes de veille ou leurs ateliers. Les hurlements augmentaient, semblables à ceux des loups affamés et des chiens que poigne la mort. Trois moines s'avancèrent avec un crucifix. La fureur des assiégés redoubla. Preixan et Téouli coururent au château :

— Il faut agir, sire Guilhem. On ne peut laisser faire. C'est monstrueux !

— Est-ce que je me mêle de tailler ta viande, Preixan ? Ou de cuire ton pain, Téouli ? Restez tranquilles. Souvenez-vous des bourgeois de Béziers.

Une épaisse fumée se rabattit sur la ville, apportant l'âcre odeur du bois consumé et celle, écœurante, des chairs grillées vives : une odeur de corne grésillante, de graisse fondue et de pourriture. Quand le toit s'effondra, dans une explosion d'étincelles, une grande clameur monta de la ville.

Puis les archers retraversèrent l'olivette, les jardins, du pas des bons troupiers, indifférents aux imprécations, satisfaits d'avoir rempli leur mission. C'étaient les anciens, les compagnons du début, les incendiaires de Béziers. Ils avaient accoutumé de vivre dans cette atmosphère de meurtres et de miracles.

Simon n'eût pas envoyé les Gascons, trop récents, et encore moins les Narbonnais.

Neuvième heure. Le soleil se couche dans une apothéose de sang et d'or. Le ciel entier se cuivre de nuages. D'aucuns affirment qu'un orage s'annonce. La fauvette à tête noire sort de la boule du laurier et joue des ailes dans la lumière mourante. L'hirondelle rase le sol. Les giroflées embaument. Dans la chambre aux tentures vertes, Esclarmonde et Guilhem parlent du brûlement des lépreux.

— L'atroce mort !

— Heureuse mort, bien-aimé !

— Il n'est pis que le feu.

— Il n'est pis que de mourir loin de ce qu'on aime. Gilles n'est pas à plaindre. Entre les bras de Corba, il s'en est allé.

— Tu n'as jamais vu de corps brûlés.

— Non brûlés, mais purifiés de leurs souillures.

— Ils s'aimaient !

— Qu'est-ce qu'un amour qui ne se perdrait dans le ciel ?

— Cathare tu étais ; cathare, tu restes. Ils t'ont marquée !

— Ne te mets pas en colère, Guilhem. Apprends-moi plutôt la vie. Je t'aime.

Il tressaille, mais se contient.

— Que ferais-tu, si j'attrapais la lèpre ?

— Je la voudrais avoir.

— Si je devenais abominable ?

— Je baiserais tes plaies.

— Et si j'étais tué ?

— J'irais dans la maison des Parfaites. Je recevrais le Consolamentum et me mettrais en endura*.

— Est-ce vrai ?

— Je veux tout partager avec toi.

— Mais surtout le ciel ?

* *Suicide volontaire des Parfaits, permis par la secte. Les Parfaits se laissaient mourir de faim ou s'ouvraient les veines.*

— Le ciel et la terre.
— Ecoute !
Le tonnerre roule dans la montagne.
— Voilà l'orage ! Les citernes vont se remplir. C'est toi qui me portes chance...
Elle cherche la main de Guilhem, met entre les bras forts sa taille docile. Lui, au contact de cette chair odorante et tiède, il ne se trouble pas. Il lui semble tenir un enfant, un trésor, une coupe resplendissante mais fragile, peut-être son âme incarnée, ardente et cependant craintive.

Vers minuit, un éclair hachura l'horizon. Le Cers* donna de la voix. Des nuages fous volaient sur la lune : une cavalerie de sombres fantômes, qui se disloquait, se reformait, emportée par les tourbillons du vent. Au nord, le ciel s'illumina de mauve.
— Sûrement, il va pleuvoir, disaient les hommes.
Des grêlons tombèrent, mêlés de larges gouttes qui s'écrasaient dans la poussière. Mais cela ne dura pas.
— Tu verras tout à l'heure : une sacrée pissée, à ne pas mettre un chien dehors !
— Ouvrez l'œil, vous autres !
— Oui, Messire.
Je rentrai au château, après ma ronde. Certainement plus tôt que de coutume. Lorsque j'ouvris la porte, j'apercus Arzen qui était à la fenêtre, une chandelle à la main. Elle m'entendit, se précipita vers moi, en jetant des cris de frayeur.
— Il y a quelqu'un, là !...
Elle avait lâché la chandelle qui s'éteignit. Je scrutai l'obscurité. Arzen me tirait en arrière.
— Non, pas toi ! Non, Belvis !... Non, ne rallume pas !
Un éclair embrasa le causse. Le ciel se fendit.

* *Vent propre à la région minervoise.*

LE BÛCHER

— Oh ! cet orage !... Cet orage !... Ferme la fenêtre. Oui. Aussi les rideaux. Oh ! Belvis...

Je lui obéis. Elle revint contre moi, frêle et gémissante.

— Je suis folle, n'est-ce pas ? C'est cet orage... Viens...

De ses mains fébriles, elle débouclait mon ceinturon. Les lueurs transperçaient l'étoffe des rideaux, éclairaient son visage crispé. Tout le temps qu'elle me dévêtit, elle ne cessa de pousser ces petits cris. Dès que nous fûmes dans les draps, j'eus entre mes lèvres sa bouche profonde et douce. Jamais elle ne montra tant d'ardeur, ni d'invention.

XVIII

UN BOUQUET SUR TA POITRINE

L'orage n'éclata pas sur Minerve. Une tornade l'emporta vers la mer. Nous n'eûmes que la foudre et les grêlons, et ces rares gouttes d'eau qu'asséchèrent les premiers rayons de soleil. Mais, au cœur du massif minervois, dans les gorges sauvages et boisées où le Brian faisait son cours, une pluie violente s'était abattue. Aussi, dès l'aube, vîmes-nous courir sa belle eau verte sur les cailloux. Un peu en deçà du château, au fond du gouffre et à l'abri de nos arbalètes, étincelait une large nappe. Déjà les valets de l'armée défilaient sous les hêtres, portant de grands seaux de bois. Guilhem dit tristement :

— Nous nous sommes trompés, Cesseras. La soif ne les chassera pas du causse. Désormais, ils ont de quoi boire, et pour longtemps.

— La roche est poreuse.

— Mais le trou est profond.

— Nous avons nos citernes.

— A moitié vides !

— Le puits nous reste.

— Profitons-en.

Du menton il désigna Malevoisine où s'affairaient les charpentiers. Elle se dressait sur la falaise, telle une araignée géante. Mille fables circulaient sur son compte. On disait que son architecte s'était inspiré de cette fameuse machine qui avait jadis défendu Carthage contre les Romains. Que ses nombres et dimensions s'étaient transmis depuis cette époque lointaine. Qu'elle ne coûtait pas moins de vingt et une livres par jour à qui la louait. En réalité, c'était une baliste du type commun, mais sa seule charpente représentait notre forêt du Bouysse. Les boulets que transportaient les ouvriers, avaient quadruple taille et dix hommes pouvaient tenir dans chacune des roues qui actionnaient le treuil. Il nous était facile d'apprécier les dégâts qu'elle occasionnerait, si toutefois l'on pouvait régler son tir.

Guilhem fit publier l'ordre de se relayer au puits. Chose étrange, les Minervois renâclèrent. Les hommes prétextaient leur service au rempart. Les femmes disaient que la chaleur était trop forte. La plupart que le puits du Brian suffirait aux besoins de tous, lorsque les citernes seraient vides. Revenaient les habituelles sottises sur les machines, sur « les chiens de Croisés », et « le gros porc de Simon dont la couenne fondrait au soleil de Minerve ».

Cependant les Croisés ne s'activaient pas qu'en paroles. Ils avaient achevé leurs travaux d'investissement, entouré leurs camps d'épaisses claies de feuillage d'où pointaient les pinacles multicolores, les bannières et les mâts des trefs*. Bientôt leurs quatre balistes furent en état de fonctionner.

Lorsque les premiers boulets tombèrent, les Minervois déjeunaient. Très peu coururent aux créneaux. La majorité affecta de se désintéresser.

— Nous mangeons en musique, disaient-ils, comme des sires !

— Écoutez les harpes et les violes de Simon !

— Il est bien civil. Nous lui enverrons un muids de grenache en remerciement.

* *Tentes.*

Guilhem interrompit son repas, pour se rendre à cette portion du rempart qui surplombait le chemin couvert. L'apercevant, les soldats qui étaient de garde à cet endroit, crurent bon d'abandonner leur poste et de s'aligner sur le chemin de ronde comme à la parade. La voix cingla :

— Qui commande ici ?

Le sergent s'approcha, bredouillant :

— Messire, je...

— Aux archères ! Vous êtes là pour veiller, non pour faire les jolis cœurs.

— Sire Guilhem, ils sont de l'autre côté. Le risque est nul.

— Assez !

Cinquante servants manœuvraient Malevoisine. Le sifflet de l'ingénieur rythmait leurs efforts. Des ribauds, ou des prisonniers, étaient enfermés dans les roues. Frénétiquement ils s'accrochaient aux barreaux. Le levier s'abaissait. Deux servants logeaient le boulet dans la fronde de corde tressee, puis se sauvaient à toutes jambes. Quarante ribauds, d'un seul élan, se suspendaient aux filins qui actionnaient le contrepoids. Le levier déchirait l'air, la fronde miaulait, propulsant le boulet qui semblait se balancer l'espace d'un instant, puis, brusquement, plongeait dans le gouffre où il se fracassait. Aussitôt le levier redescendait, les servants accouraient avec leur boulet. Un peu en retrait, des tailleurs de pierre besognaient les roches qui jonchaient le causse.

— Ils ne manqueront pas de munitions, grommela Guilhem.

— Cela ne leur servira de rien, répondis-je. La portée est trop courte.

— Mais ils peuvent allonger le levier, ou réduire le poids des boulets. Nous serons fixés dans peu de temps.

Le chemin couvert était composé de deux murs parallèles. Il tournait à angle droit et descendait vers la tour qui enrobait le puits. C'était là le pivot de la défense de Minerve. Le Sire méditait. Le levier de Malevoisine siffla ; la fronde miaula ; le boulet oscilla au-dessus de nos têtes, s'écrasa dans le lit du Brian. Instinctivement, les hommes s'étaient rapetissés ; l'un d'eux avait même levé le bras pour se protéger. Guilhem demanda la clef de la poterne qui donnait sur le chemin.

— C'est ouvert, Messire.

— Ouvert ?

Il dégringola l'escalier. Le puits, au rez-de-chaussée de la tour, arrondissait sa calotte de moellons rouges, semblable à la coiffe aiguë de nos heaumes. Guilhem retira la gaffe :

— L'eau est à trois pieds.

Une échelle s'appuyait à la calotte ; elle conduisait à l'étage de la tour.

— Ho ! les hommes ! hucha-t-il. Hé ! de là-haut !

Il grimpa coléreusement. La salle était vide ! Blême de rage, il regagna le rempart, empoigna au cou le sergent :

— Charognard ! la tour est à l'abandon !

— Mais, Messire...

— Un moment d'inattention, et la tour est envahie ; l'ennemi occupe le chemin couvert, vous débusque du rempart ! Il entre dans la ville !

— Cela ne se peut.

— L'ordre était de garder la tour !

— Messire...

Il lâcha le sergent qui porta la main à sa gorge et s'affaissa, bâillant du bec.

— Demeure, Cesseras. Je vais envoyer du monde. Vous deux, portez-moi ce fils de pute au château.

Une heure après, le sergent pendait à une poutre, au-dessus du torrent.

— Il fallait un exemple, dit le Sire. On ne se relâche que trop.

L'incident fut diversement commenté :

— Il exagère ! Pour une peccadille pendre un vieux de la vieille ! D'abord cette tour se garde toute seule.

— Les Croisés ne sont pas des aigles. Avec leur ferraille, on les entend d'une lieue !

— Il se figure que ce sont gens de montagne, comme nous, hardis à la grimpette et plus cœurus que trois.

— Il est jeune.

— Il est jeune, rétorquaient les vieux, mais il a plus de cervelle que vous tous ensemble. Sans le puits, que ferions-nous ?

— Et nos citernes ?

— Et l'orage, crâne d'étoupe, qui est passé à côté !

— Il y en aura d'autres !

Et certains :

— Pourquoi se mettre martel en tête ? Des morts, ce n'est que le premier. Celui-ci n'était même pas de Minerve !

Jusqu'à la nuit, les frondes miaulèrent, sans interruption. La machine du Sud et celle des Gascons envoyaient leurs boulets loin des murailles, dans la Cesse et dans les jardins. Les Minervois se tenaient les côtes. Un mot fit florès dans les cabarets :

— Ces bons Croisés, ils empierrent notre route et labourent nos terres !

La baliste narbonnaise, plus proche et mieux ajustée, faucha deux merlons du château et cassa la cuisse d'un guetteur. Guilhem riposta en installant ses archers d'élite dans la galerie inférieure. Vingt Narbonnais crachèrent leur âme, cependant que leurs dépouilles empennées roulaient sur les cailloux. Et de se glorifier :

— Ces pauvrets de Narbonne, à ce train, ils seront vite las ! Le Guilhem te les arrange !

Sur le plateau de Simon, il n'y avait rien de neuf, hormis que les tailleurs de pierre étaient plus nombreux. Les ribauds avaient tendu une grande toile pour les abriter du soleil. Dans un nuage de poussière, les marteaux tapaient furieusement. Ce détail échappa aux citadins de Minerve.

Ceux-ci, lorsque la nuit fut tombée, se mirent, comme d'habitude, sur le seuil de leur porte et sur la place. Ils devisèrent paisiblement et, vers minuit, s'en allèrent dormir.

Mais, le matin, au lieu des trompettes de la relève, ils furent éveillés par les frondes et par un étrange bruit ronflant dont tremblèrent les meubles. Le premier boulet de Malevoisine venait de franchir le crénelage et d'éventrer le muret d'un jardin. On eut l'imprudence de s'attrouper à cet endroit. Des curieux grattaient déjà la terre afin de dégager le boulet. Le levier fendit l'air. Il y eut des morts et plusieurs blessés.

Comme le groupe se retirait précipitamment, il se heurta à Bohita suivi de deux Parfaits. En sens inverse, Guilhem arrivait avec sa suite. Bohita et lui, échangèrent un regard que nul ne sut interpréter, sauf votre serviteur. « Eh ! bien, reprochaient les yeux de Guilhem, voilà des mourants et des morts, vous êtes à votre affaire ! » Et ceux de Bohita : « Le péché est écrit sur ta face, homme de chair. Ces malheureux paient pour toi. C'est le commencement ! » Ils se défièrent ainsi à la muette, mais échangèrent un salut courtois. On ne remarqua pas que le Sire avait oublié de fléchir le genou devant Bohita ; ou bien cette omission fut mise sur le compte de la précipitation. Guilhem enjamba le muret et, bras croisés, se mit à étudier le tir de Malevoisine.

Au cours de l'après-midi, une maison s'écroula. Les Minervois étaient mélancoliques.

Le lendemain, ils reprirent espoir. La trajectoire s'était accourcie. Les boulets n'ébranlaient plus que les remparts.

— En supposant qu'ils ouvrent une brèche, péroraient nos stratèges de cabaret, faudra qu'ils traversent le Brian, qu'ils escaladent la falaise ? On sera un peu là pour les recevoir.

— Chef-Dieu, oui, on leur donnera la main !

— Et de la cendrée chaude, y a rien de meilleur !

— De la cendrée et de la poix bouillante ! Les camards, ils lâcheront prise !

— On te les grillera jusqu'à l'os.

— Dites, s'il en passe un, laissez-le-moi. Pan ! Je te le broche dans les tripes !

Et autres vantardises. Le vin coulait. Les soldats chauffaient les filles. Si bien que le jour fit place à la nuit, que celle-ci se retira devant un soleil tout neuf. Les machines reprirent leur branle et nous, nos veilles infructueuses. Inaction pernicieuse de ce siège ! Nos balistes n'avaient pas assez de puissance pour être d'un semblant d'utilité. Nous allions aux créneaux. Nous retournions en nos salles. Les Croisés ne se décidaient pas à attaquer ; ils se contentaient de nous harceler de pierres. Seuls, les Narbonnais s'étaient distingués. Fatigués de perdre leurs servants, ils avaient établi une claie devant leur baliste. Mais ils ne se méfièrent pas qu'à cette saison les feuilles ressuent promptement leur eau. Lorsque Guilhem, de sa galerie, fit expédier une bordée de dards enflammés, la claie s'embrasa comme torche et les archers piquèrent les servants à travers un rideau de feu. Succès bien mince, mais qui suffit à maintenir notre bonne humeur.

Les Narbonnais habillèrent leur claie de peaux fraîches. Alors les archers envoyèrent leurs dards flambants dans la charpente de la machine. Les servants durent monter par les câbles pour éteindre l'incendie. Il en chut beaucoup, les côtes enfléchées. Ce n'étaient là qu'amuse-gueule de la mort, prémices du vrai combat. Guilhem ne le savait que trop. Dix fois le jour, il se rendait au chemin couvert. Malevoisine lançait ses boulets dans le lit du Brian. Pourtant les points de chute se rapprochaient peu à peu de la tour.

— S'ils nous touchent, opinait Esquieu, ce sera par hasard. Or il faut que les coups se succèdent, fassent bélier, pour que cède la muraille.

Il passait pour expert en balistique. Nous étions enclins à le croire, ayant plus de bon-vouloir que de connaissances. Le mutisme de Guilhem nous surprenait, nous choquait presque.

Ce fut le jeudi, vingt-quatrième de juin, qu'il prit sa décision, contraint par un événement que nous ignorions. Nous autres, je le répète, quand nous avions assumé nos missions, nous reprenions nos habitudes de paix. Ce jeudi soir donc, nous nous divertissions, les uns aux quilles, les autres aux échecs, d'autres à leurs galanteries, tout comme si nos collines avaient été peuplées de merles. Peut-être même la proximité de l'ennemi, la vue de ces feux brasillant autour de Minerve, excitaient-elles nos appétits. Fréquemment, nous convoquions les musiciens et dansions fort tard. Guilhem tolérait ces amusements, mais il n'y prenait point part. La main sous le menton, Esclarmonde près de lui, il nous regardait, mais sans doute ne nous voyait-il pas. Arzen soufflait :

— Ce qu'il s'amuse, le Sire, depuis qu'il est amoureux !

Et son rire cascadait, ce rire qui me crispait les nerfs.

Ce soir-là, Guilhem se montra encore plus absorbé que les précédents. Il rabroua Mariana à cause d'une viande mal cuite et ne répondit pas aux questions de son oncle. Quand Esclarmonde mêla ses doigts aux siens, afin de lui prouver qu'elle partageait ses soucis, il n'eut aucune réaction. Les musiciens prirent place dans leur loggia. Ils commencèrent à accorder leurs instruments. Les visages s'éclairèrent. Guilhem se leva soudain, se retira dans une embrasure. Esclarmonde l'y rejoignit. Nous entendîmes :

— Non, laisse-moi. Occupe-toi de nos amis.

Elle revint vers nous, ses beaux yeux tout embrunis par la déception. Un garçon chantait aux pieds de son amie :

J'ai constamment présent à ma pensée
Votre visage, votre beau corps blanc et poli,
Si je m'occupais autant de Dieu,
Si j'avais pour lui un attachement aussi pur,
Sans doute j'irai tout droit au Paradis...

Cette chanson que fit Guilhem de Cabestaing avant que d'avoir le cœur mangé par son amie dont le seigneur et maître était jaloux et d'âme si noire qu'il put ourdir cette vilenie. Quant à notre chanteur, il avait à peine sa voix d'adulte et finissait son noviciat de chevalerie.

Belle Dame, la meilleure des meilleures,
Jolie et gracieuse de corps et de figure,
Amour me tient en sa douce prison.
A vous je le dis, ce me sera grande récompense
Si jamais Dieu me donne vos bras pour ceinture...

De ceinture, le pauvre, il n'eut bientôt que les bras de la terre !... Nous applaudîmes. Les musiciens entamèrent une carole. Esquieu me prit le bras :

— Cesseras, Guilhem veut te parler.

UN BOUQUET SUR TA POITRINE

Les danseurs s'étaient dispersés depuis longtemps, lorsque l'entretien se termina. Dans la salle, sous une chandelle à demi consumée, Esclarmonde et Arzen nous attendaient. Esquieu soupira en nous souhaitant le bonsoir. Arzen s'abstint de me questionner. Je confesse que cette discrétion m'étonna, car elle aimait d'être renseignée exactement sur tout, insistait pour que je ne lui fisse grâce d'aucun détail si menu fût-il : « C'est ta vie, disait-elle. Ainsi je peux te suivre en pensée, cher cœur ! » C'étaient là paroles d'amante ; elles en eussent abusé de plus fins.

Nous nous aimâmes, mais non avec cette ardeur excessive qui nous était coutumière. Cependant Arzen m'embrassa avec la même tendresse reconnaissante et nicha sa joue dans le creux de mon épaule. Puis, en caressant ma main, de cette voix embrumée qu'elle avait en s'endormant :

— Belvis chéri, à quoi penses-tu ?

— Mais à rien, petit oiseau.

— Que si !... Est-ce que tu cours un danger ?

— Absolument aucun.

Ses doigts se fermèrent convulsivement.

— Je ne veux pas que tu meures, Belvis !

— Je n'en ai pas envie.

— Qu'est-ce qu'il y a ? Que te voulait Guilhem ?

Elle baisa ma main.

— ... C'est un secret entre vous ?

Je ne répondis pas. Elle se redressa.

— Nous sommes perdus ?

— Il nous reste une chance.

— Qu'est-il arrivé ?

— Il y a une fissure à la base de la tour. Si nous ne détruisons pas Malevoisine, le puits est condamné.

— Il est impossible de la détruire !

— Nous tenterons une sortie.

— Il vous faudra traverser le Brian, gagner le plateau ! Non, Belvis !

— Nous choisirons une nuit obscure.

— Tu n'iras pas. C'est folie !

— Guilhem dirigera l'expédition. Moi, je garderai la poterne. Esquieu, le château.

— Guilhem, lui-même ?

— Oui. Ne parle de cela à personne. Est-ce promis ?

Tout à coup, je regrettai d'avoir enfreint la promesse faite à Guilhem. Je sentis s'entr'ouvrir un abîme. Arzen se hissa jusqu'à ma bouche :

— A présent, je suis sûre que tu m'aimes. Autant et plus qu'il aime son Esclarmonde. Je suis heureuse, mais heureuse !... Je te veux, Belvis... Encore... Tout de toi...

XIX

MALVOISINE

Il dit :

— Mais tu es vêtue comme pour une fête !

C'est la troisième nuit après la Saint-Jean, dimanche, vingt-sept juin. Esclarmonde a mis sa robe la plus belle. Celle que Guilhem lui avait offerte et qui était pourfilée de menues étoiles d'or. Jamais elle ne ressembla tant au cygne dans sa majesté éphémère. Elle est reine de cette nuit, de même que le cygne est roi des eaux. Guilhem se repaît de cette beauté, mais ne sait que penser.

— Pourquoi es-tu partie si vite ?

— Pour avoir le temps de me parer, gentil Sire, et que tu me voies.

— Mais aujourd'hui ?

Elle a un sourire très tendre. Il n'égaie cependant que la moitié de son visage, car son regard reste égaré, agrandi. Elle s'efforce en vain de respirer calmement. Guilhem lui prend les mains, la fait asseoir sur le banc à dossier. Les grands cheveux le frôlent.

— Et tu t'es parfumée !

Il dit cela joyeusement. C'est pour lui une victoire, la preuve qu'Esclarmonde se transforme. Il respire ce parfum. Il s'en grise. Tout à l'heure, sur le plateau, il le savourera.

— Puisque tu refuses de m'emmener là-bas...

Il comprend pourquoi elle s'est parée de la sorte. Une vague de pur amour le soulève.

— Tu veux que j'emporte ce souvenir de toi ?

Il la serre contre lui avec ravissement.

— Pour que tu réussisses, Guilhem, pour te soutenir dans le danger... Oh ! emmène-moi... emmène-moi !

— Ce n'est pas la place d'une femme.

— Près de toi, une flèche me serait douce, je mourrais enchantée.

Il baisait la tempe où moussaient les boucles dorées, ce front plus doux que dans l'herbe, les soirs d'été, une pierre de marbre ; ces joues où toute l'humaine tendresse était enclose ; la fraîcheur de ces paupières.

— Bien-aimé, notre destin n'est pas ordinaire.

— Je le sais.

— Quels sacrifices tu t'imposes !

— Puisque je t'aime.

C'est elle, la délicieuse, la sainte, qui tend ses lèvres. Avidement. Ainsi que la fleur s'écarte et s'ouvre à la pluie, animée de pulsations mystérieuses. Ainsi la fleur de rose, au matinet, ces lèvres amoureuses sur celles de Guilhem, vivantes, humides ! Et plus douces que ce qu'il y a de plus doux au monde ! Plus douces que les naseaux pâles du cheval Joyeux, que l'aine des chiots et la tiédeur des premiers soleils ! Bouches unies, ils éprouvent leur passion. Seuls, dans le profond de leur poitrine, dialoguent leurs cœurs, puisque leurs âmes s'entrecomprennent sans bruit aucun. Mais, quand Esclarmonde noue ses mains sur la nuque de Guilhem, il se déprend :

— Non, dit-il, non !...

— Guilhem ?

— N'éveille pas les démons. Et il pense : « Reste près d'elle. C'est cela qu'elle désire maintenant. A force de patience et de soins, tu l'as conquise. Elle est devenue telle que tu souhaitais qu'elle fût. Une colombe dans ta main... un bouquet sur ta poitrine... Envoie Cesseras brûler la machine. » Mais il se reprend ; l'amour qu'il a dans l'âme mate sa chair · « Elle t'aime parce que tu es le premier, parce que c'est toi qui vas au plateau. Si tu restes, tu déchois. Ta déchéance la rendrait aux Parfaits. C'est ta grandeur qui l'attire, non l'humaine faiblesse qui consisterait à faire l'amant. »

Une dernière fois, il la presse contre lui. Une dernière fois, elle meurtrit ses seins au corselet maillé et jouit de cette meurtrissure, offre ses lèvres et boit, une dernière fois, à la fontaine des joies sauvages. Il dénoue ses bras, sans rudesse, mais fermement.

— Encore un instant, dit-elle.

— Je dois rejoindre les hommes. C'est nécessaire.

– Veille à toi.

— Le fer dans le cœur, je t'aimerais.

— Tais-toi...

Plût au ciel qu'il m'eût expédié à sa place ! Alors, j'eusse ignoré ce qui se tramait dans l'ombre. L'eussé-je appris que cela n'aurait pas eu d'importance. Car j'imagine que les morts doivent sourire de ce que nous appelons naïvement nos angoisses, nos trahisons. Comme si chaque seconde de notre vie n'était pas en un sens une peine secrète et une trahison ! Mais n'est-ce pas, Messire, un jour nous nous retrouverons, nous nous reverrons, nous parlerons de tout cela, et nous en rirons avec cette gaieté de ceux du ciel qui ne doit être à nulle autre semblable ?

Voici l'heure. Une à une, les ombres franchissent la poterne et se faufilent dans la rue silencieuse. La ville dort entre ses collines. Il n'y a pas de lune. Rien dans cette nuit bleue que les buissons d'étoiles et les arbres. Guilhem et moi, nous marchons de front, avec nos pensées. Sa troupe nous précède. Mes hommes — ils garderont la poterne pendant l'expédition — nous suivent. Nos chausses de fer sont enveloppées de paille. Une silhouette blanche sort d'une ruelle, tend les bras vers Guilhem. Il s'arrête.

J'aperçois le brillant d'une chevelure contre le mufle d'acier :

— Ne sois pas inquiète.

— Va, bien-aimé...

Elle enfouit son visage dans ses mains pâles, s'appuie à la muraille. Nous reprenons notre marche.

« Elle sait ! Il lui a donc confié le secret ! »

Cette constatation m'allège incroyablement.

Un ivrogne braille devant l'auberge. Les soldats le refoulent en silence. Il s'écroule. Un glaive tinte sur un écu. Une étoile filante strie de rouge la voûte fourmillante, s'abîme derrière les crêtes. Un homme heurte un pilier. Des morceaux de bois roulent à terre. Il jure. Une fenêtre grince dans notre dos. Un chien déboule d'un huis de cave, en aboyant. Il s'abat en geignant. Première poterne. Une lanterne se balance devant le poste. Les casques, les piques, les épaulières luisent. Eberlué, le sergent reconnaît Guilhem.

— On va griller Malevoisine. Ouvre !

Nous descendons le routin encaissé entre de hautes murailles percées de meurtrières. Quelqu'un trébuche sur les pavés. Il y a des rires, vite étouffés, mais qui nous détendent. Seconde poterne. Grincement de la porte bardée de ferrures. Le chemin s'élargit, descend vers la poterne ménagée dans le rempart et flanquée d'une tour de guet. Les archers de service nous entourent. L'un d'eux allume une torche.

— Eteins ça, gronde le Sire. Allons, vous autres !

Chacun prend la place qui lui est assignée. Les charpentiers enlèvent les madriers qui condamnent la porte.

— En cas d'attaque en force, répète Guilhem, verrouillez. Tu as compris, Cesseras ? Pas de sortie, sous aucun prétexte !

A côté de nous, un soldat ne peut retenir son émoi d'entrailles. Nouveaux rires à la sourde.

— Quelle est cette bête puante ? plaisante Guilhem.

— C'est moi, Messire.

— Passe devant.

Guilhem me tape sur l'épaule :

— Au revoir, vieux frère.

— Dieu te garde !

— Il n'est pas de trop.

Ils se glissent par la mince ouverture, descendent vers le lit du torrent, pliés en deux afin de se dissimuler derrière le muret qui borde le plan incliné. Tous portent, outre leurs armes, un paquet de rondins ou un panier de chiffons enduits de poix. On a choisi les plus agiles et les plus déterminés de la garnison : trente braves, dont trois chevaliers. Tous ont revêtu la même tenue légère et coiffé le même casque d'acier bruni. Nous les voyons se rassembler en bas, essaim d'ombres silencieuses. Devant eux, s'étend le lit du Brian, une jetée de cailloux qui répand une vague clarté. Quatre s'élancent, s'accroupissent derrière un arbuste. Puis quatre autres. Et quatre encore. Nos yeux s'habituent à l'obscurité. Trop bleue, cette nuit ! Les pans de falaise se découpent avec une inquiétante netteté. Il nous semble que le ciel s'est éclairci depuis le départ, que les cailloux blanchissent d'instant en instant. La troupe de Guilhem progresse par bonds. Elle est au milieu de son parcours. Comme il est plus angoissant de guetter que d'agir, d'attendre que de s'exposer ! On a tout le temps de mesurer le danger, de supputer les chances... Des braises ponctuent le causse, avivées soudain par quelle brise ? Guilhem a traversé le Brian. Nous respirons. A cet endroit, confluent les deux torrents ; la falaise est si profondément entaillée que même dans le plein de la lune des grimpeurs seraient invisibles. J'entre dans la tour. De ses quatre archères on a vue sur l'ensemble du plateau. Une pierre se détache de la falaise, roule sur la pente. Un moment s'écoule. Personne n'a donné l'alarme. N'ont-ils donc pas de veilleurs, là-haut ? Je distingue les ombres au bord du gouffre. Très vite, elles passent sur le clair des étoiles, puis se confondent avec le noir des arbres, des roches.

— Ouf ! dit quelqu'un, le plus dur est fait.

— Silence !

— C'est vous, Messire Belvis ?

— Eh bien !

— Regardez donc cette lumière chez eux...

Cette lumière clignotait, non pas à la façon des étoiles ou d'une lampe lointaine, mais d'un feu que l'on montre et que l'on cache, d'un signal.

Et ce fut alors — ah ! puis-je autrement expliquer ma conduite ! — ce fut alors que l'implacable volonté divine se manifesta. Il eût fallu courir à la poterne, prendre quelques hommes et rejoindre Guilhem : c'était enfreindre son ordre, mais éviter le pire. Ce clignotement justifiait une telle initiative. Au lieu de cela, je me mis à raisonner : « Le signal est à l'extrémité du camp de Simon. Il s'adresse donc à un habitant du château. Est-ce un ordre qu'il donne, ou une réponse ? Qui s'est vendu de la sorte ? » Brusquement, je revis Arzen lâchant sa chandelle, se jetant dans mes bras, poussant ses cris d'oiselle. Je l'entendis me supplier : « Désormais, je ne veux plus te quitter, Belvis. Je ne peux plus. Pourquoi nous cacher ? Si nous habitions ensemble... » Il y avait une raison à cette insistance. Parbleu ! L'exposition de ma chambre située à mi-hauteur du donjon, bien visible du plateau. Une folle colère s'empara de moi. Oubliant les consignes, sans même avertir mon écuyer, je courus à la seconde poterne qu'on avait laissée ouverte, embouchai la ruelle et tambourinai à la troisième porte.

— Ouvrez, vent-dieu ! Vite ! Oui, je suis Cesseras ! Oui, je reviens ! Ne bougez pas.

J'arrivai en trombe au château. La lumière avait disparu du causse. Mais, au second étage du donjon, tremblotait une lueur discrète. Esquieu était avec les archers du poste.

— Cesseras ! Qu'est-ce qu'il y a ?

— Rien.

— Où vas-tu ?

— Laissez-moi faire.

— Cesseras ?

— Je vais prendre l'espie !

— Quoi ?

— Filez à la poterne !

Je bondis dans l'escalier. Soudain la même force qui m'avait donné des ailes, ralentit mon pas, me rendit habile. Ce fut sans bruit que j'atteignis le couloir des chambres. Et je vis la démone, par le trou de la serrure. Je la vis qui promenait sa chandelle de droite à gauche, puis inversement, et encore vers la gauche, à deux pas de la fenêtre. Ensuite, elle l'éleva trois fois. Je frappai doucement. La chandelle se déplaça aussitôt.

— Tu es là, Arzen ?

La fenêtre se referma. Les anneaux de la tenture glissèrent sur leur tringle.

- C'est toi, Belvis ?
— Oui.
Elle tira le verrou, feignit de retenir un bâillement
— Ah ! dit-elle, je crois que je m'étais assoupie.
— Tu n'es pas couchée ?
— Le pouvais-je ? Je t'attendais sur cette chaise
Elle me sourit, approcha ses lèvres menteresses.
— Qu'est-ce que tu as, Belvis ?
— Que faisais-tu avec cette chandelle ?
— Tu sais bien que j'ai peur dans le noir.
Je tirai la tenture. En face, la lumière brilla deux fois, puis une.
— Et ça ?
— Tu es souffrant, mon pauvre amour. Tu es tout pâle. Assieds-toi.

Là-haut, ils avaient atteint leur but. Ils pénétraient dans la charpente de la machine. Ils attachaient aux poutres leurs rondins, leurs paniers de chiffons enduits de poix. Dix d'entre eux, la pique en avant, s'étaient égrenés autour de Malevoisine.

Moi, pendant ce temps, je me vautrais dans ma honte ! J'étais face à face avec ma démone. Elle osa me prendre la main. Qu'espérait-elle ? Me troubler ? M'apaiser ?

— Je comprends pourquoi tu m'interrogeais si souvent !

Des flammes jaillirent de la machine, montèrent, écarlates, crépitantes.

— Mais tu as perdu ta peine. Ils ont gagné. Elle brûle, votre saleté !

Elle eut un rire terrible :

— Vraiment ? écoute !

Une clameur emplit le plateau. Mille talons galopants frappèrent la roche. Les flèches commencèrent à siffler. Les armes, à s'entrechoquer, parmi les hurlements. Arzen riait toujours. Mes doigts agrippèrent cette gorge insolente. Je reculai, le bras fouaillé par une lame. Arzen sauta derrière le lit, dague levée. Là-bas, les flammes se couchaient, cependant que s'augmentait le tumulte. Elle cria :

— Il est perdu, cerné, vendu, ton Guilhem !

— Oh ! mauvaise ! mauvaise !

— Tout se paie.

Le glaive au poing, je bondis. Elle m'échappa, renversa la chandelle.

— Imbécile ! Si tu te rends, Simon te fera sire de Minerve. C'est toi qui commandes. Rends la place et tu seras vicomte, Belvis !

La dague brilla près de mon visage, mais j'arrêtai le bras, le broyai dans mon gant de fer. Elle eut un hurlement de louve :

— Tu me fais mal ! Belvis !... Maître de Minerve... Ah !...

Le glaive s'enfonçait dans sa poitrine. Il crissa entre les côtes. Tant que je vivrai, j'entendrai ce froissement atroce, je sentirai les éclaboussures chaudes de ce sang, j'entendrai cette bouche crier :

— Belvis !...

XX

XX

LA ROSE DE CHAIR

Ils se défendaient âprement et Guilhem, au premier rang, les encourageait de sa voix de bronze. Dans un cercle de piques et de haches, les Croisés enfermaient la misérable troupe, la refoulaient pas à pas vers le précipice. Eux, portaient des armures complètes, tandis que les nôtres n'avaient que des corselets cloutés et des épaulières. Ils envoyaient une pluie de flèches ; les nôtres ne pouvaient répondre. Des torches apparurent aux portes du camp, s'avancèrent vers Malevoisine, éclairant une ligne de cavaliers. Une voix aboya :

— Je les veux vivants ! Vivants ! Prenez-les !

Puis :

— Rends-toi, Minerve !

Il y eut un flottement chez les Croisés. Des groupes s'écartèrent, des casques se retournèrent. Guilhem mit ce mouvement à profit. D'un élan sauvage, il fonça vers le noir. Quatre le suivirent. Les autres tombèrent ou furent pris. La cavalerie de Simon s'ébranla. Guilhem obliqua vers le bois de hêtres, s'y embusqua.

— Messire, les torches ! Nous sommes repérés.

— Non !

Les sentiers du causse, ils les connaissaient ! Et les ténèbres étaient si épaisses ! De surcroît un chevalier, trompé par la fuite d'un renard ou d'un hérisson, commit l'imprudence de charger. Il blessa des piétons et, emporté par son cheval, sauta dans le vide. Le cri qu'il poussa et le hennissement de la bête, se confondirent. Les poursuivants se rabattirent sur la droite, ainsi que les porteurs de torches. Les cinq de Minerve s'élancèrent de nouveau, atteignirent le lit du Brian, le traversèrent, coururent vers la poterne. Déjà les collines du Sud se hérissaient de piques. Les archers, dont Esquieu avait garni la montée, entourèrent les rescapés.

— C'est vous, Sire Guilhem ?

— Oui, rabattez-vous sur la poterne.

Ils montaient pesamment. La course, le combat, les avaient épuisés, non plus que le cuisant échec. Ils entrèrent dans la clarté jaune des flambeaux, tous cinq, avec leurs vêtements déchirés, leurs glaives sanglants, leurs orbites creuses.

— Dieu soit loué ! dit Esquieu. Te voilà sauf.

— Où est Cesseras ?

— Au château. Je t'expliquerai.

La ville s'illuminait. Les Minervois, réveillés par les clameurs du plateau, les piétinements, le choc des armes, la lueur des torches, s'étaient levés en hâte. Beaucoup s'étaient équipés, portés spontanément aux créneaux. Partout, les chandelles s'allumaient.

— Ils nous ont laissés mettre le feu, pour nous prendre plus facilement. Ils étaient avertis, mon oncle ! Par qui ?

— Nous le saurons bientôt. Cesseras s'en occupe.

— Il faut sonner l'alarme, doubler les postes.

— Certes.

A la dernière poterne, une foule anxieuse se pressait. Elle accompagna les survivants jusqu'au château.

Moi aussi, j'avais rallumé la chandelle. Pour voir Arzen ! Pour voir ce corps vomir son âme, perdre son sang sur les dalles. Dès que je la vis dans cet état, crispant ses pauvres mains de caresses, quand ses yeux voilés rencontrèrent les miens et qu'une affreuse bulle rouge écarta ses lèvres, alors toute cette frénésie de haine et de dégoût m'abandonna. Tout mon amour, tout mon fol désir, tous mes souvenirs, fluèrent dans mon cœur et commencèrent de me tenailler. Je tombai à genoux. Des cris de désespoir m'échappèrent :

— Je l'ai tuée !... O Dieu !... Tuée... Elle...

Je m'allongeai près de son corps. Je baisai son front qui se refroidissait, sa main ; me barbouillai de son sang. Tout m'était devenu indifférent : les torches, les cris du dehors. J'étais seul avec ma beauté morte, avec ma souffrance intolérable, mon adoration, mon remords...

Guilhem entra, suivi d'Esquieu et de plusieurs archers. Que m'importait ! Je ne songeais même pas à me réjouir qu'il fût sauf. Il m'ordonna d'arrêter ces gémissements, de me relever. J'obéis machinalement. J'eusse aussi bien sauté par la fenêtre, ou mis le feu. Je n'avais plus conscience de rien. Je ne savais que dire :

— Je l'ai tuée... Elle !... Elle !...

— Tu l'as surprise ?

— Avec sa chandelle... Et je l'ai tuée... Elle !...

— Tu as eu tort.

— Moi ! Je l'ai tuée...

La tête me tourna. Tout s'enténébra.

Je ne repris connaissance que dans la matinée du lundi. Ils m'avaient lavé et couché. Le mire et trois archers étaient à mon chevet.

— Suis-je prisonnier ?

— Le Sire craignait pour votre vie.

Guilhem — ah ! que cela lui soit compté, rachète ses faiblesses et ses errements ! — Vous m'entendez ? Cet homme qui avait failli périr et savait que désormais tout était perdu, et par ma faute, ne me soupçonna pas un instant. Il avait dépêché ces soldats, non pour me garder à vue, mais pour veiller sur ma misérable personne, empêcher mon suicide. Et moi, dans mes noirceurs de tristesse, qui me croyais enfermé !... Je voulus me lever, malgré les objurgations du mire. L'air me manqua. Je me traînai néanmoins jusqu'à la fenêtre. Elle était formée de deux arcades séparées par une colonnette. Autour de celle-ci était enroulée une corde. Le sergent me tira en arrière. Je résistai.

— Messire de Cesseras, disait le mire, reposez !

Je me penchai. Je la revis ! Je revis son corps rose ! Ils avaient arraché sa robe, noué cette corde sous ses aisselles. Elle pendait le long du donjon, offerte au soleil qui pourrit les morts, aux bêtes suceuses, aux regards des Croisés, ses amis. Ses cheveux bouclaient sur ses épaules. Ses doigts se tendaient pour quelle étreinte, vers quel amant d'éternité ? J'étais comme privé de sentiment. Mes yeux s'emplissaient de cette horreur. Des mouches s'envolèrent, de celles qui sont vertes et hantent les charognes. Elles tourbillonnèrent joyeusement dans l'azur. Ma douleur, ma folie me ressaisirent : « C'est par amour que tu m'as trahi. Tu me voulais sire de Minerve. Partir avec toi !... » J'enjambai l'appui de la fenêtre. Mais ils m'empoignèrent, m'affalèrent sur les dalles.

— Messire, ne me forcez pas à vous attacher !

Un archer quitta la chambre. Il revint bientôt avec Guilhem.

— Tue-moi, Guilhem ! J'en ai assez ! Je ne peux pas ! Je ne peux plus !

Il renvoya les hommes et le mire ; s'assit sur le lit ; commença de m'interroger sur les incidents de la nuit, sur Arzen, avec une infinie douceur de voix. Il dit :

— Tu as montré du courage, Belvis.

— Je suis complice. Je la renseignai.

— Qui pouvait supposer ?

— J'avais promis le secret.

— A l'être que l'on chérit, on ne peut refuser une confidence, un apaisement. D'ailleurs, si l'on pèse bien, tout est ma faute. J'ai stupidement humilié Arzen.

Une telle générosité me confondait.

— Nous étions des enfants cruels, continuait-il. Voici l'aboutissement de nos jeux. Vingt-cinq morts et Malevoisine intacte. Tu sais ce que cela signifie ?

— Dis-moi qu'il reste un espoir !

— Un miracle est toujours possible.

Il me prit par l'épaule, comme jadis lorsque nous étions adolescents.

— Tu n'as pas le droit de te tuer, Belvis. J'ai besoin de toi, surtout à présent. Il y a cette ville, ces braves gens qui attendent leur salut de nous deux. Il y a l'avenir aussi. Et quel sera-t-il ? Nous l'ignorons. Mais notre devoir est de lutter. Souviens-toi de ce que disait mon père : « Toujours vivre comme si on était aimé et comme si l'on brûlait soi-même d'un fol désir inassouvi. »

Il tira son glaive du fourreau, trancha la corde qui retenait le cadavre d'Arzen.

— Un jour, tu seras aimé, Belvis. Tu le mérites. Viens, maintenant.

Je pus assister au repas. Dès que tous furent attablés, Guilhem me déclara lavé de tout soupçon. L'après-midi, il m'emmena à la tour du puits que des maçons renforçaient, puis dans la galerie du Nord où il me confia le commandement des archers. Nous brochâmes une douzaine de servants. Assez tard, Malevoisine, réparée, catapulta les têtes des compagnons de Guilhem tués pendant l'engagement. C'était la réponse de Simon à l'exposition d'Arzen.

— [illegible]
[illegible]
omnescen[illegible]

— [illegible]

[illegible] de [illegible] ouvert.

Il tira son glaive du fourreau, trancha la corde qui retenait le cadavre d'Arma[illegible].

— Un jour tu seras mon épouse, Helvia. Tu le mérites. Viens maintenant.

[illegible]

[illegible] au commandant [illegible] dans le [illegible] et [illegible] le commandement [illegible] de [illegible]
[illegible] de [illegible]
[illegible] d'Arem.

XXI

ET QUE JE VIVE DE SON SOUFFLE

Voici que l'été décline enfin. Les chaleurs, les soleils s'en sont allés vers le sud avec les hirondelles. Plus noire encore est, s'il se peut, notre vieille Commanderie. Les arbres qui l'environnent, ne revêtent point les pourpres de l'automne. Ils se dépouillent, comme les anciens perdent leurs cheveux. Leurs troncs enchevêtrés montrent les boursouflures, les rides et les pâleurs des corps travaillés par la maladie. Là-dessus, passent des nuages de mélancolie. Quand sonnera l'angélus et que l'ombre envahira toute chose, alors se lèvera le vent de nuit. Et, jusqu'à l'aube, il pleurera en se déchirant aux hampes des roseaux. Et je resterai, la tête dans la lucarne, à guetter l'apparition des étoiles, à attendre un apaisement qui se refusera. Un Frère heurtera à ma porte, me priera à dîner. Je feindrai de n'entendre pas, d'être perdu en quelque haute méditation. Il me mettra en garde contre « cette fraîcheur mortelle qui monte de nos douves », et je sourirai avec indulgence. Il ne peut savoir que tout m'est devenu à charge ; que, pour moi, tout est usé.

Hier, on a rapporté la dépouille de l'un des nôtres à la Commanderie. Il s'appelait Frère Jussaume. Vous ne l'avez pas connu. Je l'avais envoyé au précepteur de Guyenne, il y a tantôt une semaine. Il a été surpris dans une combe à quelques lieues d'ici, cependant qu'il donnait à boire à son cheval. L'opinion des Frères est qu'il a été égorgé par des brigandiers. Hélas ! je ne m'abîme pas comme eux dans les prières : j'ai le temps d'observer et de réfléchir. J'ai discerné déjà un changement dans l'attitude des villageois, une espèce d'arrogance secrètement encouragée par les clercs et la noblesse du voisinage. On nous respecte, mais nous sommes moins aimés*. C'était d'ailleurs l'objet de mon message au précepteur. Or l'écuyer de Frère Jussaume n'a pas été retrouvé ! J'attire la félonie, comme une vieille viande, les mouches. Peut-être m'égaré-je. Mais qu'y aurait-il d'étonnant à ce que l'Ordre fût menacé à son tour ? Il suivra, lui aussi, son chemin de décrépitude. Ceux-là mêmes qui l'honorèrent, le piétineront. Le Temple, les princes, les grandes ferveurs, tout ce qui est élevé sur le pavois, finit à la manière des orages : dans une boue de tristesse.

Heureux, ce petit Frère Jussaume ! Ses compagnons le plaignent et laissent éclater leurs regrets. J'en sais plus d'un qui, découvrant ce corps piqueté de vers et perdant ses humeurs, n'a pu ravaler ses larmes. Moi, j'envie son sort. Il avait vingt-six ans — mon âge lors du siège de Minerve ! Il n'a pas eu loisir d'éprouver l'angoisse de vivre, de pécher assez pour se repentir. Muni de sa belle âme lisse, il est parti vers le pays où tout s'égalise. Son bagage d'illusions, d'espérances éclatantes, est intact. La déchéance corporelle, ces pauvretés minuscules qui marquent la dégradation progressive d'un être, lui seront épargnées. Mort au service de Dieu et dans son intrépidité de jeunesse !

Je suis descendu à la chapelle où il attend d'être scellé sous lame. Je n'ai pas soulevé le coin du linceul pour le voir. Je me suis seulement agenouillé entre les cierges ardents. J'ai regardé le manteau de l'Ordre dont on l'a recouvert. Les gémissements et les pleurs des chevaliers m'ont vite importuné...

Naguère, les cathares se fussent enflammés du désir de le suivre, réjouis de ce qu'il eût surmonté les embûches du diable ; ils eussent tourné des regards reconnaissants vers le

* *On sait que, plus tard, l'Ordre du Temple fut mis en accusation et dispersé.*

Père qui avait délivré cette créature. Au lieu que ceux-ci tremblent d'effroi devant une charogne vermineuse. Mieux vaut se taire. Il se peut d'ailleurs que m'atteigne cet étrange mal de vieillesse qui travestit en détachement l'indifférence.

Là-bas, à Minerve, en ce mois de juin, étais-je le même qu'aujourd'hui ? Non ! Je n'avais point désappris le poids de la chair. La mort exercait encore sur mon âme sa terrifiante emprise. Alors, je soulevais, moi aussi, le pan de drap, mais ce n'était, il est vrai, qu'en songe.

En songe, car mon Arzen n'avait pas été étendue sur un lit d'apparat, entre des haies de chandelles. Honteusement, les soudoyers de Guilhem l'avaient jetée au fond de la Cesse. Ce corps délicieux gisait sur les cailloux blancs, privé de sépulture. Il s'était déchiré aux épines dans sa chute...

Dès que je fus libre, j'allai dans le hourd qui surplombait le torrent et levai le panneau d'une archère. Je ne vis rien que les rochers rougis par le couchant. Rien entre mes pieds, dans les intervalles qui avaient été aménagés dans le parquet afin de jeter des pierres et de l'huile bouillante. Lorsque je me fus retiré dans ma chambre, et bien qu'un écuyer la partageât avec moi, sur ordre de Guilhem, mes imaginations m'assaillirent. Épuisé par la nuit précédente, mais ne pouvant m'endormir, le passé et le présent s'associèrent pour me tourmenter. Ainsi, je me souvenais avec une précision atroce des baisers d'Arzen, du goût de ses lèvres gonflées par le désir et, dans le même instant, je voyais cette bouche violacée par le gel de la mort, distendue par l'obscur travail des désagrégations, ouverte au museau fouisseur des bêtes. Cette rose voûte de tendresse, cette profonde caresse humide, cette arche ruisselant de miel, elle m'apparaissait remplie de lourde terre brune, grouillante de vers. Ces mains qui avaient tant de fois pressé ma nuque et mes flancs, qui s'étaient promenées, diligentes, sur mon corps frissonnant, de hideux renards dévoraient leurs doigts inertes : et j'entendais craquer leurs tendres os sous les canines. Sa taille que j'enfermais dans mes poings de soudard, ses seins qui se tendaient sous mes baisers, ses hanches en forme de vaisseau, ses jambes dont l'enlacement ajoutait à mon plaisir, sa peau d'une blancheur lunaire, d'une tiédeur duveteuse, tout cela qui avait été mon amie et mon délire, se défaisait dans la triste posture des morts à l'abandon, se marbrait, suintait de la plus abominable des lèpres. Je voyais cheminer à travers ses entrailles de longues larves pâles, et d'autres extraordinairement actives et brillantes entourer le cœur. J'entendais leurs mastications infimes, le bruit de ces milliers de mandibules, d'innombrables menus soupirs de béatitude.

Mariana vint, avec une bolée fumante :

— Je ne t'oublie pas, Belvis. J'ai brassé pour toi de mes herbes. Au moins, tu dormiras... Mais ta lampe n'a plus d'huile !

Elle alluma le cierge qu'Arzen avait renversé la veille. L'écuyer grogna.

Tu dors au lieu d'ouvrir l'œil, toi ! Grand flambard ! Tôt est lasse, la garçaille d'à présent. Secoue-toi, ou je sifflerai un petit air à Guilhem.

Elle approcha son damné cierge, s'exclama :

— Cette tête que tu as ! A-t-on idée de se mettre dans des états pareils, et pour une rien du tout, une chienne de Simon, une pourriture !

Mon gémissement l'arrêta net.

— C'est bien, mon pauv' petit. Seulement à Minerve, on n'a guère licence de se douloir*. Esquieu ne fera pas toujours les rondes à ta place. Il faut que les servantes lui frottent les jointures au lever ; il est noué. Comprends-tu ? La fillasse est passée de mode, ici. Chef-Dieu, reprends du poil de la bête. Avale ça, et sans grimaces !

Ensuite, j'ai dormi. Mais pour rêver que les choses étaient comme devant, à savoir qu'Arzen était vivante ! Elle m'accueillait. M'embrassait. M'enlevait mon baudrier. Son rire d'argent se mêlait à ses baisers ; ses roucoulements à ses caresses. Elle ouvrait les draps. Je la connaissais. Tout à coup, l'anneau de ses bras se relâcha. Son corps se transforma

* *Se plaindre.*

en une horreur sans nom, la terre de sa bouche entra dans la mienne, le miel de sa langue se changea en une liqueur immonde et des larves inquiètes se dressèrent hors de ses orbites. Je poussai un cri effroyable. J'entendis la voix de l'écuyer :

— Qu'y a-t-il, Messire ?

Puis je sombrai dans je ne sais quel marécage de ténèbres, de souffrances.

Dans le même temps, Guilhem était chez la douce d'amour. Pourtant son bonheur, il ne le connaissait pas. Morne, les sourcils froncés, le menton sur le poing, il réfléchissait. La toute pure, la toute belle, se tenait debout devant lui. Elle abaissait sur ce front bourrelé d'amertumes son regard compatissant. Il ignorait qu'elle l'avait attendu une heure pleine, adossée au mur rugueux. Quelle fièvre lui avait ainsi fait rechercher la fraîcheur des pierres. Il ne remarquait pas que la bouche-fleur luisait étrangement, ni que les narines frêles palpitaient comme si l'air se fût raréfié ou chargé d'odeurs véhémentes. Ni que les colombes de sa poitrine pointaient sous l'afflux de sang. Toujours, il y a ce fossé entre les êtres ! Le désir agite l'un, l'autre habite sa rêverie, et cependant ils s'aiment !

— Qui prouve, disait-il, qu'Arzen était seule ? Que Simon n'a pas encore ici plusieurs agents à sa solde ?

Pour la dixième fois depuis le matin, il ressassa :

— La garnison est sûre. Cesseras, incapable de me nuire. La population, franche comme l'or. Restent les réfugiés. Il eût fallu les refouler tous. Preuve que la bonté n'est pas toujours payante !

— Ne te fie pas aux apparences.

— Il est impossible qu'Arzen ait agi seule. Elle avait certainement des complices dans la ville, peut-être dans le château. Qui ne pas soupçonner ? Et cela s'ébruitera. On s'étudiera, au lieu de veiller. Oh ! d'ailleurs, à moins d'un orage...

— Aie confiance.

— Je m'y efforce. Mais comment sauver le puits ? Inutile de tenter une autre sortie : désormais, Malevoisine sera gardée pendant la nuit. Si le pauvre Cesseras n'avait pas tué Arzen, nous avions une chance. Contre sa vie, elle eût envoyé de faux signaux à Simon.

— Dieu t'inspirera.

— Sinon, nous crèverons de soif.

Elle eut son rire d'ange.

— Tu te résignes aisément, dit-il. Que d'âmes libérées, n'est-ce pas ? avec ce qu'il faut de douleur pour expier ! Quel envol de colombes !

— C'est ton désespoir qui parle.

— Et alors ?

Elle le prit aux épaules. Ses lèvres s'appuyèrent sur le front contracté, errèrent sur les joues, sur le menton, salis par la barbe ; sollicitèrent une caresse plus profonde.

– Et toi, pour qui travailles-tu ? Pour les saintes femmes ?

— Ne sois pas cruel.

— Mariana t'a vue en conversation avec Bohita, dans une ruelle.

— Puis-je oublier ses bontés ? Je l'ai déjà tellement déçu, pour te plaire. N'est-ce pas assez ?

— Non.

Elle s'écarta d'un mouvement brusque, se glissa derrière le rideau du lit. Guilhem entendait sa respiration précipitée, le froissement des étoffes sous ses doigts. Tout à coup, elle fut devant lui, non dans la chemise de lin ridé qui lui tombait jusqu'aux pieds, la nuit qu'il l'avait surprise, mais dans la vérité éblouissante d'Eve, notre mère, telle qu'on la voyait peinte sur la cheminée de la salle. Pour vêtement, elle n'avait que sa seule grâce, que les formes et les couleurs octroyées par Nature le jour de sa naissance. Longue et lumineuse, elle s'avança vers Guilhem. Et lui, bouleversé, il n'osait croire à sa joie ; il pensait rêver. Vers ce rayonnement suave, pourtant, il tendait les mains.

— Prends ma jeunesse, murmura-t-elle. Prends mon corps... Je te donne tout...

— Et si tu regrettes, après ?

— Non. Prends...

Guilhem s'agenouilla. Il enlaça cette taille si tiède. Ses lèvres coururent sur les genoux, sur l'arbre d'aurore de ces jambes.

— Vite, soyons perdus...

Les doigts légers se fermèrent sur sa nuque. Elle soupira encore :

— Je n'en puis plus, bien-aimé...

Et la bête de proie s'éveilla. Comme le chasseur soulève le faon et le porte dans ses bras, Guilhem souleva Esclarmonde et la porta sur le lit.

Le cri qui lui échappa, c'était celui des chevêches par les nuits d'été. Mais déjà devenait-il une plainte de langueur, car par la blessure que lui infligeait Guilhem entraient ensemble la douleur et le bonheur d'Amour.

XXII

ESQUIEU

Mais lorsque le premier rayon du jour sépara leurs paupières, une angoisse identique poigna leurs deux cœurs. L'un vers l'autre, ils tournèrent leurs beaux visages las. Esclarmonde se blottit entre les bras de Guilhem, afin de cacher ses prunelles, dilatées par quelle terreur ? Sa bouche sur le long col recourbé, il dit :

— Je t'ai profanée... Oh ! ta pureté... Qu'avons-nous fait ?

— J'ai peur.

— Tu as peur du péché ?

— Peur pour toi, pour Minerve. Le mur de lumière ne nous protège plus.

Les menaces, les objurgations de Bohita, revinrent à la mémoire de Guilhem : « Dieu ne partage pas. Il est impitoyable envers qui Lui dérobe Son bien. Malheur à vous, si vous vous obstinez ! Malheur à votre ville !... » Et ce dont se souvenait Esclarmonde, c'était : « Il y a en toi autre chose, une aspiration inavouée que trahissent tes gestes, les expressions de ton visage... Tu es comme les autres, obstinée et menteresse. Tu veux connaître les tribulations, t'avilir... »

— Je te protégerai, dit Guilhem. Je te sauverai.

— Ce qui doit être, ne peut manquer. Le malheur et le bonheur, pour Minerve, pour nous deux.

— Je vaincrai, malgré tout !

Ainsi voulait-il se persuader, chasser le sentiment de remords qui grandissait en lui et corrompait sa joie de même que les soleils trop brûlants corrompent les nuées, noircissent un ciel riant et le chargent d'éclairs. En réalité, jamais il n'avait autant douté de son génie, de l'issue du siège.

— Hier, je t'aimais. Aujourd'hui, je t'adore et te révère. Nous sommes liés. Mais tu restes l'ange de Minerve... mon épouse immortelle... petite fille et déesse...

Malevoisine poussa son miaulement sinistre. Le premier boulet de la journée s'écrasa sur les roches.

— Oh ! cette machine !... Réponds-moi : as-tu cédé uniquement parce que j'étais triste et désemparé ?... Tu te tais ? Ce n'était donc que cela ? L'âme qui donne un peu de sa lumière à la nuit de la chair, l'ange qui se fait pécheur par pitié de la créature ? Dis, c'est cela ?

— Non, Guilhem. Je le voulais autant que toi. J'ai tant lutté, tant souffert ! Comprends ce que j'étais.

— Incertaine.

— Avide, impatiente, à mon insu.

— Impatiente de « cette souillure » ?

— Et fière, maintenant, fière d'être à toi, puisque je t'aime... T'ai-je rendu heureux ?... Très heureux ?

Elle sortit du lit pour fermer la fenêtre. Ses longs cheveux flottaient sur ses épaules nues. Ce fut tout à fait l'aurore. Ensemble, le soleil et la chevelure étincelèrent. Guilhem l'appela d'une voix étrange. Elle accourut. Car, si leurs âmes s'angoissaient, leurs corps n'étaient pas fatigués de s'aimer.

Arzen aussi, lors de notre premier matin, s'était mise à la fenêtre et montrée dans ce vêtement de lumière. Leur amour et le nôtre débutèrent mêmement et se dénouèrent par une cruauté semblable, à croire que Guilhem et moi, nous avions également offensé le Seigneur. Pourtant ma consolation était déjà en route. Tandis que Guilhem demeura seul avec sa plaie d'orgueil...

Mais il ne convient pas de tourner si tôt la page. Sommeillant à demi, il reposait entre les bras de ce qu'il y avait de plus tendre sur la terre. Moi, j'étais aux prisons où m'avaient appelé je ne me souviens plus quelles nécessités de service. Oui, Messire Gaucelin, ce fut ce matin-là que nous nous revîmes pour la première fois depuis votre emmurement*. Les gardiens vous avaient octroyé la meilleure des cellules, la plus claire, la plus spacieuse, probablement par respect pour votre chevalerie, ou parce que votre haute mine leur en imposait. La jonchée de paille qui vous servait de couche était propre. Votre cruche neuve et plus grande que celles des autres prisonniers. Je notai que votre tonsure était récente, preuve que l'on vous avait accordé licence de recevoir le barbier, en dépit du règlement. Mais je ne me permis aucun reproche : un Templier ne se suicide pas, ne renie jamais sa parole. Votre manteau était suspendu à un clou, au-dessus de la paille. Vous étiez à genoux, mains jointes sur le surcot, chef levé vers la lueur des grilles. Je ne sais si c'était un effet de l'éclairage, mais il me parut que votre visage rayonnait. Je demeurai pensif, accroché aux barreaux. Ce n'était pas vous qui étiez en cage, mais votre serviteur jouissant de la plus amère des libertés. Votre regard, où se projetait toute votre âme, me fascinait. J'y lisais la confiance, la fermeté, une tranquillité inhumaine, une ardeur quasi juvénile. Lorsque vous eûtes achevé vos oraisons, vous tournâtes vers moi votre tête, lentement ; je reçus votre sourire comme une flèche. Il avait cette force de virilité et de sympathie de l'accolade que l'on donne au chevalier nouveau. Vous montrâtes le porte-clefs qui se tenait derrière moi. Je le congédiai d'un geste. Ensuite :

— Il n'est plus agréable chose, Cesseras, que de prendre en Dieu son repos.

— Il le faut pouvoir.

— Il le faut vouloir.

— Hélas ! j'ai le cœur alourdi de haine et de chagrin.

— Je sens ton chagrin, non ta haine.

— Ne m'interrogez pas.

* *Emprisonnement.*

— Ai-je oublié que nous étions ennemis ? Nous ne le serons pas longtemps. Les cheminements de la foi sont mystères.

— Je n'ai plus la foi ! Je suis vide ! Mais vide !

— Bénie, cette viduité ! Le Seigneur la comblera. Bénie, cette haine supposée, au fond si proche de l'amour.

— Je n'avais foi que dans la créature, que dans une femme, Templier !

— Eh bien ! Nos Commanderies s'érigent volontiers en des lieux secrets, au sein des déserts ou des forêts, propices à la méditation. Il ne s'agit pas seulement pour nous de former des frères-chevaliers, mais de transmuer le plomb vulgaire en or. On se bat pour l'Ordre, mais aussi pour gagner son paradis... Quand tout sera fini à Minerve, viens avec nous, prends le manteau de pureté, sois enfin tel qu'en toi-même, Cesseras...

Curieux entretien où c'était le prisonnier qui consolait son geôlier. Il me procura un inexplicable mieux-être. Au-delà des ténèbres que je croyais infinies, il me fit apercevoir une mince petite lumière lointaine.

Nous étions à table, dames et chevaliers, lorsqu'ils entrèrent tous deux. Les dames comprirent aussitôt. Non les hommes qui levèrent des sourcils étonnés. La douce d'amour, Guilhem la tenait gracieusement par la main. Elle avait sa robe parsemée de perles et d'étoiles. Un fard discret rosissait ses joues. Guilhem portait son bliaut rouge et or, et l'épée de Minerve au fourreau de cuir sombre. En passant devant la fresque d'Adam et Eve, ils échangèrent un sourire. Très peu en sentirent le désenchantement, la résignation et le courage. Nous nous levâmes tous, spontanément. Ils s'avancèrent, non d'un pas de solennité ridicule, mais avec cette noblesse de nature qu'ils avaient l'un et l'autre, et ce charme particulier aux êtres jeunes mais achevés. C'était plus qu'un homme et une femme qui marchaient vers nous ; c'était le couple. Ils se ressemblaient et se complétaient. La vigueur de

Guilhem répondait à la fragilité d'Esclarmonde. Leurs regards, leurs visages avaient la même gravité, le même caractère impérieux, et la même absence d'ostentation. Esquieu me poussa le coude :

— Quelle race sortira d'eux ! Regarde-les !

— Devant vous, dit le Sire, dames et compagnons, et vous aussi, mon oncle, je déclare prendre à femme Esclarmonde, Demoiselle de Trèbes, ici présente. Je l'épouserai selon le rite, après le siège. Convoquer le chanoine, à cette heure, serait faire injure aux Parfaits.

Esclarmonde hocha la tête. Ainsi la très pure, l'ange de Sainte-Colombe, acceptait de se marier selon Rome* ? Pourtant il me sembla que les doigts blancs se contractaient dans la main de Guilhem.

— Désormais, je vous prie de la reconnaître pour Dame de Minerve, de l'honorer et de lui obéir en conséquence.

Il demanda un fauteuil pareil au sien. Fit asseoir Esclarmonde à sa gauche et dit, avec un entrain un peu forcé :

— Dame, commandez le domestique. C'est votre rôle, à présent.

Mariana avait ajouté quelques pâtisseries aux mets habituels. Nous avions pour musique le sifflement des balistes. Tel fut ce festin de noces. Sur la fin, un chevalier :

— Au moins ce soir, nous permettrez-vous de danser, Messire ?

Je pris congé, afin de me rendre au puits contrôler le travail des ouvriers. Mariana m'arrêta :

— Tu vois ce chien, Belvis ? Là-bas, dans le couloir. Il veille à la porte de ses maîtres. Prends-le pour modèle. Oublie-toi. Sois le chien de garde. Aime-les.

C'était un vase de terre fruste, Mariana, mais contenant l'arôme le plus délicat. Son âme simplette avait rencontré la vôtre, Messire, combien plus savante ! Elle conspirait avec vous sans le savoir, pour me sauver. Mais peut-être son humble propos adoucit-il davantage ma peine que vos éminentes paroles.

* *Les cathares ne célébraient pas de mariages. Pour eux, mariage et concubinage, c'était tout un.*

— Aime-les, parce que demain pour eux... Je t'assure. Il n'y a pas de quoi les envier...

Les musiciens abandonnent précipitamment leur loggia. Ils n'ont même pas eu le temps d'accorder leurs instruments. Cette nuit on ne dansera pas à Minerve ! Dames et chevaliers se pressent autour de la grande table. On y a étendu Esquieu. Mandé en hâte, le mire se penche sur lui.

Le Sire vieux et moi, nous avions pris la place de deux jeunes plus ardents au déduit qu'au danger. Ensemble, nous inspections les postes. Un bruit suspect, sous le hourd, attira notre attention. Esquieu se mit au créneau. Une flèche partit du quartier narbonnais. Il chut, la poitrine trouée.

— Guilhem ! gémit-il.

A quatre, nous le portâmes dans la salle. Chacun de nos pas lui arrachait une plainte....

Le voici, maintenant, sur cette nappe tachée de vin. Esclarmonde a glissé un coussin sous sa nuque. De droite à gauche, il roule sa face cireuse. Ses dents jaunes mordent sa barbe. Mariana présente au mire une bassine d'eau. Le mire se lave soigneusement les mains.

— Notre peau, explique-t-il, recèle des germes d'infection. C'est pourquoi la blessure, autant que les doigts qui la touchent, se doivent nettoyer.

— Hâtez-vous donc, gronde Guilhem. Il souffre.

— Pour nous, hippocratiques, la précipitation est faute.

Il ouvre un coffret clouté de cuivre que l'on a posé sur un escabeau, choisit une lame étroite dont il éprouve le fil sur son pouce.

— La peste de ce mire !

Il ne s'émeut pas. D'un geste précis, il tranche le plastron de cuir, puis la chemise engluée de sang.

— Deux hommes pour le tenir.

Les yeux du blessé se tournent vers Guilhem ; ensuite vers moi. Nous le saisissons. Le cercle se resserre autour de la table.

— Reculez-vous donc, dit le mire, vous me gênez !

Il prend une autre lame, courbe et bleutée celle-ci, agrandit la plaie. Le bois de la flèche pointe hors des chairs tuméfiées.

— Ne respirez plus, Messire, si pouvez.

Ses doigts aigus tâtent le bois, le pincent. La sueur coule sur ses joues. Il ferme les yeux. Esquieu se met à crier. Les doigts continuent de tirer. La flèche sort lentement, lentement. Mais, avec elle, un jet de sang.

— Les compresses !

Elles sont vite transpercées, remplacées, inutiles. Il y a du sang partout, sur la nappe, sur les pavés, sur Guilhem, sur le mire. Une grosse bulle se forme entre les lèvres d'Esquieu ; elle crève, inonde de rouge le menton, la barbe. Le mire lève les bras en signe d'impuissance.

— Sauve-le, tu auras de l'or.

— Mais, Sire, la veine est rompue.

— Tu seras seigneur du Bouysse.

— La grosse veine qui bat dans le poumon !

— Bohita, soupire le mourant.

— Va, Cesseras ; amène-le vite...

Bohita prie parmi les hommes noirs. Il s'interrompt pour m'écouter, prend le livre et me suit aussitôt avec Godafla. Pourtant, quand nous entrons dans la salle, Esquieu s'est arrêté de geindre ; il est au bout. Guilhem caresse la vieille paume usée, douloureusement. Il apostrophe le filius major qui s'attarde à bénir l'assistance agenouillée.

— Homme de Dieu, le temps presse !

— Vit-il encore ?

Le mire approche des lèvres d'Esquieu un ovale d'acier poli :

— Il vit, Père Vénéré. J'en atteste.

— Esquieu de Minerve, tu m'entends ?

Guilhem intervient de nouveau :

— Epargnez-lui les exhortations d'usage. Il meurt pour la cause.

— Est-ce vous, Messire, qui sollicitez le Consolamentum, ou votre oncle ?

— Moi, chuchota la voix.

— Esquieu, mon frère, renonces-tu à l'existence que tu as

menée jusqu'ici, à tes richesses et prérogatives illusoires, à tes habitudes de commandement et de violence ?

— J'y renonce.

— Désires-tu sincèrement t'unir à l'Esprit ? Pèse la gravité de l'engagement : si tu guéris, tu devras entrer dans notre Communauté, abandonner les tiens.

— Père, ne tardez pas, supplie Guilhem.

— Que le Seigneur aie pitié, murmure Esquieu.

— Priez cet homme qu'il intercède pour vous.

— Que le Seigneur soit prié... Esquieu, mon frère, veux-tu réellement recevoir l'Esprit Saint ?

— Oui, consolez-moi.

— Vite, Bohita ! Il se meurt.

— Je demande pardon de mes fautes.

— Que le Père et le Fils et l'Esprit te pardonnent.

Bohita tient l'Evangile au-dessus du front sanglant.

— Père Saint, accueille ton serviteur Esquieu, ici présent.

Ils ceignent de chanvre blanc le moribond que Guilhem a soulevé. Ils étendent sur lui la vêture symbolique et lui donnent le baiser de paix. Le Consolamentum ad mortem, c'était à peu près cela.

— Dois-je prévenir Braïda, son épouse ?

— Quelle épouse ? Il n'y a désormais que deux Parfaits !

— Oncle, répondez-moi. Voulez-vous Braïda ?

— Il est en paix, vous dis-je. Ne le troublez pas.

Les paupières brillantes s'entr'ouvrent. Le vieux corps se tend. La voix fuse, caverneuse, violente :

— Minerve !... L'autre soleil rouge... Et elle... elle... Oh ! Guilhem... Sur la colline... L'autre soleil rouge...

Le vent sanglote soudain sur le causse, sur la ville, tout gonflé d'âmes inquiètes. Quelqu'un dit :

— Je crois que voilà l'orage.

XXIII

LE PUITS

Mais l'orage passa en vent. Et, dès lors tout commença d'aller de mal en pis. De même que son frère, Esquieu s'effaçait avant que ne se précipitassent les événements. L'implacable destin poursuivait Guilhem, l'isolait avant de le frapper, comme si lui seul devait être humilié, comme s'il était le seul responsable. A quarante ans de distance, cet acharnement me cause un insupportable malaise. J'en cherche vainement le ressort. Et le châtiment continue de me paraître aussi outré. Est-il possible, est-il concevable que des êtres naissent avec cette marque noire ? Quoi qu'ils fassent, tout se retourne contre eux, même leurs mouvements de générosité, même leurs sentiments les plus naturels, même leurs instants de gaîté : leur fierté est prise pour de l'orgueil ; leur tendresse, pour du vice. Ils ne connaissent de l'humaine condition que les travaux et les peines, cependant que tout s'échappe de leurs doigts ainsi qu'une poignée de sable : les honneurs, les richesses, les amitiés, les amours. Dieu ne les élève que pour mieux les précipiter dans ses abîmes. Quel incroyable mystère recèle une malédiction pareille ? Quelle promesse et de quel au-delà resplendissant ? Il y a de ces gens dont on sait, dès leur enfance, qu'ils n'appartiennent pas réellement à la terre, à cause du regard, des gestes, du langage qu'ils ont. On ne s'étonne pas que le monde les opprime. Ils n'ont à laisser qu'un message, à remplir qu'une mission précise. Mais ceux qui aiment de vivre ? Ceux qui ne sont pas des ascètes, mais des hommes forts, ardents, charnels, comme l'était Guilhem ? Hélas ! qui peut sonder les reins et les cœurs, hormis notre Juge Céleste ?

Donc, à partir de la mort d'Esquieu, la belle Minerve entra dans sa passion.

Mais, d'abord, je voudrais relater un incident. Il montrera quelle réforme le catharisme opérait dans les âmes, quelle rigueur et quelle tragique puissance conférait le Consolamentum. Guilhem avait cru bon d'avertir Braïda de la disparition d'Esquieu. Il s'était rendu à la maison des Parfaites. Je l'accompagnais. On nous introduisit dans un parloir séparé de la salle par une lourde grille timbrée de la croix à douze perles. Guilhem sollicita la faveur de s'entretenir privément avec sa tante. Réponse :

— Ce que l'une peut entendre, toutes le peuvent.

Il annonça la douloureuse nouvelle, en donna les circonstances. Aucun des maigres visages alignés dans l'ombre ne tressaillit. Aucune plainte, aucun gémissement ne s'échappèrent de ces lèvres pincées. Pâles dans leurs robes noires barrées de chanvre, les Parfaites se ressemblaient toutes, si bien que nous ne pouvions reconnaître Braïda. Guilhem raconta l'agonie, répéta les dernières paroles de son oncle. Réponse :

— Puisqu'il a été « consolé », tout est bien.

Ce n'était pas la voix de Braïda. Guilhem empoigna les barreaux de la grille.

— Au moins, cria-t-il soudainement encoléré, assisterez-vous aux funérailles ?

— Ce qui est poussière, retourne à la poussière.

— Nous l'ensevelirons dans sa vêture de Parfait. Il est doublement des vôtres !

— Il monte vers la Demeure. C'est cela qui importe.

— Ma tante, Braïda, écoutez-moi. Avez-vous oublié cette tendresse qu'il avait pour vous ? Cette bonté qui ne s'est jamais démentie ? Comme il vous honorait ?... Alors ! Venez le voir une dernière fois.

— Vain bruit de la terre, écarte-toi.

— Est-ce vous qui avez parlé ?
— Messire, ne la tourmentez plus. De grâce !
Guilhem secoua furieusement les barreaux :
— Egoïstes que vous êtes toutes ici ! Ingrates ! Les soldats meurent aux créneaux ? C'est leur métier ; ils sont mercenaires, chiens casqués, moins que rien. Qu'ils s'accouplent et crèvent comme des chiens ! Vous, n'est-ce pas, vous contemplez. Vous baignez dans la lumière ineffable. « Vain bruit de la terre, écarte-toi ! » Nous sommes les très saintes, les pures, les béates.
— Il est plus facile de nous outrager que de nous imiter, Guilhem.
— Enfin, vous avez daigné !
— Retire-toi.
— Tout ce qui est à Minerve est mien.
— Surtout l'orgueil et la luxure.
Cette réplique le souffleta.
— Ma tante, ne vaut-il pas mieux épouser que griller ?
— N'étale pas tes faiblesses. Va-t'en.
— Pas avant que vous n'ayez approché votre visage.
— Pourquoi ? Je ne te suis rien et tu ne m'es rien. Je n'ai d'autre parent que Dieu.
— De surcroît, vous me récusez ?
— Je te répète que tu es un étranger.
— Mais vous me tutoyez ? Ayez au moins une bonne parole. Que je l'emporte dans mon cœur !
— Ton âme est en péril. Convertis-toi...
Au cours du dîner, il fit le récit de cette entrevue. Beaucoup s'indignèrent, bien qu'ils fussent favorables à l'hérésie. Esclarmonde ne disait mot ; elle avait ses yeux d'oiseau fasciné. Après le repas, elle s'isola dans une embrasure, au lieu de s'asseoir à côté de Guilhem. Lui, ses mains dures fermées sur les accoudoirs, il l'observait silencieusement. Nous entendîmes siffler la machine des Narbonnais. Un coup sourd ébranla la voûte.
— Quoi, dit-on, ils travaillent la nuit, maintenant ?

Désormais, sans relâche, leurs équipes se relayant, les Croisés nous pilonnèrent. Les Narbonnais se montrèrent les plus impétueux ; ils avaient établi de nouvelles claies garnies de peaux pour se protéger de nos dards. Les Gascons avaient rapproché leur baliste et réduit le poids de leurs boulets. Malevoisine ébranlait la tour du puits et le chemin couvert à chacun de ses coups ou presque. Les nuits de Minerve étaient traversées de lueurs de torches, de miaulements, d'écroulements, de cris. Sur tous les points menacés, nous avions doublé les sentinelles. Les archers dormaient sous le rempart, enroulés dans leurs couvertures.

Le premier de juillet, aux alentours de minuit, les trompettes sonnèrent. Guilhem et moi, nous nous précipitâmes sur la terrasse. La colline narbonnaise se couvrait de chevaliers en armes. Ils défilaient sur leurs destriers gris, entre les flambeaux tenus à bout de bras et le rougeoiement des brasiers. Heaumes ronds, sommés d'aigrettes, lances hautes, boucliers aux bras, ils sortaient de l'obscurité, pâles sur le noir du ciel et, soudain, les mailles de leurs hauberts, les cercles de leurs casques, jetaient des éclats blancs. Leur chef, dont nous distinguions la bannière et l'emblème — c'était un aigle d'or — criait ses ordres dans une langue inconnue. Nous sûmes qu'il s'agissait de Croisés allemands, qu'un guide les avait sciemment égarés dans nos montagnes et qu'ils ralliaient l'armée de Simon au prix de mille difficultés. Cette arrivée n'inquiéta pas trop Guilhem ; elle ne modifiait guère notre situation. Contre notre citadelle cette cavalerie était sans efficace.

Le troisième de juillet, un boulet frappa de plein fouet le toit de la chapelle. Les vieilles dalles de lauze éclatèrent sous le choc. La voûte s'effondra, provoquant la chute de murailles anciennes. C'était dans cette chapelle que l'on avait inhumé le vieil Esquieu. Là que gisaient aussi les Sires et Dames de Minerve, à l'exception de ce Bérenger dont j'ai parlé ailleurs. Lorsque les ouvriers eurent déblayé, nous vîmes que les tombeaux étaient en pièces. Ces nobles visages taillés dans le marbre de La Caunette, ces mains pieuses, les écus, les banderoles, les inscriptions, tout était broyé. Rompue, la dalle qui recouvrait Esquieu : ce que nous retrouvâmes au fond de ce trou ne se peut décrire. Ces dévastations nous impressionnèrent vivement. Certains pensèrent qu'elles préfiguraient la fin des Minerve, que c'était un intersigne.

— A présent, dit le Sire, je n'ai plus que vous, mes amis. Plus de famille. Plus rien qui me rappelle le passé.

— La famille, rétorqua notre nouveau doyen — un seigneur des montagnes qui s'était replié à Minerve avec ses quatre fils, tous chevaliers — la famille, c'est le devenir, non le passé.

— Si les Bons Hommes t'entendaient !

— Tout n'est pas excellent dans leur doctrine. On en prend, on en laisse, selon les goûts et les besoins. Je gage que, l'an prochain, en ce lieu, notre Dame pouponnera. Parfaitement Guilhem ! Et ce sera un garçon à ta semblance ! Voilà ce qu'il faut espérer, et non de faire restaurer des bouts de pierre.

Les yeux d'Esclarmonde cillèrent. La fleur de timidité lui vint aux joues.

— Vraiment, un garçon à ma semblance ? répéta Guilhem, et il se tourna vers la Dame.

Elle hésita, brièvement. Nous guettions sa réponse. Alors, dans un élan de tendresse, d'exquise puérilité, elle embrassa par deux fois Guilhem, devant nous tous, surmontant ainsi sa pudeur. Le sourire qu'elle nous adressa ensuite, c'était un petit soleil d'espoir. Il nous rendit bonne humeur et confiance.

Mais, le lendemain, un mercredi, la muraille du chemin couvert se lézarda dangereusement. On l'étaya du mieux que l'on put. Guilhem fit poser un échafaudage de protection au-dessus de la calotte du puits. De nouveau, les Minervois furent invités à remplir les citernes. Ils obéirent sans rechigner. Mais les sifflements et les coups de bélier de Malevoisine donnaient des jambes de laine aux meilleurs et la besogne n'avançait que très peu.

Le vendredi matin, un tronçon de mur s'écroula, mais la tour résistait. De nuit, et bien que Malevoisine fonctionnât avec une précision et un entêtement diaboliques, les maçons travaillèrent à colmater la brèche, aidés par les soldats et soutenus par la présence de Guilhem et d'Esclarmonde. Celle-ci n'avait pas voulu abandonner son Maître et Sire dans le danger. Comme lui, elle porta les moellons et les seaux d'eau. Mais, tout à coup, des flèches jaillirent d'en bas, abattirent des ouvriers. L'une rasa le cou de Guilhem. Il demanda des volontaires pour débusquer les tireurs. Je m'offris à les commander. Le combat fut court et sans pitié. J'anéantis les archers de Simon, mais je perdis la moitié de mes hommes. A peine étions-nous rentrés dans la place que des flèches partirent d'autres arbustes. Nous redescendîmes au Brian. Je me demande par quel miracle, cette nuit-là, j'ai conservé la vie. Mais, à l'aube, le mur était debout et nous pûmes rétablir la chaîne des porteurs d'eau. Bohita vint avec ses Parfaits, afin de donner aide et réconfort à la population. A l'endroit le plus exposé, sous les martèlements de la machine, il prêcha longuement. Ainsi, dans Minerve, les hommes de Dieu et les hommes d'épée rivalisaient d'audace et de dévouement.

Mais le onze juillet, à midi, l'heure sans ombres, la tour se partagea dans un fracas de tonnerre et s'écroula. Une immense clameur s'éleva du camp de Simon. La population courut aux remparts. Guilhem arrivait :

— Messire, qu'adviendra-t-il ?... Messire, sauvez-nous... Messire...

Le soir, Bohita prêcha sur la place. Il annonça que trois de ses Parfaits se mettaient en endura afin d'obtenir du Père Céleste le prompt engendrement d'un orage :

— Car dorénavant, mes frères, la foi sera notre vraie capitaine. Je ne vous défends pas d'accomplir scrupuleusement votre service aux postes de combat, et même je vous le recommande, mais je vous déclare : il ne suffit pas de payer de sa personne ; il faut engager son âme ! Implorez le Seigneur Tout Puissant d'accorder aux trois Parfaits la force de mener jusqu'à son terme le sacrifice qu'ils nous consentent...

Les Minervois reprirent courage. Ils ne doutaient pas que Dieu se laisserait attendrir par le suicide des trois Purs. Quand le hérault de Guilhem parcourut les ruelles en annonçant : « Par ordre du Sire, défense est faite aux citadins de raser leurs barbes, afin d'économiser l'eau », ils se moquèrent.

LE PUITS

— Serons-nous comme bêtes brutes, alors que la pluie est imminente ?

Naïfs, versatiles et indisciplinés, voilà ce qu'ils se révélaient à l'usage !

Des jours s'écoulèrent, sous un ciel de plus en plus accablant. La pluie ne venait pas et, dans les citernes, l'eau baissait.

XXIV

LE CHEVAL JOYEUX

« Bel ami Joyeux, te souviens-tu ? Lorsque mon père t'acheta à messire de Mirepoix et t'amena à Minerve, tu étais moins haut qu'un homme, mais déjà quelle impétuosité ! Tu compris que tu m'appartenais et tu m'aimas sans hésitation. Et moi, beau cheval, comme un simple écuyer je te donnai l'eau, l'avoine et le foin, et brossai ton pelage. Je n'eus pas à te dresser, parce que tu obéissais du cœur... Tu as bien mérité ton nom de Joyeux. Toujours prêt à la course et du meilleur vouloir, au tournoi, à la charge, sans caprices, sans reproche, sans couardise... Cette fois où je vidai les étriers sous la lance de Jaufré de Casamayor et demeurai dans l'herbe, assommé, tu ne pris pas la fuite ; tu revins à ton ami. Par les ouvertures de mon heaume, je te voyais me flairer avec inquiétude et, quand je me relevai, tu hennis de joie. Je sais depuis ce jour que tu possèdes une âme... Tant d'années ensemble ! Tu te souviens des champs de genêts, de la chasse au faucon par les matins clairs, du courre dans les hêtraies ? Nous rentrions fourbus, suants, mais heureux. Au loin, scintillaient les petites lumières de la ville... Oh ! ne renifle pas ce glaive !... »

Ainsi Guilhem s'entretenait avec Joyeux, son compagnon exemplaire. Et le destrier, brillant comme neige au soleil, dressait ses oreilles velues, retroussait le rose de ses babines : pour ceux qui savent, c'est là le sourire des chevaux. Guilhem baissa la tête, sentant fondre son cœur.

— Hélas, dit-il, je ne puis différer. Mais rassure-toi, je serai vite.

Cependant il ne se décidait pas. De toute la douceur dont il était capable, il caressait l'épaule vigoureuse, les cheveux du chanfrein. Contre la joue de Joyeux, il appuya la sienne, pour écouter le souffle profond et le bruissement de la forte vie...

La veille, il avait ordonné que l'on sacrifiât les animaux domestiques, même les chevaux de guerre. Sur les quatre citernes, trois étaient à peu près vides. Il avait accordé une nuit de grâce aux victimes — oh ! la touchante attention ! — afin qu'elles puissent se rencontrer, s'aimer ou se repentir. Les Parfaits l'en avaient prié, qui croyaient que les âmes pécheresses entraient dans des corps de bêtes après leur mort. Depuis le matin, une fade odeur de boucherie flottait sur Minerve, se mêlait aux puanteurs que répandaient les cadavres abandonnés dans le lit du torrent. La ville retentissait de hennissements affolés, de meuglements d'angoisse, de bêlements, d'abois. Le mire allait de maison en maison :

— Bonnes gens, ne jetez pas le sang. Buvez-le. Il est riche en éléments vitaux.

Les chiens n'avaient pas la résignation de leurs frères. Ils se défendaient âprement, débouchaient des huis, les crocs dardés et l'œil en feu, sautaient les murets, s'assemblaient sur le chemin de ronde en groupes compacts et hurlaient à la mort. Des soldats les encerclèrent. On vit un lévrier percé d'une flèche bondir par un créneau...

Guilhem était encore dans la stalle de Joyeux. Il ne pouvait enlever ses doigts de la crinière blanche. Et le destrier s'émouvait de cette affection insolite, s'étonnait de ces longues caresses, les rendait selon son pouvoir, mettant ses naseaux humides dans le col de Guilhem.

— Beau cheval, tu étais ma noblesse, et voici que je dois te tuer. Pardonne-moi...

Il leva sa lame brillante.

— Adieu, ami !

Le glaive plongea jusqu'à la garde dans le vaste poitrail.

Joyeux ne poussa qu'un geignement sourd ; c'était un cheval-soldat. Vers Guilhem pourtant il tourna sa tête. Le Sire crut voir des larmes mouiller les grands yeux sombres : mais ce n'étaient sans doute que les voiles gris de la mort. Il retira le glaive. Le sang jaillit comme une fontaine. Joyeux s'agenouilla, puis roula sur la paille et s'allongea pour toujours.

Longtemps Guilhem contempla ce corps privé de vie. Sous ce beau pelage ensanglanté, ce n'était pas seulement Joyeux qui reposait, mais notre jeunesse assassinée, les randonnées fiévreuses, les songes éblouissants. A deux reprises, il porta la main à ses paupières cuisantes. Puis, d'un pas fatigué, il se rendit à la chambre où Dame Esclarmonde était installée.

La harpe sur les genoux, elle chantait, pour elle seule :

La lune étincelle au plus haut des cieux,
Sur la terre et sur les crêtes.
Les arbres ressemblent à de blanches épées...

Derrière la porte entr'ouverte, Guilhem écoutait cette voix d'ailleurs :

Ma forêt d'épées nues,
Scintillantes et pures,
Pures comme des songes anciens
Et nues comme des chairs,
Forêt, songes d'enfance,
Où êtes-vous ?
Où es-tu, nuit sereine ?
Mais quels vents m'apportent
Ces étranges baisers glacés ?
O Nuit, Sainte Nuit,
Pose ta tête légère sur mon épaule
Pour que je boive les larmes
Qui coulent de tes yeux.

Guilhem pensait : « J'ai sa chair, mais je reste sur le seuil de son âme. Elle est pareille à ma tante Braïda, inaccessible, murée dans son secret, dans sa forteresse de foi et de poésie, odieusement heureuse ! » Il dit :

— Les bêtes meurent, et tu chantes ?

— Est-ce mal ?

— Je m'étonne.

— Toutes ces âmes qui s'en vont, cher Seigneur !

Il préféra se taire. Mais elle :

— Tu es fâché, mon Guilhem ?

« L'eau du ciel qui tombe dans la mer, en prend l'amertume. Mais elle et moi, jusque dans la fusion de nos corps, nous sommes distincts. Inséparables, mais séparés !... »

Soudain, elle eut son visage de la première rencontre, d'arc-en-ciel qui s'ouvre :

— Assieds-toi, Guilhem. Écoute... L'an prochain. Ce fils à ta semblance...

— Que dis-tu ?

— J'en suis presque sûre...

— Il n'y a plus d'eau, répétaient les Minervois, la belle affaire ! nous boirons du vin !

— Maudits ivrognes !

— De quoi vous plaignez-vous, femmes ? Vous danserez sous les boulets.

— La mienne qui ne pouvait me souffrir à la taverne !

— Elle sera trop contente de s'y attabler.

— Et les repas, innocents, comment les préparerons-nous ?

— Au vin, ma jolie. La soupe, les sauces, tout au vin !

— Ils ont tué les vaches et les chèvres. Que donnerons-nous aux enfants ?

— Le lait de tes mamelles, nourrice sèche.

Ils se tapaient sur les cuisses. Mais leurs rires étaient semblables à ceux des lépreux ; ils venaient des nerfs. Sous eux perçait l'angoisse. Mais c'étaient aussi des rires d'orgueil et de défi. Minerve l'Invincible succomberait-elle devant une poignée de brigands ? Capitulerait-elle pour une cruche d'eau ? Les caves regorgeaient de muids. Ces damnés chiens des collines boiraient l'eau du Brian où trempaient les charognes. Ceux de Minerve, le bon vin rouge qui dilate la panse et le muscat qui flatte la langue. N'était-ce pas justice ? Non, la situation n'était pas si mauvaise ! Les jarres d'huile d'olive et de viandes salées s'entassaient en suffisance dans les celliers. Des rangées de fromages séchaient sur les étagères. La citerne du château était à peine entamée — Dieu garde le Sire pour cette prévoyance ! — Téouli pourrait donc pétrir son pain. En somme qu'est-ce qui manquait ? De quoi se laver et se faire la barbe ! Ça n'empêcherait pas de tenir. Les Croisés finiraient bien par se lasser. Et le ciel par dire son mot ! Les prières des Parfaits étaient tout de même plus agréables au Seigneur que les orémus des moines de Simon ! Et les trois martyrs qui menaient leur endura pour le salut de tous ! Non, bonnes gens, vous n'avez rien à redouter. La vieille montagne s'occupe de vous. Elle cuit et recuit dans ses fourneaux les vapeurs d'un fameux orage. La pluie qui se prépare garnira vos citernes. Prenez patience...

Entendant ces propos, les adolescents apercevaient les chariots du tonnerre, les nuées roulantes des années fastes. Ils voyaient filer l'éclair, pareil à un vol de sacre. Ils respiraient déjà l'odeur de la poussière détrempée.

Mais, jusqu'au jour des lances et des haches, les cimes ondulèrent sur l'azur immobile. Même notre soleil nous trahissait ! Il était du parti de Simon. Au fond des cruches, il tarissait les eaux croupies. Les viandes, il les corrompait en dépit des couches de sel. Partout, il déversait ses rayons de feu. Les moellons des remparts, les pavés des ruelles, les bancs sous les fenêtres, étaient brûlants. Ceux de Minerve ignoraient que l'homme est de telle complexion qu'il ne peut vivre sans eau ; que l'ange de la mort s'était posé sur leur isthme et comptait rêveusement les survivants du lendemain.

XXV

LE VAISSEAU PERDU

Alors ce fut l'Enfer. Les citadins disputaient aux soldats la fraîcheur des tours. Les femmes s'épiaient méchamment, laidement, se lamentaient ou se chamaillaient. La plupart, abdiquant toute pudeur, se promenaient à demi nues. Certaines offraient aux archers leurs corps enflammés contre une gorgée d'eau. Une vieille fut piétinée, parce qu'on la surprit buvant à sa cruche, une forte cruche toute pleine qu'elle avait enterrée dans le sable. Le jour, on se tenait aux caves. La nuit, sur les remparts, pour respirer le frais de la brise. Les plus sobres s'enivraient. Dans toutes les rues résonnaient des cris et des chants de cabaret. Ces troubles lueurs qu'allume l'intempérance, aiguisaient les regards. Il y eut des rixes sous les prétextes les plus futiles. Le sang de Minerve se chargeait de soufre.

Cependant, dans leurs maisons de paix, les Parfaits n'avaient interrompu ni leurs prières, ni leurs cantiques. Les bruits du dehors leur parvenaient, mais assourdis par l'épaisseur des murs. Les Bons Hommes avaient distribué l'eau que Guilhem, sur les instances d'Esclarmonde, leur avait fait porter clandestinement. Ils mangeaient le moins possible. Mais, quoique retranchés de la communauté humaine par leurs vœux, ils tenaient à partager les misères et les efforts de tous. Les uns se mettaient en endura : une bouche de moins à nourrir ! Les autres accompagnaient les soldats qui tentaient d'atteindre le Brian. Combien périrent de la sorte, vendus par une nuit trop limpide ! Les Parfaites imitaient leurs frères ; elles se dévouaient et rendaient grâce. En deçà des portes surmontées de la croix cathare, cette foi céleste, cet appétit de sacrifice. Au-delà, les hoquets des ivrognes, les jérémiades des femmes et les plaintes déchirantes des enfants. La dualité terrestre, pierre d'angle de l'hérésie, Minerve l'incarnait dans sa plénitude.

Quant à notre vin, c'était bien celui de la prophétie, de ce vin tout pur préparé par Dieu « dans le calice de sa colère » ! Plus nous en buvions, plus la soif nous dévorait. Elle plaquait sur nos os la peau devenue grise et granuleuse. Elle rongeait nos entrailles de ses crocs de bête ; tapissait de grains de poivre nos gosiers ; déchaussait nos dents. Les femmes ne pouvaient plus pleurer. Les enfants tombaient en faiblesse et le mire s'efforçait en vain de les ranimer. Des hommes robustes sombraient dans la folie. Il y en eut qui hurlèrent à la mort comme nos chiens avant l'égorgement. Et d'autres, pires que les adolescents, qui accouraient avec des rires imbéciles, imitaient les grondements du tonnerre, étendaient leurs mains osseuses :

— Sentez-vous les gouttes, bonnes gens ? Comme elles sont larges ! Et fraîches ! Vite, femmes, sortez vos bassines !

D'autres rêvassaient sans fin à des jaillissements de fontaines. Ils disaient qu'au centre du rocher existait un lac, qu'il suffisait de creuser :

— Et son eau est bleue, mais bleue ! Une eau de turquoise ! Forcément, elle n'a jamais vu le soleil ! Jamais ! Elle date de la jeunesse d'Adam. Les anciens l'affirmaient. Froide et bleue comme un glacier de montagne, bonnes gens ! Et ce lac, une déesse est dedans.

— Pour sûr qu'elle y est, reprenait une vieille. Et c'est elle, maintenant, que je prie. Elle avait son autel à l'emplacement de notre église. Pauvrette, nous l'avons chassée dans les temps, et voilà qu'elle se venge ! Je lui ai promis, si la ville est sauvée, d'immoler en son honneur un agnelet cornu chaque année. La déesse Minerve qu'elle se nomme.

Un autre répétait à satiété :

— On a eu tort de tuer les chats. Il y a des pays où c'est défendu. Dans ces pays-là, les chats ont leur portrait de pierre dans les temples.

Les vieux mythes, les croyances périmées, ressuscitaient, recouvraient le christianisme et les dogmes plus récents de l'hérésie. Tout se confondait dans ces têtes égarées. Le gentil peuple de Minerve n'était plus qu'une peuplade sans foi, ni loi, ni retenue. De la horde il avait l'odeur et l'aspect hirsute. On ne se lavait plus, on ne se rasait plus depuis bientôt deux semaines, et par cette chaleur ! On ne changeait plus de chemise. Les vêtements étaient tachés de sueur et de sang.

Les rixes se changèrent en émeutes. Une nuit, les archers et les cavaliers s'entr'égorgèrent dans la salle des gardes. Il fallut que Guilhem descendît en hâte avec ses chevaliers. Le spectacle de ces frères d'armes se trouant sous les torches, basculant sur la paille, abattant les haches avec des grognements de bûcherons, était horrible. Guilhem se jeta au milieu d'eux, sans haubert, ni glaive. Je ne sais quel pouvoir il détenait, mais, instantanément, ces forcenés se séparèrent. Il demanda l'objet de leur querelle :

— Ce sont toujours les mêmes qui vont aux tours !

— Et alors ?

— Il n'y a pas de justice !

— Et pourquoi ?

— Ils lèchent toutes les pierres.

— Eh bien ! vous irez à tour de rôle.

Une autre nuit, les prisons furent attaquées par les citadins. Des ivrognes avaient prétendu que l'on distribuait une ration d'eau aux emmurés. Les gardiens furent houspillés. Le massacre commença. Nous fûmes prévenus à temps et je pus vous tirer des griffes de ces malheureux, Messire Gaucelin. Déjà le heaumier et ses fils rompaient vos barreaux. J'eus grand mal à refouler ces furieux et plusieurs cadavres furent encore balancés dans la Cesse. Comme je vous convoyais au château, selon la volonté de Guilhem, vous me dites :

— Heureux incident, Cesseras. Désormais, nous sommes quittes.

Quelques-uns parlaient de reddition, évidemment inspirés par les femmes. On enregistra les premières défections. Il devint quasi impossible d'exiger un service régulier des citadins. Mais Guilhem était résolu à poursuivre la résistance. Il forma un corps d'élite, de cinquante volontaires, piétons et chevaliers. Ceux-ci ne connurent pas de répit. Ils sillonnaient la ville. Ils occupaient les postes importants. Quinze à peine survécurent ! Lorsque les Croisés s'enhardirent jusqu'à la poterne du Sud, ce furent les flèches des cinquante qui les couchèrent sur les cailloux. Lorsqu'un Narbonnais s'écartait imprudemment des claies de protection, ils le piquaient aussitôt. Lorsque Malevoisine éventra le rempart au-dessus du chemin couvert, ils colmatèrent la brèche en quelques heures. C'est ma fierté d'avoir commandé cette troupe. Guilhem me l'avait confiée, sachant mon désir de me racheter. Deux fois, nous descendîmes au Brian, et Guilhem nous accompagna. Deux fois, nous échouâmes. Comme les hommes plongeaient leurs seaux dans le torrent, les Croisés nous surprirent. Nous échappâmes en escaladant ce rocher de vertige.

Un chevalier suggéra à Guilhem d'envoyer un messager à Roger-Bernard, sire de Cabaret :

— S'il prend les Croisés à revers, nous avons encore une chance !

Quatre s'offrirent pour cette mission. Malevoisine lança leurs quatre têtes qui churent dans les jardins. Trois autres eurent le même sort. Je me proposai. Guilhem refusa :

— Ton rôle est de me seconder, non de te mettre en péril de mort.

Les Croisés redoublaient de vigilance. Ils apostaient des archers de plus en plus nombreux derrière les arbustes du

Brian. Nous retrouvions nos guetteurs agenouillés devant leur créneau, avec un dard dans le front.

Ce furent les enfants et les vieillards qui moururent d'abord. Puis les femmes grosses. Puis les hommes débiles, ou ceux dont la faiblesse se déguisait en force et dont pendait le ventre flasque. On balançait tous les jours des cadavres dans le gouffre. Dès lors Minerve eut un nouvel assaillant : la pestilence. On se serait cru au fond d'une gigantesque nécropole. Ces pauvres odeurs par quoi se défont les créatures humaines, assiégeaient la ville. Pour nous autres vivants, c'était comme si nous avions reçu en plein visage des centaines d'haleines fétides, d'éructations misérables. Sans cesse bourdonnaient des essaims de mouches butinant leur sinistre pollen. Et, comme moi, l'amant pouvait voir l'amante enflée par le soleil. Le mari, sa femme aux cheveux épars sur les cailloux. Le père, son enfant tendrement chéri. L'enfant, son aïeule. Comme moi, ils subissaient cette torture de tous les instants, et cette hantise. Sur leurs collines éventées, les Croisés riaient.

A la vigie du vaisseau perdu, là-haut, dans la chambre aux tentures de soie, sur le lit décoré de pommes de pin, Esclarmonde et Guilhem s'aimaient. Sur leurs visages amaigris, les stigmates de la passion s'ajoutaient à ceux de la soif.

— Reste, bien-aimé. Ne retoume pas au Brian... Use tes forces. Les Croisés n'oseront jamais attaquer. Il ne se produira rien. Reste dans mes bras... Meurs ainsi...

Guilhem se demandait si cette ardeur était feinte ou sincère.

Mais, un peu plus tard, vers la fin du siège :

— Bien-aimé, il te faut choisir à présent. Tout ce que tu fais est inutile. Enferme-toi dans le château avec tes meilleurs soldats. L'eau qui reste dans la citerne nous suffira pour plusieurs mois.

— Abandonner les gens de Minerve ?

— Le comte Simon sera trop heureux de s'emparer si aisément de la ville. Il épargnera la population.

— Il enfermera les Minervois dans l'église et brûlera tout, comme à Béziers.

— Eh bien ! mourons ! Mourons ensemble, bien-aimé !

— Facile quand on n'a pas le goût de vivre.

— Mais, Guilhem, j'étais heureuse !

— Heureuse et navrée de l'être ! Appelant le malheur de toute ton âme ! N'est-ce pas ? Il fallait bien racheter les baisers, les caresses, et le reste.

— Tais-toi, je t'en supplie.

Ils ne savaient pas que certains mots ne doivent jamais être prononcés, qu'ils libèrent les forces mauvaises du destin.

Le filius major demanda audience. Guilhem eut la surprise de l'entendre répéter les suggestions d'Esclarmonde :

— Votre devoir, Messire, est d'abandonner la ville aux Croisés quelles que soient les conséquences de cet abandon. Vous servirez mieux notre cause en vous enfermant dans votre donjon qu'en donnant votre eau à Téouli.

— Vraiment ?

— Vous immobiliserez l'ennemi et, par là, permettrez à nos fidèles de se regrouper, de s'organiser.

— Mais vous ?

— Les Parfaits se livreront. Telle est notre décision.

— Votre décision ? Et le peuple ?

— Ce qui compte, c'est d'épuiser l'armée de Simon. Les Narbonnais, démoralisés, ne tarderont pas à tourner casaque. Les Gascons rentreront chez eux, leur quarantaine expirée. Que pourra le loup du Nord, sinon lever le siège et regagner Carcassonne à grande honte ? Les seigneurs des montagnes, messire le comte de Foix, le roi d'Aragon et Raymond de Toulouse, encouragés par votre victoire, uniront leurs bannières et marcheront contre l'envahisseur. Alors, le Midi resurgira de ses cendres, grâce à vous, Sire de Minerve.

— Où est la charité dans tout cela ?

— Des milliers de chrétiens ont été jetés aux fauves, pour que des millions d'âmes se convertissent.

— Mais moi, je ne puis oublier que ces milliers m'ont donné leur confiance.

— Vous vous flattez d'être meilleur que Dieu !

— Et vous, Père, vous me tentez !

— Je vous tente ?

— Vous offrez la gloire à un soldat.

— Il s'agit seulement de sauver la secte.

— J'aime mon peuple.

— La mort est amour.

— Je lutterai tant qu'il y aura du pain.

— Vos gens meurent, et ils meurent pour rien. En fermant le château, vous ne les sacrifiez pas. Au contraire, vous abrégez leurs souffrances. Simon nous brûlera, nous autres hérétiques, mais il ne renouvellera pas ses erreurs de Béziers.

— Je partagerai le sort des miens. C'est cela, ma noblesse et ma foi.

— Ou votre folie.

— Il se peut.

— Sire Guilhem, en tant qu'homme, vous avez choisi d'être faible. Au moins soyez grand en tant que Seigneur et Maître de Minerve. Surmontez vos dégoûts. Le surplus vous sera remis.

— Et si je ne me pardonne pas ? Si je traîne ce remords pendant toute ma vie ?

— Car vous prétendez de surcroît au bonheur, à la sécurité de l'âme !...

— Il a raison, dit Esclarmonde. En abandonnant les Minervois à la discrétion de Montfort, tu les sauves, soit qu'il les fasse périr, soit qu'il les épargne.

— Est-ce toi qui parles ?

Il se souvint alors de vos propos, Messire : « Etes-vous certain de prendre vos décisions en toute sénérité ? Les Parfaits savent parfois ruser... Le serpent a quelquefois visage féminin. » Et cela qui l'avait si fort irrité, il en croyait apercevoir soudain la véridicité.

— Ah ! reprit-il tristement, je n'ai pas arrêté d'être seul, malgré les apparences.

— Parce que tu le veux.

— Tu les sers à pied baisé !

— Réfléchis encore. Ce serait le moyen de rester ensemble.

Peut-être la soif, le chagrin, les privations, lui enlevaient-ils sa raison. Peut-être les Parfaits régnaient-ils sur elle, à son insu.

XXVI

LE SONGE PAUVRE

Les notables vinrent, avec des femmes et des adolescents.

— Sire Guilhem, n'aurez-vous pas pitié de nous ? Déjà le quart a trépassé. Voulez-vous l'extinction de nos familles, que votre cité devienne un charnier ? Sire, voyez comme sont nos fils hier pleins de fougue.

Les adolescents tendirent leurs bras de squelette, montrèrent leurs gencives édentées, gémirent en chœur :

— Nous vous aimions, sire Guilhem !

Il les revoyait tels qu'ils étaient en juin, courant et chantant autour de son destrier, tenant les glands de ses harnais, l'abasourdissant d'acclamations, cette soirée qu'il rentrait de Narbonne. Les beaux adolescents d'hier, ils ressemblaient, avec leurs yeux cernés et leurs joues creuses, à de petits Lazares. Il répondit d'une voix lassée :

— Vous m'avez poussé à guerroyer contre Narbonne ; empêché de traiter avec Simon quand il me proposait une paix honorable. Je l'avoue, votre enthousiasme m'entraînait, m'aveuglait. Il dépassait vos capacités, pauvres gens. Je m'aperçois — trop tard hélas ! — que j'ai manqué de fermeté.

— Nous avons fait notre possible.

— Oui, vous m'avez offert un glaive.

Téouli s'avança. Il avait une énorme barbe, si noire qu'elle paraissait bleue. Au surplus, les autres étaient pareillement barbus, puants et pâles. Il dit :

— Messire, après-demain, il n'y aura plus d'eau dans votre citerne. Plus une seule goutte ! Avec quoi pétrirai-je mon pain ?

— Tu iras au rempart.

— On ne peut vivre sans pain.

— Il suffit d'en oublier le goût !

Puis ce fut une femme. Elle avait perdu toute beauté. Ses yeux, sous les paupières violettes, étaient comme des charbons éteints :

— Aie pitié de nos enfants, gentil Sire. Pense qu'ils sont l'avenir. Nous te plaignons du fond du cœur, à cause de ces richesses que peut-être Simon t'enlèvera, mais que nos enfants te rendront plus tard.

— Plus nous attendrons, reprirent les hommes, plus la colère de Simon s'augmentera.

— Insensés, vous voulez donc votre perte !

— Nous voulons que vous parlementiez avec Simon. Il ne refusera pas de débattre les conditions. Le siège a déjà trop duré pour lui.

— Vous avez attiré les Parfaits et, maintenant, vous les abandonnez ?

— Nous n'avons pas la vocation du martyr.

— Les avez-vous informés de votre démarche ?

— Oui, Messire. Et, par charité merveilleuse, ils nous approuvent et nous absolvent.

Il pensait : « Pourquoi ne vous ai-je pas livrés à Simon, pauvres gens, comme Bohita me le conseillait “ en sa charité merveilleuse ” pour sauver la secte ? C'est grand dommage que ma citerne soit vide... J'aurais donc manqué toutes les occasions, par sentiment. Ainsi, Minervois, vous ne valiez pas plus que vos frères. Quelle dérision ! » Il faillit leur crier cela, mais il était trop ému par le spectacle de ces visages, de ces corps exsangues, et trop généreux pour les désespérer.

— Tant que Téouli, dit-il, pourra cuire son pain, je maintiendrai Minerve.

Quatre journées encore, il s'obstina dans son refus. Une griffe de fer lui déchirait l'estomac. La fièvre battait à ses tempes. Mais cette brûlure dévorante était peu de chose auprès de cette fureur qu'il retournait contre lui-même, de l'âpre lutte qui se livrait dans sa tête lasse entre son égoïsme de Sire et sa bonté d'homme.

Le glaive à la main, il allait des remparts au château, parcourait sa ville agonisante. Il écartait ceux qui essayaient de le retenir, enjambait les morts que l'on n'avait plus le courage d'enlever, bousculait des momies vivantes.

— Sire Guilhem, pour l'amour du ciel !...
— Patientez jusqu'à demain.
— Nous n'en pouvons plus.
— Nous aurons bientôt un orage. Ayez confiance.
— Messire, du pain !
— Serrez vos ceintures.
— Le sel des viandes nous écorche.
— Sucez des olives noires ; elles adoucissent.

Il crachait des noyaux. Quelqu'un osa dire :

— Il se moque de nous. Au château, ils boivent bien ; ils ont une réserve.

Guilhem leva le bras pour châtier l'insolent. Mais une douleur lui cisailla l'épaule et son bras retomba sans force. Alors il ouvrit sa bouche saignante, tira sa langue crevassée. Tous se calmèrent.

Le vingt-six de juillet, une femme s'introduisit dans la salle aux sept piliers dont la porte n'était plus gardée. A pas de procession, le long des colonnes, berçant un enfant enveloppé de linges sales, elle marcha vers Guilhem et Dame Esclarmonde. D'une voix grinçante et grêle, elle chantait un petit air de sommeil, celui dont Mariana nous berçait jadis :

J'avais un petit grenadier.
Il ne voulait donner
Que fleurs de jasmin,
Noix d'argent
Et poires d'or...

Elle salua gracieusement Guilhem et tendit l'enfant qui avait les paupières et la bouche closes et pesait moins qu'un sac de duvet.

— Prends-le, gentil Sire. N'as-tu pas mérité d'avoir un fils ? Celui-ci est le tien. Mais, je t'en prie, ne le gâte pas trop, fais-en un homme. A vingt ans, tu lui donneras les éperons. A trente, tu le marieras... Chut ! Messire. Il dort... Acceptes-tu ? Oui ? Tu sais, ce n'est pas la peine de me remercier : l'an prochain, je m'en ferai un autre.

Elle se sauva en sautillant de pilier en pilier, telle une chèvre assotie de caprices. Esclarmonde enleva l'enfant mort des bras de Guilhem. Le voile de leurs enchantements se déchirait soudain. Elle cria :

— Un enfant mort, voilà tout ce qu'a produit notre amour ! Une ville perdue, un peuple mourant et un enfant mort !... Oh ! Guilhem... Guilhem...

— Et celui que tu portes en toi ?

— Comment pourrait-il vivre ? Il est parti. Je n'ai plus ni sang, ni humeurs.

Elle posa l'enfant sur le tapis. Guilhem l'attira doucement, la contraignit à s'asseoir. Longtemps, il la tint enlacée, la caressa. Elle tremblait contre lui, comme feuille de saule dans le vent.

— Assez de tourments, de trahisons ! Sortons de cet enfer !

Elle releva la tête, offrit son sourire d'ange. Un instant, elle recouvra même son éblouissante beauté. Hélas ! elle se méprenait du tout sur les intentions de Guilhem ; elle croyait que l'enfer dont il souhaitait sortir, c'était notre vie terrestre.

— Oui, délivre-nous. Ensemble ! Même là-bas, surtout là-bas !

Mais lui qui suivait le cours de ses pensées :

— Même vaincus, même dépossédés de Minerve, nous pouvons être heureux. Vers les monts Pyrénées, j'ai un petit domaine qui me vient de ma mère-grand, Alissa de Puivert. La maison est rustique, avec des étables et des greniers. Elle s'enfouit dans les arbres vieux : des hêtres, des pins, des chênes aussi... C'est là-bas que nous irons... Ce sera une vie différente. Je cultiverai nos terres. Je labourerai. J'ensemencerai. Je faucherai le blé de ma sueur. Toi, tu apprendras à filer la laine. Ton enfant naîtra. Puis, d'autres. La bonne terre et toi, vous me serez aimantes. Je récolterai vos fruits... C'est peut-être cela, le vrai bonheur.

— Peut-être.

— Nos fils grandiront dans la simplicité. Et ils béniront notre vieillesse. Tu auras de blancs cheveux, mais tu seras toujours aussi belle et du même amour je t'aimerai.

— Du même amour.

— Une allée de tilleuls conduit à la maison. Des fenêtres, on découvre la plaine dans son entier et la chaîne neigeuse des montagnes. Les chaleurs y sont plus légères qu'ici ; les brises, plus fréquentes. La fontaine qui coule dans notre bois est si fraîche qu'on la préfère au vin.

— Si fraîche...

Il rêvait tout haut. Mais elle, ce qui roulait dans sa tête il est facile de le deviner :

« Ce misérable, il accepte ! Il courbe l'échine ! Il mendie les miettes du festin. Jusqu'au bout identique à lui-même, affamé de bonheur, futile et sceptique ! Jusqu'au bout, il rampera sur la terre ; il se vautrera dans ses songes pauvres. »

Et pis encore :

« Qu'est-ce qu'un amour qui ne débouche sur l'Infini ? Qui se dénoue dans les médiocrités humaines ? Bohita ne m'avait pas trompée. Cet amour était comme les autres, souillure de désir. Il n'avait pas d'ailes. Guilhem ne méritait ni mon admiration, ni mon sacrifice. Faussement humble, faussement hautain, il m'entraînait vers ce rien qui est sa pâture, vers cette indignité qu'il appelle " son bonheur " ».

Même dans le péril et dans l'angoisse, leurs âmes gardaient le heaume lacé. Cependant, lorsqu'à la nuitée, Guilhem la voulut accoler, elle ne se défendit pas.

XXVII

LA FORÊT D'ÉPÉES NUES

Mardi, vingt-septième jour de juillet, et dernier de l'alliance entre la ville blanche et les Sires aux yeux bleu de mer.

Guilhem avait endossé le bliaut de soie écarlate et ceint le glaive de Minerve. Esclarmonde lui présenta la chaîne à laquelle pendait le sceau d'or. Il la passa à son cou.

— Pendant que tu dormais, j'ai préparé ma défense. Car tu as dormi, ma douce !

— Par lassitude de corps.

— Simon est inaccessible à la pitié. Je m'abstiendrai donc de pincer cette corde. Mais il est chevalier. A ce titre, l'honneur doit lui importer autant que la religion.

Le visage d'Esclarmonde se crispa.

— Le siège a été déloyal. On a usé de trahison, utilisé contre moi cette créature diabolique. Je le déclarerai tout net, dès le début de l'entretien.

Esclarmonde ouvrit le coffret d'ivoire, sortit la toque vicomtale. Il prit la frêle couronne dans son poing ganté de rouge, mais dédaigna de s'en coiffer.

— Heureusement le Templier est en vie. Je l'emmène. Son témoignage sera précieux. Car enfin je l'eusse pu faire occire. De même le chanoine romain qui s'enferme depuis deux mois dans sa sacristie. On ne peut me reprocher le meurtre d'un seul prêtre. Si j'ai protégé les Parfaits, ce fut sous l'impulsion de mon peuple, non par inclination personnelle.

« Homme lâche ! Lâche ! Lâche ! Je te vois aujourd'hui dans ta vérité. Oui, étale ta bassesse ! »

— Si j'ai assisté à leurs cérémonies, c'était pour ménager l'opinion. Je ne suis pas réellement cathare. Que suis-je d'ailleurs ?

— Un amant.

— Que dis-tu ?

— Le Sire de Minerve est un amant !

Elle éclata d'un pauvre rire, qui se voulait de mépris et n'était que de désolation.

— J'essaie de sauver notre bonheur, et toi...

— Tu renies ta noblesse et ta foi. Ensemencer, faucher, traire les bêtes !... Oh ! Guilhem, j'avais pour toi rêvé d'une autre gloire.

Mais, lorsqu'il tira la porte, elle eut un cri de douleur, d'amour. Elle courut à lui. Une dernière fois, ces deux êtres qui s'étaient rencontrés pour un destin sublime — après une attente de combien de siècles ! — se regardèrent avec les yeux de la tendresse. Ils ne se virent pas tels qu'ils étaient, elle dans sa maigreur, lui, sous cette barbe, mais tels que le soir de leur salut d'amour. Aussi charmeresses leurs parurent leurs voix, et non raucies par les inflammations de gorge. Une dernière fois, les bras noués, ils éprouvèrent les tremblements et les délices de la passion. Puis ils rentrèrent en eux-mêmes. Nous qui attendions dans la salle, nous les vîmes descendre. Ils ne se tenaient plus par la main. Ils n'échangeaient pas de sourires. Ombres silencieuses, sous la fresque d'Adam et Eve, ils passèrent. Pourtant Guilhem eut le courage de se redresser, de nous dire :

— Ne craignez pas, amis. Je sauverai ceux qui le veulent être.

Dehors, éclatèrent les fanfares de Simon. Un homme vint :

— Messire, le comte Simon demande qu'on envoie les émissaires.

— C'est bien.

Les gardes vous amenèrent, Commandeur Gaucelin. Nul n'avait envie de vous manquer de respect.

— A bientôt, compagnons !

Une dernière fois, le sire de Minerve traversa sa ville. Les citadins courbaient le front. Les femmes se prenaient la tête à pleines mains, ou s'agenouillaient et baisaient les franges de sa tunique. Les enfants mettaient aux lucarnes leurs orbites creuses, leurs petits mentons sans chair. Les soldats attendaient, appuyés sur leur pique, à la poterne du Sud. A pas lents, par les ruelles et les sentiers des jardins, la population gagnait les remparts. Bohita nous suivait, avec quelques-uns de ses Parfaits. Et aussi Téouli, soutenant Bérengère, et tous ceux qui nourrissaient pour le Sire une estime particulière et désiraient la lui prouver. Là-haut, sur les collines, s'effectuait un mouvement de troupe. Des cavaliers descendirent dans le lit du Brian, s'approchèrent de la poterne. L'un d'eux portait une lance à fanion blanc.

— Que le Seigneur vous protège ! dirent les Minervois.

— Qu'Il vous inspire, dit Bohita.

Guilhem mit sa couronne ; vous fit un signe ; sortit de la ville. En bas, les cavaliers se tenaient immobiles sur leurs chevaux.

Ma triste démone d'Arzen, selon ton vouloir et par ta faute, je fus en effet Sire de Minerve. C'était moi qui assumais le commandement depuis le départ de Guilhem ! Jusqu'à son retour du camp de Simon, je me tins à la poterne, avec les chevaliers et les débris de notre corps d'élite...

Nous le regardions s'éloigner. Deux fois, il trébucha. La blancheur des cailloux l'éblouissait. Vous, Messire, on vous avait prêté un cheval.

— Eh ! bien, vicomte, le courage te défaut ?

Guilhem se raidit sous l'insulte. Mais ce n'était que le début. Sur le plateau, les archers quittaient leurs postes. Les arbalétriers, les piquiers, les ribauds, comprenant que c'était fini, accouraient à la rencontre de Guilhem, le dévisageaient insolemment, ricanaient, hurlaient des injures. Son visage cireux, sa barbe foisonnante, sa démarche incertaine, les amusaient. L'escorte avait reçu des ordres, mais feignait de ne rien voir. Vous dûtes écarter les plus audacieux. Toutefois, à l'entrée du camp, les soldats formaient une haie d'honneur. Guilhem s'avança entre les haches, les épées nues, les lances. Un écuyer le conduisit à la tente rouge et blanche, sommée de l'aigle.

Simon ne daigna pas se lever pour l'accueillir. Aucune expression n'anima sa lourde face. Ses petits yeux pâles — deux croissants d'acier sous les grasses paupières — se posèrent sur Guilhem.

— Depuis que j'aspirais à vous connaître, Messire de Minerve ! Il faut croire que tout arrive. Prenez donc cet escabeau... Peut-être aimeriez-vous reposer avant que nous n'entamions l'entretien ? Vous désaltérer peut-être ? Sans engagement de votre part. Vous êtes mon hôte.

Il frappa dans ses mains. Un écuyer parut.

— Apporte du vin pour le Sire de Minerve.

— Je préfère de l'eau.

— A votre gré.

Guilhem se contraignit à boire posément. Et même refusa-t-il un second gobelet.

— J'aurais pu répondre à votre héraut, reprit Simon, en lui envoyant une flèche, comme vous avez fait au mien. Mais, quoi que l'on prétende, je ne veux pas la mort du pécheur et j'apprécie le courage. Vous vous êtes adroitement et vaillamment défendu, Messire. Il ne s'est pas écoulé un seul jour que je n'aie perdu du monde. Recevez mes compliments.

— Je vous remercie.

— Je suis fier de vous avoir vaincu.

— Il n'y a pas de quoi.

— C'est-à-dire ?

— C'est-à-dire que vous n'avez pas eu grand mal à choisir l'emplacement de Malevoisine.

— Je ne saisis pas.

— Nierez-vous que vous aviez des intelligences dans la place ?... Cela explique mes échecs répétés, et que vous ayez jugé superflu d'attaquer... Une femme a été surprise alors qu'elle vous adressait des signaux, la nuit même que je tentai d'incendier votre baliste. Elle se nommait Arzen. Vous ne répondez rien ?

— Je vous écoute.

— Est-ce digne d'un chevalier, Sire Comte ? Avais-je des espions chez vous ?

— Vous en aviez à Narbonne. Nécessité fait loi.

— Vous me deviez assaillir en force, mais non laisser périr mon peuple de soif.

— Je ne relève que du tribunal de Dieu.

— Moi aussi.

— Néanmoins vous êtes en mon pouvoir et je puis vous faire ôter l'âme du corps, s'il me plaît.

— Comme vous avez fait de Trencavel. On en sait les raisons.

Les épaisses paupières se rabattirent. Simon réfléchissait.

— Comprenez ma colère, poursuivait Guilhem. Imaginez que votre ville de Montfort-L'Amaury soit mêmement investie ; que les femmes, les enfants, votre parenté, vos serviteurs, ceux que vous avez toujours connus, ceux que vous aimez, trépassent sous vos yeux et que ce soit œuvre de félonie.

Les croissants d'acier luirent durement.

— Il n'y a pas de comparaison, Messire !

— Pourquoi ?

— Vous oubliez que cette guerre albigeoise n'est pas une guerre véritable et ordinaire, mais une Croisade. En épousant la mauvaise cause, vous avez perdu vos privilèges et prérogatives de chevalier, donc vos droits à notre courtoisie. Vous n'êtes à nos yeux, Messire, qu'un Sarrasin. Rien de plus !

— Cette fausse guerre est conquête, puisqu'elle vous enrichit.

— La Sainte Eglise, dont j'ai pris en charge les intérêts, récompense mes services.

— Disons qu'elle tolère vos appétits.

— Dieu le veut, sire Guilhem. Ce qu'Il m'a accordé, Il peut me le retirer. J'accepte par avance Son châtiment, comme je me réjouis de Ses faveurs insignes. Je ne suis que son serviteur très humble et très zélé.

Ils disputèrent encore sur le caractère du conflit, sur la trahison d'Arzen. Ensuite le cas des Narbonnais fut évoqué et Simon manda le vicomte Aymeri qui se lança aussitôt dans une diatribe passionnée, réclamant la destruction totale de Minerve, l'extermination des survivants et la peine capitale pour Guilhem :

— Qu'il soit étranglé et pendu, puis brûlé devant son peuple !

Guilhem s'abstint de répondre. Il avait senti que Montfort méprisait Aymeri de Narbonne et goûtait fort peu cette véhémence. Il se tourna vers vous, Messire Gaucelin, et vous demanda de dire en quelles circonstances il vous avait retenu prisonnier, avec quelle humanité l'on vous avait traité et comment vous aviez été sauvé de l'émeute.

Derrière notre poterne, nous attendions toujours, figés par l'anxiété. Quelques dames s'en étaient allées, dont Esclarmonde. Je crus que, fatiguée par la chaleur, elle avait regagné le château. Il y eut un brouhaha sur le chemin de ronde, à notre gauche. Les Parfaits s'étaient répandus dans la foule. Nous les vîmes se traîner de groupe en groupe. Des hommes, des femmes abandonnaient les créneaux, se glissaient dans les ruelles. J'envoyai un chevalier aux renseignements :

— Ils offrent le Consolamentum aux Croyants. Ils disent que le Mauvais va régner sur Minerve, mais que les anges s'apprêtent à recevoir les vrais fils de la Lumière. Ceux qui veulent se dérober à l'Impur, ils les emmènent dans les maisons de prières.

Lui-même, lorsqu'il eut achevé son rapport, s'empressa de disparaître.

Dans la tente de Simon, c'était le moment crucial :

— Et vos conditions ? demandait le Sire.

— Très douces. J'ai été sensible à la déposition de Messire le Commandeur Gaucelin. Très volontiers j'admets qu'il ait pu vous juger mieux que moi, et que votre jeunesse est une excuse majeure. Vous demeurerez Sire de Minerve.

— Vous ne me dépossédez pas ?

— Il faudra tolérer l'occupation du château et des tours principales par cent des miens. Mais vous conserverez votre autorité nominale, vos revenus et vos appartements. De plus vous prêterez serment de ne pas vous opposer à la Croisade.

— Et mon peuple, Sire Comte ?

— Qu'il se réconcilie avec l'Eglise, et nous ne l'inquiéte rons pas.

— Les Parfaits ?

— Qu'ils abjurent.

— S'il en est ainsi, ronchonna le Sire de Narbonne, je réclame un dédommagement. Il est inadmissible que Guilhem garde son fief !

— Silence ! Les termes de notre contrat, Aymeri, prévoyaient que je resterai maître de la place, sans compensations pour vous. J'en puis donc disposer à ma guise.

— Demain, Guilhem recommencera ses brûlements et ses pillages. Pourquoi nous sommes-nous battus ?

— Demain, Guilhem prêtera hommage. Suis-je homme à souffrir qu'un de mes vassaux attente à mes alliés, sous quelque prétexte que ce soit ?

Tout paraissait réglé. Il n'y avait plus qu'à trancher des questions de détail. Pierre des Vaux-Cernay, chef de la Secrétairerie, commençait la rédaction de l'acte. Guilhem contenait péniblement sa joie. Il lui tardait d'apposer sa griffe et son sceau au bas de la charte. Déjà, à l'endroit de Simon, il n'éprouvait plus de répulsion. Au contraire, il se promettait de le servir loyalement, séduit par cette imprévisible magnanimité. Il se disait qu'Esclarmonde ne serait pas réduite aux basses besognes. Mais, tout à coup, deux moines, vêtus de blanc, entrèrent dans le tref sans en être priés. Tous les chevaliers se levèrent. C'était Arnaud-Amaury, abbé de Cîteaux et capitaine spirituel de la Croisade, et Maître Thédise, le rusé notaire apostolique. Ils revenaient de Rome.

— Vénérable abbé, dit Simon, je ne vous attendais pas si tôt.

— Nous vous apportons d'excellentes nouvelles, Sire Comte. D'où notre hâte.

Le légat tendit à Simon un parchemin roulé dans son étui.

— C'est la bulle par laquelle notre Saint apostole Innocent vous confirme dans les titres et possessions des Trencavel. Nul ne contestera désormais votre autorité. Vous voici l'égal des plus hauts feudataires, maître des villes et pays du Razès, d'Albi, de Carcassonne et de Béziers. L'apostole vous a nommé « son cher fils Simon ».

Montfort avait oublié Guilhem. Il était transporté de reconnaissance. Il bredouillait des remerciements. Il serrait contre lui l'abbé de Cîteaux et Maître Thédise, perdant toute retenue. Le légat mit un terme à ces effusions. D'un ton rogue, il demanda :

— Où en est le siège ? Car ce n'est pas tout que de se réjouir.

— Guilhem de Minerve, ici présent, offre sa soumission.

— Dieu soit loué !... Avez-vous déjà parlé ensemble ?

— Nos accords sont faits, répondit Guilhem.

— Cependant je m'en remets à Votre Seigneurie, corrigea Simon. Vous avez pouvoir d'annuler mes décisions.

— Je n'y songe pas.

— Que chacun rédige le projet de capitulation, dit Maître Thédise. Si les versions concordent, il nous suffira d'approuver.

Montfort s'empressa d'acquiescer. Mêmement Guilhem qui ne flairait pas le subterfuge. On apporta des écritoires. Guilhem travailla avec franchise et confiance. Simon, dans la crainte de déplaire au légat, de se voir retirer la bulle qui le rendait si riche et si puissant. Le notaire lut les deux versions dont les discordances apparurent. Guilhem s'emporta. L'abbé le rabroua :

— Les pourparlers sont rompus. Rentrez à Minerve.

— Et défendez-vous, si le pouvez, appuya Simon.

— Honte sur vous qui m'avez berné et manœuvré !

— Menez-le hors du camp !

— Je suis prêt à jurer ma bonne foi sur les Évangiles.

— La bonne foi d'un hérétique !

Une voix tonna :

— J'étais présent à l'entretien. C'est votre droit, abbé de Cîteaux, et le vôtre, comte Simon, de dénoncer les préliminaires de paix. Et sans doute l'intérêt de Sainte Eglise. Mais alors dites-le, au lieu d'accabler le vaincu !

C'était votre voix, Messire Gaucelin. Celle de la justice et du désintéressement.

— C'est bien, dit le légat. Reprenons la discussion à son point de départ.

Dans une salle de la maison des Parfaits, Esclarmonde et Mariana se tenaient agenouillées devant Bohita.

— Père Vénéré, suppliait Esclarmonde, ne me repoussez pas. Il n'y a de salut que dans le renoncement, de bonheur que dans notre foi...

Derrière la porte, on entendait un cantique.

— Il n'y a d'autre amour que dans le Seigneur. Tout est trahison et salissure, ici-bas.

— Pleure tes péchés, âme triste. Prie le Seigneur qu'Il te purifie et te pardonne.

— Pardonnez-moi en Son Nom. Même dans la désobéissance, je restais fidèle, et vous le savez. Père Vénéré, ne me refusez pas le Consolamentum.

— N'auras-tu pas de regrets ?

— J'ai choisi.

— Gloire à Dieu ! Gloire à Dieu ! Relève-toi, petite colombe. En myrrhe et en encens, Il a changé tes pauvres désirs.

Il se pencha vers Mariana :

— Et vous, femme ancienne ?

— J'ai mangé mon pain. Mon corps ne se rétablira pas des privations qu'il a subies. Si j'ai mal vécu, que je meure bien

— Vous aussi, étiez attachée à Guilhem ?

— Là où l'ange ira, je serai.

— Qui est l'ange ?

— Dame Esclarmonde. Je serai sa compagne et sa servante.

– Mais le Sire que vous avez élevé ?

— Il partira de Minerve. Mon rôle est fini. Ne puis-je me reposer de ma peine ? Père, bénissez-moi.

— Je vous bénis, ma sœur, pour votre lassitude et votre volonté d'accéder au ciel.

La porte s'ouvrit sur une salle illuminée. Elles se mirent à genoux à l'extrémité d'une longue file de postulantes. La lueur des chandelles éclairait, non des faces d'agonisants, mais des visages vivifiés par l'extase et la frénésie du martyr. Quand expira le cantique, le filius major prit le Livre et, assisté par deux de ses Parfaits, il posa les questions rituelles. Chacune des néophytes répondit :

— J'y renonce... J'y renonce... J'y renonce...

Comme Braïda dans la grotte de la Cesse, elles reniaient leur vie, leurs amours, leurs devoirs ; proclamaient leur dégoût du monde inférieur, de la synagogue romaine, de tout ce qui n'était pas l'effroyable pureté de la secte. Lorsque vint le tour d'Esclarmonde, les yeux de Bohita s'emplirent de larmes.

XXVIII

L'ÉTENDARD

Sous la poterne, à mi-pente, encadré d'archers et de cavaliers, ayant près de lui Maître Thédise, Guilhem lisait l'acte de capitulation. Et nous écoutions aux créneaux, humiliés, souffletés. Quatre batailles* de chevaliers s'étaient rangées dans le lit du torrent. Aux ailes, les piétons formaient un vaste carré évidé en son centre. Montfort était devant cette troupe, parmi les moines et les principaux chefs de la Croisade. Sur les collines, une multitude d'archers, de piquiers, d'hommes à cheval, s'ébranlait. Ce déploiement de puissance nous impressionnait pourtant moins que la voix de Sire Guilhem brisée par l'émotion et qu'il s'efforçait de hausser pour que tous l'entendissent. Puis Thédise lui retira le parchemin.

— Que ceux, reprit le Sire, qui veulent se réconcilier avec l'Eglise sortent de la ville ; ils auront la vie sauve. Que les soldats rendent leurs armes, sinon ils seront traités en rebelles. Fais battre le rappel, Cesseras.

On le ramena auprès de Simon. Pour la dernière fois les tambours en peau de loup battirent à Minerve. C'était précaution inutile, car les soldats, disséminés sur le pourtour de

* *Escadrons.*

la citadelle, s'étaient rassemblés silencieusement et massés derrière la poterne. Ils attendaient que les charpentiers eussent enlevé les sacs et les poutres de l'appareil de défense. Un à un, tête basse, ils quittèrent la ville ; descendirent vers les Croisés ; et, passant entre les fers des piques, ils vinrent jeter leurs arcs et leurs glaives aux pieds de Simon ; puis entrèrent dans l'un des carrés. Ce furent ensuite les notables et les habitants : misérables qui se soutenaient mutuellement pour ne pas choir, hommes semblables à des adolescents, adolescents semblables à des vieillards, femmes sans mamelles, faces verdâtres et ravinées, mâchoires édentées, crânes sans cheveux, débris échappés à quel naufrage, sur quel radeau hideux, après une errance de combien de jours ? Les soldats à croix de laine ne riaient plus. Une pitié confuse saisissait les plus cruels.

— Ils sortent tous, dit Robert Mauvoisin, seigneur de l'Ile-de-France et compagnon de Montfort. Ils sortent pour se soustraire au bûcher. Nous n'admettrons jamais cela !

— Apaisez-vous, rétorqua l'abbé de Cîteaux. Ce n'est ici que gibier menu, troupeau douteux. Je crois que, parmi les hérétiques vrais, très peu se convertiront.

Guilhem comptait les rescapés :

— Quatre cent dix-neuf... quatre cent vingt et deux... quatre cent...

Au quatre cent trentième, le défilé s'interrompit.

— Est-ce tout ? demanda Simon.

Il poussa son cheval vers la poterne, cria :

— Hâtez-vous, gens de Minerve ! Les retardataires seront brûlés !

Deux femmes encore franchirent la porte. Une vieille et une jeune. Mais ce n'étaient ni Mariana, ni Esclarmonde, et pour cause ! Une folle angoisse étreignit Guilhem. Le dernier, je m'avançai — oh ! certes non par forfanterie, et même est-ce que je faillis rebrousser chemin, rejoindre moi aussi les Purs ! — Je regardais, incertain, mes amis de Minerve, Guilhem, le comte Simon, l'abbé, et vous, Messire, tout droit sous votre manteau blanc. Guilhem se précipita :

— Où est Esclarmonde ?

— Je ne sais.

— Dis-moi la vérité. Elle est chez Bohita ?

— Je ne sais.

— Ah ! Cesseras, tu auras donc tout perdu, la ville, la femme que j'aime, tout !

Je chancelai sous le reproche. La fatigue, la chaleur, le désespoir m'accablèrent soudain. Je me retins à votre étrier, Messire, appuyai mon front moite sur le pelage de votre cheval. Votre gantelet me toucha l'épaule.

— Prie, Cesseras.

Cette prière, vous ne savez pas ce qu'elle fut :

« Oh ! Père Miséricordieux, je vous offre mes actions bonnes et mauvaises, tout ce que peut faire et penser un soldat de ma trempe, et ma vie de surcroît, pour que vous conserviez à Guilhem la faveur de cet amour. Seigneur, vous l'avez rendu plus lamentable que nous tous. Ceux-ci rentreront dans leurs maisons ; ils rouvriront leurs boutiques ; ils laboureront de nouveau leurs champs. Mais lui, il s'en ira en exil. Et pour quelle faute ? Il a puni les traîtres, soutenu les faibles, sauvé son peuple, tout donné, tout sacrifié. Il succombe d'avoir trop aimé. Dieu d'Amour, aimez-le, ainsi que Votre Fils aima le centurion crédule. Ne décevez pas sa confiance. Esclarmonde est tout ce qu'il lui reste. Laissez-lui sa joie d'homme. Et prenez ma vie... »

Les moines, précédés par le Christ percé de flèches, montaient vers la poterne. Le légat éperonna son destrier, suivi du notaire Thédise et du chroniqueur Pierre des Vaux-Cernay. Inexorablement, ces longues robes blanches progressaient parmi les roches fauves, vers l'ogive bleue du ciel. Quand la statue blessée pénétra dans la ville, ils entonnèrent *Te Deum laudamus*. Comme une fontaine éclatante, ce chant de victoire fusa par ces étendues désolées. Il résonna dans les rues de Minerve, sur la place Saint-Etienne. Puis la bannière de Guilhem s'abattit du donjon. A sa place, l'étendard rouge et blanc de la Croisade se déploya.

— Gloire au Tout-Puissant ! Gloire à l'apostole romain ! Gloire à son légat ! Gloire au comte Simon ! criait l'armée.

Guilhem s'étonna que Montfort ne donnât pas l'ordre d'avancer.

— Pourquoi retardez-vous l'entrée ? demanda-t-il.

— Puisque c'est Dieu qui a pris votre ville, il est juste qu'Il y entre le premier et mène ses affaires par le truchement du légat. Guilhem perçut l'amertume de ces paroles.

— Comte Simon, brûlera-t-on ceux qui demeurent ?

— Le légat décidera de leur sort.

— Cependant si je sollicite une grâce ?

— En faveur d'un hérétique ?

— La grâce de lui parler.

— Qui est-ce ?

— Une femme que j'épouserai devant vos moines.

— Une Parfaite ?

— Une simple Croyante, mais élevée dans leurs maisons.

Enflammé de zèle, Pierre des Vaux-Cernay, escorté de quelques moines, s'était introduit chez les Parfaits :

— Ames pécheresses, disait-il, mais non foncièrement méchantes, nous comprenons votre dilemme. Nous admettons que les agissements de prêtres indignes aient pu vous jeter dans l'hérésie. L'excellence de vos mœurs, votre charité, nous sont connues. Mais aussi le détestable esprit qui vous pousse à condamner ce que le Christ lui-même institua. Malheureux, votre Rituel cathare est un tissu d'erreurs grossières...

Godafla l'interrompit :

— A quoi sert de nous prêcher, moine romain ? Ce que tu dis n'a pour nous d'autre consistance que celle du vent. Ton Eglise, nous la récusons.

— Alors préparez-vous à mourir ! Vous serez tourmentés par le soufre et par le feu.

— Au prix de la vie, nous n'abjurerons pas. Le moine se rendit chez les Parfaites. Mais, si les hommes s'étaient révélés irréductibles, les femmes ne consentirent même pas à l'écouter :

— Va-t'en, apostat ! Valet de Satan ! Nous ne craignons pas ton bûcher. Vive la flamme qui nous sauvera de ta haine ! Vive la mort qui est notre vraie naissance ! Que ton âme passe dans le corps d'un serpent !

— Vipères vous-mêmes ! Vous serez damnées.

Une dernière fois, Guilhem déjeuna dans la salle aux sept piliers. Non au milieu de ses familiers et à la place d'honneur, mais parmi les chevaliers de Simon et au bas bout de la table. Il dut essuyer les lourdes railleries de Guy de Lucy, le Gascon, les réflexions fielleuses d'Aymeri de Narbonne, le mépris de Robert Mauvoisin. Il supportait tout cela, parce que Simon lui avait promis de s'enquérir d'Esclarmonde après le repas. Vainement l'avait-il cherchée dans les rues, sur la place, dans les chambres désertes du donjon. Nul ne savait près de qui elle s'était réfugiée.

Simon ne se hâtait pas. Il savourait le muscat de la victoire, prélevé sur les réserves du château, après l'avoir fait prudemment goûter à Guilhem. Il consentit enfin à se lever.

Enfermés dans un triple cordon de piques, les Minervois étaient assis dans la poussière, devant le château, autour des cruches et des chaudrons de nourriture qu'on leur avait donnés. Ils évitèrent le regard de Guilhem.

La maison des Parfaits était gardée par des Templiers. Montfort y entra. Les hommes noirs priaient dans leur salle.

— Faux pasteurs, gronda Simon, c'est le temps de vous repentir. Qu'escomptez-vous ? Il me semble que le Seigneur a fait son choix. Abandonnez sur l'heure vos pratiques de sorcellerie et implorez notre pardon.

— C'est pour toi que nous prions, Montfort, et pour tes Croisés. Que le Seigneur te pardonne !

Même spectacle dans la maison des Parfaites, et même réponse de la part de Bohita qui assistait ses Sœurs.

— Quel est celui-ci ? demanda Simon. Messire ! quel est celui-ci ?

Guilhem regardait, au milieu de ces femmes en oraison, la longue fille aux cheveux roux, la douce d'amour vêtue de la robe des Parfaites. Ainsi tout était consommé ! Ils n'habiteraient pas ensemble la maison de la plaine. Dieu le lui avait reprise. Et lui, Guilhem, en souscrivant aux conditions du légat, il l'avait condamnée à la plus atroce des morts ! Son âme chavirait. Pourtant il eut un sursaut :

— Esclarmonde... il faut venir !

D'un bond, il fut près d'elle. Elle recula. Les Parfaites sortirent de leurs bancs, élevèrent entre elle et lui le rempart de leurs tuniques.

— Viens, Esclarmonde....

— Ne m'approche pas. J'appartiens à Dieu.

— Tu m'appartenais !

— Oublie-moi.

— Je ne puis. Je ne veux pas que tu sois brûlée. Je t'aime !... Pense au bûcher !

— Je le bénis.

— Souviens-toi de nos caresses.

— Non.

— Je t'emmènerai de force.

Bohita le repoussa violemment :

— Partez d'ici, Guilhem !

— Esclarmonde, je t'appelle !

— Où je vais, tu peux me suivre.

— Que dis-tu ?

— Demande le Consolamentum. Brûlés ensemble ! Sauvés ensemble !

Le gant de Simon se ferma sur l'épaule de Guilhem :

— Cela suffit, Messire.

— Mais ce n'est qu'une enfant ignorante ! Bohita a profité de mon absence pour la « revêtir »*.

Simon l'entraîna.

— Tu m'as pris ma ville et mon fief. Tu m'as traité ignominieusement dans ma propre demeure, rabaissé de toutes les manières possibles. Te faut-il en plus la vie de cette innocente ?

— Que cette innocente abjure !

Guilhem insista encore. Si bien que Montfort, irrité, le fit conduire dans une salle voisine du corps de garde où l'on nous avait enfermés, chevaliers et survivants de la garnison.

De nos lucarnes nous pûmes voir les Croisés piller méthodiquement les maisons ; sortir les coffres, les sièges, les lits sculptés où tant des nôtres avaient pris naissance, les linceuls que nos aïeules et nos mères avaient filés et brodés, les habits de fête, les objets précieux, tout ce qui présentait quelque valeur. Ensuite, les ribauds se livrèrent à leurs saccages habituels.

* *Lui conférer la vêture noire des Parfaites, autrement dit le Consolamentum.*

XXIX

L'AUTRE SOLEIL ROUGE

Cinquième heure après midi, celle où le soleil penche sa face brûlante sur la mer afin d'en recevoir un commencement de fraîcheur ; où l'ombre de Saint-Étienne de Minerve s'allonge enfin sur la place.

Au pied de l'isthme qui supporte les tours, au bord des vignes et des olivettes, les ribauds ont entassé des branchages, des fagots, les claies qui, hier encore, protégeaient les servants des machines. Ils ont planté plus de cent madriers provenant des toits rompus par les boulets. Sur trois côtés, à faible distance de ce gigantesque bûcher, les Croisés s'alignent. Sur le quatrième, derrière Simon et l'abbé de Cîteaux, ils ont massé la population minervoise, pour qu'elle assiste au châtiment terrible. Nous autres, les soldats sans armes, deux compagnies de dardiers nous entourent. Quatre sergents amènent Guilhem devant Simon. On lui a enlevé ses insignes seigneuriaux : la chaîne et la couronne. Son bliaut écarlate est déchiré en plusieurs endroits. S'est-il débattu ? A-t-il, dans un accès de rage lacéré lui-même son vêtement ? Les Croisés ont-ils arraché l'écu brodé sur sa poitrine pour s'en faire un trophée ? Le fermail enrichi de gemmes a disparu. Pareillement les ornements de sa ceinture. Une balafre, où caille le sang, partage sa joue gauche. Les sergents le surveillent attentivement.

LE BÛCHER

Les cloches de Saint-Etienne tintent en glas. On les aperçoit qui soulèvent lentement leurs flancs de bronze entre les colonnades. Pour nous, c'est la défaite qu'elles sonnent. Mais pour Guilhem ? Sous la voûte d'azur vivant, leurs tintements montent, lugubres et solennels, couvrent les stridences des martinets dont les vols s'entrecroisent au-dessus de nos têtes. Ils traversent nos cœurs lourds et s'en vont vers les montagnes.

Les moines sortent par la poterne de l'Est. Ils balancent le crucifix percé de flèches et chantent un cantique. Puis viennent des piquiers. Puis les chevaliers du Temple aux manteaux flottants. Puis le troupeau du sacrifice, la longue théorie des agneaux que l'on s'apprête à immoler. Deux par deux, marchent les Parfaits et les Parfaites. Par dérision, chaque socius* a été remplacé par une socia, la tunique noire par une chemise. Les ceintures de chanvre mises bout à bout ont servi à les encorder. Chancelant de faiblesse, ces couples s'avancent vers nous. Les soldats qui sont de service dans la ville, mettent leurs casques aux créneaux, ainsi que nous le faisions naguère. Ils ne veulent pas manquer le spectacle. Avec une lenteur de cauchemar, cette procession descend la route muletière, s'approche du bûcher. Tout à coup, les condamnés ont un regain d'énergie ; ils entonnent un chant de délivrance. Mais l'armée entière appuie ses moines, et les voix cathares sont vite submergées par ce torrent sonore, étouffées :

Bois de la Croix,
Signe du chef
Suit l'armée,
Ne se rend jamais,
Avance toujours,
Soutenu par le Saint-Esprit...

On dénoue les cordes. On pousse vers le bûcher ces hommes et ces femmes en chemise. Une vieille tombe, d'épuisement, de frayeur. Les ribauds la bourrent de coups

* *Compagnon désigné par la secte, lorsque le néophyte reçoit le Consolamentum.*

de pied, comme si c'était une bête rétive. Esclarmonde qu'on avait accouplée au filius major, reste près de lui. Il sera son compagnon d'éternité, son amant céleste. Est-ce pour cela que Guilhem se redresse et croise les bras ? Il se peut qu'il ne pense à rien, que cette attitude n'ait aucune signification, que, dans sa rectitude et sa fermeté, ce corps ne soit qu'une armure vide.

Les bourreaux allument leurs torches de résine et se placent aux quatre coins du bûcher. Et moi, à cet instant, je me souviens du poème d'Esclarmonde, de ces vers qu'elle harpait le soir du retour triomphal :

Alors des étoiles inconnues s'allumeront
Et se lèvera
Un autre soleil
Tout rouge.

Malheur ! Quelle prophétie avait-elle faite, ce soir-là, à son insu peut-être, de même que les sibylles antiques répétaient sans les comprendre les ordres et les avertissements des dieux ! Cet « autre soleil » qu'elle avait annoncé, c'était la roue flamboyante du bûcher. Les « étoiles inconnues », ces tourbillons d'étincelles qui s'élèveraient bientôt. L'amour de mort, les incertitudes d'Esclarmonde, le destin de Guilhem, tout était dans ce poème ! Mais nous ne pouvions alors comprendre.

Simon réclame le silence. Sa voix s'abat, telle une hache :

— Hérétiques invétérés, regardez Notre Seigneur percé de flèches ! Il saigne de toutes les blessures que vous lui avez infligées. A genoux ! Il est encore temps de vous rétracter !

Nul ne bouge. Bohita bénit ses compagnons, prononce la formule secrète qui avait puissance de trancher les liens attachant l'âme au corps et, par là, de réduire la souffrance. On disait que c'était cette incantation qui avait permis aux premiers chrétiens d'affronter la morsure des fauves et les supplices romains.

Sur un geste de Simon, les ribauds se précipitent en ricanant.

Mais les Parfaits, afin d'éviter le contact de ces hommes ou de montrer leur courage, vont d'eux-mêmes sur le bûcher, s'adossent aux poteaux, le socius retrouvant son compagnon ; la socia, sa compagne. Ainsi Mariana se joint-elle à Dame Esclarmonde. Deux femmes cependant reculent, saisies de terreur. Les ribauds les empoignent, sautent sur le bûcher. Goguenards, ils commencent à lier les corps aux poteaux, en prenant bien soin de faire mal, d'entamer les poignets fragiles, de meurtrir les jambes et les seins des femmes. Au contraire, donnant du jeu à l'accordage des hommes les plus vigoureux pour qu'ils gigotent sous les brûlures et qu'on ait de l'amusement. Ils triplent les nœuds de Bohita, car ils le croient un peu sorcier et redoutent qu'il ne s'évade par quelque sortilège. Ensuite, avec des rires, ils coiffent les condamnés de bonnets sur lesquels ont été peints des diables cornus.

— Cent quarante ! dit un soldat de Simon. Jamais on n'en a tant brûlés ensemble !

— Au moins on est payé de sa peine. Ça n'est pas comme à Carcassonne.

Le bonnet d'Esclarmonde glisse sur sa tempe. Ses boucles s'échappent, roulent sur le cainsil plissé. Guilhem n'y tient plus. Ses yeux hagards se tournent vers Simon :

— Grâce pour elle !

Simon reste impassible sur son destrier. Il ne daigne se baisser vers cette face ravagée, vers cette voix suppliante. A son commandement, les quatre torches s'inclinent. Des brindilles crépitent. Les suppliciés invoquent le Seigneur :

— N'aie point pitié de la chair corruptible, Père Céleste, mais de l'âme qui est prisonnière...

Les flammes haussent leurs crêtes sifflantes. Elles attaquent les pieds d'une Parfaite, l'enveloppent d'une résille incandescente, dévorent sa chemise. La Parfaite hurle de honte, de douleur. Elle tord son cou maigre pour éviter les baisers du feu, les flocons de fumée qui l'étouffent. Les serpents rouges s'enroulent autour de son corps dont la peau se gonfle et grésille. L'odeur de chair grillée s'insinue dans nos gorges, dans nos narines. Les flammes s'élancent de nouveau, attisées par les bourreaux. Des cris jaillissent de leurs ronflements. Les mâchoires béantes cherchent l'air. La couronne ardente progresse de poutre en poutre, arrachant des lambeaux d'étoffe, griffant les peaux, crispant les doigts noircis. Le centre du bûcher est encore intact. Là se trouvent Esclarmonde et Mariana, le filius major et Godafla, ainsi que les deux femmes qu'il a fallu porter sur les fagots. Autour d'eux, les flammes hésitent et rampent. Mais l'une d'elles s'élève soudain, pointe, toute droite, telle une chandelle de cire. Les grands cheveux remuent. Les pieds blancs se contractent, s'appuient désespérément au poteau.

— Guilhem !

Il entend cet appel. D'une détente terrible il renverse les gardes. Un sergent s'interpose ; il roule dans les braises. Les bourreaux accourent, brandissant leurs couteaux.

— Laissez ! crie Simon.

Guilhem bondit au milieu des flammes, les piétine furieusement, s'attaque aux nœuds qui retiennent Esclarmonde.

— Guilhem !

La chemise fume. Le corps fléchit, pèse de tout son poids sur les cordes. La tête s'incline sur l'épaule de Guilhem. Il besogne comme un damné. Derrière lui, un Parfait s'embrase dans une gerbe de cris, d'étincelles. Une pluie de feu lui arrose le dos. Son bliaut s'enflamme. Il l'arrache et le jette. Enfin, la corde cède. Esclarmonde glisse le long du poteau. Il la rattrape, la prend dans ses bras, saute du bûcher.

— Laisse-la ! supplie Bohita... Oh ! maudit ! maudit !

Les piques, les dards, les guisarmes menacent Guilhem et son fardeau d'amour. Il n'en a souci. Volontiers perdrait-il la vie, si le même coup perçait ce qu'il porte et son cœur. Mais une haute femme, dans sa robe et ses voiles de veuve, s'est plantée, bras ouverts, devant Guilhem. Son âme maternelle s'est émue d'une telle prouesse, de tant de fidélité. Elle se dirige vers Simon d'un pas de chefesse et de dame de haut lignage.

— Sire Comte, dit-elle, montre ta générosité. Grâce pour celle-ci, à cause de son innocence et de la passion de cet homme. Par équité, donne-moi aussi les deux femmes que l'on a portées.

C'est la mère de Bouchard de Marly, un ami de Simon

mort récemment au service de Dieu. On l'appelle Mathilde de Garlande.

— Dame, répond Simon, je ne puis refuser.

Et le légat, dont peut-être au fond ces brûlements et outrances corporelles contrarient la nature, acquiesce aussitôt. Les bourreaux détachent les deux femmes.

— Abjurerez-vous ? leur crie le légat.

— Oui, Monseigneur, oui, gémissent-elles.

Les cloches de Saint-Etienne tintent. Elles tintent sur la fournaise, sur les cris, les fumées, les langues rouges, les craquements sinistres. Les soldats ricanent en se montrant les contorsions des suppliciés. Ils se donnent de joyeuses bourrades. Les moines récitent le *De profundis*.

— Maudit sois-tu, Guilhem de Minerve ! Maudit ! hurle Bohita.

Les flammes sifflent et rayonnent, ainsi qu'une escarboucle énorme. Les ventres libèrent leurs entrailles, leurs puanteurs, leurs misères gluantes. Les poitrines se vident de leur haleine. Les crânes se fendent, comme des noix sous le marteau, et lâchent les colombes ensanglantées de leurs âmes. Les yeux crèvent ou se révulsent. Les cheveux se consument. Les chairs deviennent charbon et cendre. Braïda s'est allumée et nul n'a remarqué que vers Peyriac elle a tourné ses lèvres retroussées sur les dents, telle une louve blessée. Sinon moi qui n'ai plus rien à serrer sur ma poitrine ! Je regarde Guilhem. Sa nuque, ses pieds, son dos, saignent dans la poussière. Mais que lui importe ? Contre lui bat le cœur très précieux. Sur son épaule meurtrie repose l'ovale adorable, s'appuient les lèvres que sculpta l'aurore. La source et la fontaine des joies, il la tient embrassée. Là-haut, les cloches tintent et les hirondelles s'enfuient, apeurées. Les Minervois pleurent leurs parents, leurs amis, les pasteurs qu'ils ont aimés et servis dévotement et qui se transforment en résidus lamentables. Lui, il est dans sa folie d'amour. Il est heureux.

La lumière s'en va. Le ciel se barre de longues traînées sombres. Les flammes se couchent sur les cendres. Le dernier poteau croule, avec ce qu'il retenait et qui se nommait Godafla, chef de la communauté de Minerve. Quelque part, dans les amandiers, un oiseau chante.

— Demain, dit le comte Simon, abjuration solennelle. Vous serez convoqués par les trompettes.

Il pique son destrier et s'engage dans le routin. Guilhem lui emboîte le pas, toujours portant Esclarmonde.

XXX

LA FLAMME D'AMOUR

De lui-même, il rentre dans sa prison. Vos Templiers ferment sur lui la porte cloutée. Avec des précautions infinies, il étend la douce sur le grabat, s'agenouille. Dans ses mains brûlées, il prend le visage aux yeux clos, s'effraye de sa pâleur, du pincement des narines.

— Esclarmonde !... Oh ! ne meurs pas... ne meurs pas... C'est moi... Guilhem...

Sa bouche fiévreuse cherche les lèvres desséchées. Les paupières se soulèvent.

— Laisse-moi.

Elle n'a plus qu'un fil de voix, mais un peu de rose colore ses pommettes. Il met les doigts glacés sur sa poitrine.

— Nous voilà réunis !

Et il a le sourire du vieux prince des tendresses, de son père, le sourire des Minerve, si rare, si prenant, tout de force secrète et d'ouverture de cœur.

— Repose-toi. Je veille. Ils ne te feront plus de mal, à présent.

La porte grince. Un ribaud apporte une cruche et deux écuelles.

— Veux-tu manger ?

Elle secoue la tête.

— Il te faut nourrir. Nous aurons de la fatigue, demain. Il l'adosse à la muraille. Approche la cuiller de bois. Elle ouvre la bouche, comme un enfant docile, mais crache au lieu d'avaler.

— De la viande ! C'est de la viande ! Je n'ai pas le droit.

— Mais tu as faim !

— Je suis une Parfaire.

— La Règle ne te défend pas de boire

— Est-ce de l'eau ?

— Crois-tu qu'on donne du vin aux prisonniers ?

Il lui tient la cruche, tandis qu'elle boit.

— Mange, Guilhem. Mange bien, toi.

Il s'assied sur l'escabeau en soupirant ; serre l'écuelle entre ses genoux à la façon des soldats. Esclarmonde le regarde pensivement.

— Qu'est-ce qui brille près de ton pied ?

— Des éclats de verre. Un boulet a dû briser le vitrail.

Un temps s'écoule.

— Voilà la nuit, dit-elle.

— Je préfère encore celle-ci.

— Oh ! que je me sens lasse...

Elle se recouche, mais tourne son visage vers Guilhem. La porte s'ouvre. Un écuyer entre :

— Où êtes-vous, Guilhem ?

— Ici.

— Le comte Simon veut vous parlez. Venez.

A son retour, il fait si sombre qu'il distingue à peine le visage et les mains d'Esclarmonde. Il dit :

— Après l'abjuration, nous pourrons partir. Simon nous donnera des chevaux et un petit bagage. Et aussi des revenus sur des domaines aux environs de Béziers.

— Ah ?

— Il m'a laissé entendre que le fief me serait peut-être rendu. Mais plus tard, et à condition que je respecte mes engagements.

— Et moi ?

— Comment ? Mais il t'a graciée. Il suffit que tu te rétractes demain matin.

— Jamais !

— Tu as promis !

— Les autres sont dans la Demeure. Et moi, par ta faute, je suis ici, je retombe dans le cycle. Pourquoi m'as-tu tirée du bûcher ? J'étais prête.

— Tu ne l'étais pas. Tu voulais vivre. Ne m'as-tu pas appelé ?

— Pour que tu me rejoignes, non pour que tu me sauves.

— C'est faux. Tu avais peur.

— Ma chair avait peur. Mais mon âme restait inflexible et je n'ai rien promis.

Il se souvient qu'elle était évanouie ; que, seules les deux autres femmes avaient répondu au légat. Il la saisit aux épaules. Elle essaie de le repousser.

— Je suis à Dieu, Guilhem !

— Tu m'aimes encore ! J'entends ton cri. Ne mens pas.

— Je suis l'épouse du Seigneur !

— Non !

Elle sent le souffle chaud de Guilhem, détourne ses lèvres. Mais elle est trop faible pour lutter. Pires que les morsures du feu sont les caresses qu'il lui inflige. Son âme violentée secoue désespérément les barreaux de la prison.

— Maudit ! Maudit ! Ton désir... Ton sale désir...

Il la lâche. Il ne peut supporter ce regard luisant de colère, de mépris. Il se lève pesamment, va à la lucarne. Longuement il aspire la fraîcheur de la brise. Les étoiles apparaissent, maintenant. La lune sort du camp de Simon, des pignons des trefs que l'on n'a pas encore démontés. Un grand astre rond et blanc. Guilhem revient près d'Esclarmonde.

— C'est fini, dit-il.

Elle ne répond pas. Dans la clarté qui filtre de l'arcade, il contemple ce visage trop pur pour des lèvres humaines, trop beau pour lui, le Sire déchu.

— Nous irons quand même là-bas. Nous habiterons la maison de plaine. Nous serons quand même ensemble. Je ne te toucherai pas. Je te servirai. Je te défendrai, s'il le faut. Je t'adorerai comme prêtresse et femme..

Il est là souffrant de la plus cruelle des blessures, celle de l'amour honni, du désir rejeté, mais en lui palpite un reste d'espérance.

— Je jure de te respecter.

— Ne jure pas. La secte le défend.

— A la longue, mon désir s'amoindrira. Il deviendra l'amour purifié dont tu rêves... Ne m'abandonne pas, puisque mon âme est si mauvaise. Tire-la du péril, comme moi, je t'ai tirée du bûcher !

— Toutes les âmes seront soustraites à Satan, tu le sais bien ; son règne finira. Mais toi, peut-être, il te faudra renaître et souffrir, être déçu dans ton orgueil... Oh ! mon pauvre amour, tout était si facile. Pourquoi n'as-tu pas voulu ?

— Donne-moi une chance. Renonce pour la forme. Nous partirons aussitôt.

— Même si je pars, la Règle exige que je vive en compagnie d'une socia.

— Elle aussi, je l'accepte.

— Je devrai aller à Montségur où résident nos évêques cathares, afin qu'ils la désignent.

— Je t'accompagnerai. Mais, je t'en supplie, aie pitié. J'ai besoin de ta lumière.

— Aussi de mon corps.

— Non... Non ! J'apprendrai la chasteté. Je me vaincrai. Je me contenterai de vivre près de toi.

— Vivre...

Il se glisse près d'elle sur le grabat, baise l'épaule qui n'est plus que de peau et d'os.

— Puis-je rester ainsi ?

Il s'empare de sa main qui ne résiste pas et la baise humblement.

— Comme tu es loin, Guilhem, et comme tu es près !... Je t'ai aimé plus que tout, plus que Dieu. Tu as eu cela... Et je crains de t'aimer encore... Toujours partagée entre ces deux amours... Toujours souffrir... Un jour, c'est le ciel ; le lendemain, l'enfer... Oh ! dormons ainsi... Ainsi, mon Guilhem... Combien cette nuit est douce...

La joue a réoccupé instinctivement sa place, dans le creux

de l'épaule. Les étoiles scintillent. La lune éclaire le corps immobile d'Esclarmonde, l'amphore de ses hanches.

Esclarmonde dort. Et, bientôt, Guilhem s'en va lui aussi dans le sommeil.

Lorsque, au début de la matinée, vous entrâtes, Messire, avec vos Templiers, Guilhem se tenait debout près de la lucarne, bras pendants, menton sur la poitrine.

— C'est l'heure, Guilhem de Minerve ! Allons !

Il ne bougea pas d'un pouce.

— N'avez-vous pas entendu les trompettes ? Les gens s'assemblent.

— Je suis prêt.

— Et vous, Demoiselle ?... Oh ! Dieu !...

Esclarmonde gisait sur le grabat. Ou plutôt reposait dans une béatitude ineffable. Sa pâleur s'était à peine accentuée. Ses joues, ses tempes gardaient leurs nacrures de lys. Ses lèvres souriaient sur l'émail des dents. Ses yeux de pierrerie fixaient la voûte. Ses longs cheveux se recourbaient sur son cou, habillaient ses épaules. Son corps, légèrement infléchi, semblait vivant. Jusque dans la mort, elle était beauté resplendissante, et mystère. Je l'ai vue telle ! Sa main gauche trempait dans une mare de sang au milieu de laquelle brillait un éclat de verre.

— Elle s'est tranché le poignet, pendant que je dormais, dit Guilhem.

Sa voix était bizarrement égale, comme indifférente. Il ne proféra ni plaintes, ni gémissements. Peut-être avait-il dépassé les limites de la douleur humaine. Peut-être s'avouait-il enfin vaincu et lâchait-il les rames.

Il se laissa mener sur la place. Une dernière fois, il traversa la foule de Minerve. De la même voix usée, il prononça la formule d'abjuration. Quand on le poussa dans la nef bourrée de soldats et qu'il aperçut Montfort sous le dais seigneurial, il n'eut aucune réaction.

La messe commença, dite par l'abbé de Cîteaux. Guilhem

semblait toujours ailleurs. Il ne s'agenouillait, ni ne s'asseyait. Les bras croisés, il regardait le Christ percé de flèches sur l'autel. Au Sanctus, un moine fut obligé de le tirer par la manche :

— Prosternez-vous, Messire !

XXXI

TU T'EN IRAS SOUS LE POMMIER D'AVALON

Avec la permission de Montfort, après cette messe, nous nous rendîmes à l'olivette. Vous nous accompagniez, Messire, ainsi que trois de vos chevaliers. La soumission de Guilhem, le nouveau malheur qui le frappait, avaient ébranlé Simon. Il consentit à ce que la dépouille d'Esclarmonde ne fût pas brûlée publiquement, comme le voulait l'abbé de Cîteaux. Il ordonna seulement qu'on l'enfouît là-même où s'était élevé le bûcher et où les ribauds avaient précipité pêle-mêle les restes des suppliciés. Guilhem marchait devant nous, portant ses amours enveloppées dans un vieux drap. Il refaisait en sens inverse le chemin de la veille, de l'espoir. Une pierre roula sous ses talons. Il heurta la paroi rocheuse ; s'arrêta pour reprendre souffle.

— Guilhem, si je t'aidais ?

— Moi seul !

Il la posa sur les cendres noires. Prit la bêche. Se mit à creuser, avec une espèce de fureur désespérée. La sueur perlait à son front, traçait des rigoles claires sur ses joues salies par la fumée.

— Messire, donnez cette bêche, dit le plus jeune des chevaliers.

— Non ! La fosse doit être bien profonde, à cause des bêtes.

— Elle le serait, Messire !

— Laissez-moi.

Quand il la coucha dans le trou, les forces lui manquèrent, à moins qu'il n'eût glissé ou ne pût se déprendre de l'embrassement de la morte. Il eut du mal à se relever. Il voulut reprendre la bêche, mais il défaillit de nouveau et dut s'appuyer à mon bras. Ce furent vos Templiers qui comblèrent la fosse.

Comme nous remontions à la poterne, vous dites :

— Votre faute, Guilhem, est d'avoir substitué la créature au Créateur. C'est en cela que vous L'avez offensé. Mais, en vous frappant, Il vous a préservé.

Guilhem eut son haussement d'épaules.

— J'excuse votre révolte et je vous dis : Venez avec nous, Messire. Il n'est que le Temple pour aplanir vos angoisses. Se battre et contempler. Se battre pour fatiguer le corps. Mais contempler ce qui ne change, ne débute, ni ne finit ; aimer cela, devenir semblable à Cela, s'abîmer en CELA, Messire...

— Non, Gaucelin, aimer n'est pas devenir semblable à ce qu'on aime... Épargnez-moi votre théologie... Et éloignez-vous. Je veux prendre congé de Cesseras.

— Prendre congé ? Mais, Guilhem, je te suivrai où tu iras. C'est mon devoir.

— Non, Cesseras.

— Mais pourquoi ?

— Parce que je me parjurerai. Tu entends ? J'ai promis à Simon de ne plus le combattre. Mais, tant que je pourrai tenir un glaive, je le pourchasserai. Il se croit vainqueur ? On ne règne pas en massacrant ses sujets, en dévastant ses conquêtes. Il mordra la poussière.

Vous étiez derrière nous, assez loin. Cependant :

— Baisse la voix, dis-je. Ils écoutent.

— Je n'aurai de paix que ma lance ne l'ait cloué sur sa carne ! Je rameuterai les gens des montagnes, les bergers, les faïdits. Je tendrai des embuscades. Sans répit, sans répit, Cesseras ! Je lui rendrai au centuple ses ruses et ses tromperies.

— Je peux te seconder.

— En combat loyal, non en félonie. Tu as trop belle âme, cœur trop pur. Ta place est dans la Commanderie de Gaucelin.

— Guilhem !

— Tu l'admires. Tu t'allais consoler dans sa geôle après la mort d'Arzen. « Se battre pour fatiguer le corps, et contempler. »

— Et si je préfère te servir ?

— Je ne veux.

— Tu me récuses ?

— Je te rends ta liberté, sachant ce qu'il te faut. Fais-toi moine comme Ventajou.

— Tu me méprises ?

— Ne gâtons pas notre belle amitié, cher Cesseras, en partageant la responsabilité de ce que je vais commettre. Pour moi, le charnel, le démoniaque, aucune importance...

Maintenant, il quitte Minerve. Seul. Montfort lui a donné un mauvais cheval, un peu d'argent ; rendu son glaive et quelques vêtements. Les Minervois sont consignés dans leurs maisons. Il n'y a que vous et moi, sur le rempart de l'Est, pour assister à ce départ. La ville blanche étincelle sur son rocher. Les cigales raclent frénétiquement leurs élytres. Guilhem se tourne vers l'étendard de la Croisade flottant sur le donjon. Puis vers la large tache noire, au bord de l'olivette, qui recouvre pour lui la joie terrestre, la vie ardente, son propre cœur. Ainsi d'un ultime regard embrasse-t-il tout ce qu'il a aimé. Ensuite il broche son cheval et s'en va à travers le maquis planté de lavande. Et c'est vous qui exprimez ma pensée profonde et mon espérance :

— Plus grande est l'âme, Cesseras, plus grand le tourment qu'elle endure. Mais il se peut qu'au-delà elle occupe aussi une place plus grande. Ne jugeons point sur les apparences... En tout cas, il sera celui qui a partagé le dernier morceau de pain et la dernière gorgée d'eau avec son peuple et, pour le sauver, s'est offert en sacrifice. Plus longtemps que Simon, il régnera sur Minerve. Il sera aimé.

Parmi les touffes de ciste, Guilhem s'éloigne solitaire. Non vers sa maison de plaine, mais vers quelque tour dissimulée dans les montagnes, vers la gloire qui a les yeux vides et les flancs stériles des statues. Il ne plantera pas le blé dru, mais la lance et le glaive. Il ne moissonnera pas les beaux épis, mais les membres et les têtes. Jamais plus il ne se délassera dans la fraîcheur d'un lit. Il dormira sous la tente, à même la pierre dure, sous la voûte bruissante des forêts et la ronde muette des astres.

— Et toi, que deviendras-tu, Cesseras ?

— Chevalier du Temple, si j'en suis digne.

Guilhem n'est plus qu'un point noir, là-bas, sur le plateau. Tout notre passé, il l'emporte !

Sous le ciel implacable, il n'y a rien d'autre que le dôme bleu des montagnes...

L'ARBRE BLANC

Lorsque les cloches sonnèrent matines, ce matin-là à la Commanderie de la Motte-Saint-Sulpice, les frères-chevaliers s'étonnèrent de ne pas voir arriver Messire de Cesseras. D'habitude, le Commandeur était toujours le premier à la chapelle, ayant le sommeil furtif des vieillards. Les moines-soldats, tous semblables dans leurs surcots blancs timbrés de la croix du Temple, se placèrent dans leurs bancs et attendirent. La stalle du Commandeur resta vide. Après un moment, le plus jeune des novices, pour lequel Cesseras avait une particulière indulgence, se dévoua. Lui que l'on gourmandait journellement à cause de sa précipitation de gestes et de ses attitudes peu monacales, il marchait comme si des chaînes lui eussent entravé les jambes. Un indéfinissable pressentiment l'envahissait. Mais, dans le couloir, il se reprocha son manque de courage. Cependant, devant la porte du Commandeur, il hésita encore. Il frappa. N'obtint pas de réponse. Frappa de nouveau. Faillit revenir à la chapelle : il aimait et redoutait tout ensemble Cesseras. Mais il se dit qu'il était peut-être gravement malade et dans un urgent besoin de secours. Il poussa la porte, reçut une gifle d'air. La fenêtre était ouverte. Il aperçut, au-dessus du dossier de cuir du fauteuil, les mèches du Commandeur. Il se racla la gorge pour attirer son attention. L'homme vieux resta sourd.

— Messire, risqua le novice... Messire, nos Frères sont en bas... Mais qu'avez-vous ?

Il s'approcha. Un souffle de vent fit remuer les mèches sur le large front à peine ridé. Les yeux regardaient au loin. Il avait neigé, la veille. Le manteau du Temple recouvrait la vaste plaine en bordure de la forêt. Devant la Commanderie, seul, au milieu de cette blancheur, se dressait un arbre aux ramures immenses. Une tribu de corbeaux croassait sur sa tête en battant des ailes. C'était ce chêne que les yeux éteints regardaient. Le novice se pencha. Il vit, dans les emmêlements de la barbe du gris des mousses flétries, les lèvres béantes, la denture semblable à des créneaux branlants et verdis. Aussi le pincement du nez et le creusement insolite des joues traversées de ravines.

Sur la table, il y avait un encrier de plomb et un grand livre à ais de bois. En haut de la page offerte au regard quatre lignes d'une écriture aiguë et penchée. Les lettres ressemblaient à des soldats en marche. Le novice fut comme forcé de lire :

« De même que le rossignol, à grand'peine, prend congé de l'été et lance un dernier chant avant que de se taire, il me faut abandonner les soleils et les oliviers de Minerve. Là-bas les printemps reviendront, mais il n'y aura plus de Guilhem ni de Cesseras, car nous nous en allons sans retour. »

Puis quelques mots barrés de plusieurs traits. Puis un espace vierge que suivait :

« O Seigneur, arrêtez vos cruautés ! Faites qu'il ne meure pas dans les broussailles comme le loup solitaire. Accordez-lui cette grâce de revenir dans nos montagnes, d'être recueilli par des bergers ; qu'ils l'emportent dans sa ville de Minerve et l'enterrent nuitamment à cette place où gît la douce d'amour... Afin que l'humeur de ses entrailles, le sang de ses veines, ses os périssables, se confondent à la poussière de ce qui fut Esclarmonde... Que sa vieillesse amère connaisse enfin le repos inaltérable ! Que soit tranché le nœud de ces contradictions... »

Et, plus bas encore :

« Et que ces ténébreuses amours se changent en noces de lumière ! »

La plume avait fait en tombant trois grosses taches en forme de cœurs.

L'ARBRE BLANC

Le novice saisit dans les siennes l'une des mains crispées sur les accoudoirs. Les doigts, quand il les déplia, craquèrent ainsi que du bois mort. Le corps s'affaissa un peu sur la droite, mais, déjà raidi, il demeura dans cette posture de sommeil. Se penchant davantage, toute timidité vaincue, le novice discerna des croûtes brillantes dans le repli des cernes. Il comprit que c'étaient des larmes que l'air avait glacées.

Il ferma le livre des secrets du Commandeur, pieusement. A cet instant, les corbeaux s'envolèrent du chêne, criants et noirs, et se dispersèrent dans le ciel. Il n'y eut plus devant la fenêtre que ce grand arbre gainé de gel. Le soleil perça les nuages. Les branches étincelèrent comme des épées.

CONTEXTE HISTORIQUE

L'ÉPOQUE

Extraordinaire époque que le XIIIe siècle, si lointaine et cependant si proche par son « modernisme » ! On y voit se décomposer un monde trop vieux, s'élaborer une classe nouvelle, un ordre nouveau se substituer à l'anarchie, les hommes prendre conscience de leur nationalité à travers le morcellement féodal, les frontières se déplacer, s'effondrer les fausses grandes puissances, certains pays revêtir leur aspect et leurs dimensions actuels et surgir, ici et là, le timide sourire de la liberté.

Epoque où se juxtaposent, et s'opposent fréquemment, l'antique esprit chevaleresque et le réalisme politique. Où se mêlent, à l'effort quotidien des hommes pour vivre, pour acquérir un peu plus de bonheur, les convoitises des riches, la rage des grands appauvris par les croisades, les passions les plus brûlantes, les plus purs élans de foi, la charité des saints et la cruauté des routiers sillonnant les campagnes, telles les hordes des temps barbares. Epoque aussi où l'architecture romane fleurit, où l'on fonde l'Université de Paris, où la France s'apprête à régner sur l'Europe par les arts et par les armes.

Deux personnalités culminent, dissemblables, presque antithétiques, mais de valeur semblable : le pape Innocent III et le roi Philippe Auguste.

Lothaire Conti (1160-1216) appartient à l'aristocratie romaine. Il a étudié la théologie à Paris et le droit canon à Bologne. Cardinal à 30 ans, il est élu pape à 38, le 8 janvier 1198, et prend le nom d'Innocent III. C'est un caractère indomptable, un travailleur acharné, un mélange invraisemblable d'orgueil, d'humilité, d'austérité. Un Savonarole qui eût réussi ! Dès son avènement, il s'assigne un double but : organiser, au profit de l'Eglise, un *imperium mundi* et « décapiter l'hydre » du catharisme. Faire du pape le prince suprême sur la terre, et assainir les âmes, afin que la paix règne dans les royaumes comme dans les cœurs. C'est pourquoi on le voit se mêler de tout, déployer une activité incroyable, parfois inopportune. Il défait les rois ; il les remplace. Il lutte contre l'empereur d'Allemagne Othon IV, s'intéresse aux affaires de Pologne, encourage la résistance des républiques lombardes, essaie de transformer l'Angleterre en fief d'Eglise et provoque, indirectement, la révolte des barons anglais, condamne la charte qu'ils imposent à Jean sans Terre, fait prêcher trois croisades, dont celle contre les Albigeois, exige des princes une soumission quasi absolue, prend la plume pour semondre personnellement ceux qui lui résistent et n'hésite pas à les excommunier quand ils s'opiniâtrent. Tantôt génial, tantôt aveuglé par son emportement, jamais indifférent, mû par une volonté que les revers n'abattent jamais, s'il n'a pu réaliser son rêve d'*imperium mundi*, du moins a-t-il grandement raffermi la puissance de l'Eglise et arrêté l'expansion de l'albigéisme.

Philippe II (1165-1223), fils de Louis VII, a été roi à 14 ans, en 1180. Ses contemporains le surnomment : « Philippe le Conquérant ». Nous le connaissons sous le nom de Philippe Auguste. De même qu'Innocent III, il a la plus haute idée de sa valeur et de sa mission. Mais son ambition s'accompagne de mesure, ou de prudence. Il est aussi bon chef de guerre qu'administrateur avisé et fin diplomate. Sa fougue n'est pas inférieure à celle d'Innocent III, mais elle se tempère de courtoisie et, s'il le faut, cède devant le calcul. Parti de rien — ses domaines correspondent à deux petits départements ! — il fonde un royaume qui deviendra la France moderne. Par son administration (il favorise le commerce, crée spontanément les premières communes, organise la justice), il accroît son prestige personnel, donne aux Français le désir de se mettre sous sa protection. Par ses victoires, il s'impose aux grands feudataires dont la soumission n'était jusqu'alors que très relative.

Le premier de sa race, il se dispense de faire couronner son fils, Louis VIII, avant de mourir. Sa réussite est éclatante.

I. L'EUROPE DU XIIIe SIECLE

L'Angleterre

En 1137, Louis VI de France avait marié son fils, le futur Louis VII, à Aliénor d'Aquitaine, héritière des duchés de Guyenne et de Gascogne. C'était étendre l'influence royale jusqu'aux Pyrénées. Mais, en 1152, Louis VII répudia Aliénor qui s'empressa d'épouser Henri II, roi d'Angleterre.

Voici le Plantagenêt maître de l'Angleterre et de tout l'Ouest de la France. Il possède la Normandie (héritée de Guillaume le Conquérant), le Maine, l'Anjou, la Bretagne et, par son mariage, le Poitou, la Saintonge, la Guyenne et la Gascogne.

Or le domaine capétien n'est constitué que par une étroite bande de territoire comprise entre la Loire et la Somme. On comprend que la vassalité d'Henri II, pour ses possessions françaises, lui pèse singulièrement.

Mais sa puissance est plus apparente que réelle. L'atmosphère qui règne dans son entourage est assez shakespearienne. Les barons sont indociles. Le clergé défend son indépendance (meurtre de Thomas Beckett, archevêque de Cantorbery en 1170). Henri II ne peut abattre le roi capétien. Son fils, Richard Cœur de Lion, meurt prématurément, stupidement, en 1199, sous la tour de Châlus. Son autre fils, Jean sans Terre, est un demi-fou. De 1202 à 1206, Philippe Auguste lui enlève la Normandie, le Poitou, la Touraine, le Maine et l'Anjou. Il écrase ses alliés à Bouvines en 1214. Jean sans Terre est lui-même battu par le dauphin à la Roche-aux-Moines. Ses barons révoltés lui imposent la Grande Charte, forme primitive de la monarchie constitutionnelle. Louis VIII et Louis IX (saint Louis) poursuivront la reconquête. Le traité de 1258 mettra fin à cette première « guerre de Cent Ans ».

L'Allemagne / Saint Empire romain germanique

Elle est déchirée par la lutte des guelfes (partisans du pape) et des gibelins (partisans de l'empereur). L'empereur est élu, mais couronné par le pape. Il devient ainsi roi d'Italie. Le pape lui dénie le droit de s'immiscer dans les affaires d'Eglise, notamment d'intervenir dans l'élection des dignitaires ecclésiastiques. Les empereurs soutiennent la thèse contraire.

Le conflit est entré dans sa phase aiguë lorsque l'empereur Henri IV a fait déposer le pape Grégoire VII, à l'assemblée de Worms. Le pape l'excommunie et le contraint de « s'humilier » à Canossa (1077). La lutte est reprise par Frédéric Barberousse, sans résultat. Son fils, Philippe de Souabe, est candidat à l'empire. Il a pour rival Othon de Brunswick, chef des guelfes. Le pape Innocent III parvient à faire élire ce dernier et le couronne en 1209. Othon IV de Brunswick s'empresse d'imiter ses prédécesseurs. Innocent III lui oppose alors Frédéric de Hohenstauffen, déjà roi des Deux-Siciles. Frédéric sera couronné en 1220 ; mais, lui ausi mourra excommunié. Cela dure jusqu'à l'avènement des Habsbourg.

L'Autriche

Ce n'est qu'un duché, inclus dans le Saint Empire, héréditaire depuis que Henri de Babenberg l'a fait reconnaître comme tel par Frédéric Barberousse (1156). Il s'augmente de la Carinthie en 1192. La dynastie Babenberg s'éteint en 1246. Otokar II, roi de Bohême, hérite du duché d'Autriche. Mais Rodolphe de Habsbourg le lui enlève et en investit son fils Albert. Les Habsbourg deviennent « Maison d'Autriche ».

La Bohême

Le XIIIᵉ siècle voit à la fois la brusque ascension, l'apogée et l'effondrement de cette puissance.

Prémysl Otokar Iᵉʳ (1192-1230) obtient la couronne royale, de l'empereur et du pape. Son petit-fils, Prémysl Otokar II (1253-1278), acquiert les duchés d'Autriche, de Carniole, de Styrie et de Carinthie. Mais battu à Marchfeld (1278), il les perd.

La Hongrie

Partis de la plaine arrosée par la Theiss et le Danube moyen, les Magyars ont soumis les Slovaques au Xᵉ siècle, la Transylvanie au XIᵉ, la Croatie au XIIᵉ. Le peuple, soutenu par une petite noblesse proliférante et turbulente, impose au roi André la Bulle d'Or (1212) où se retrouve l'essentiel des libertés magyares.

La Pologne

Depuis la mort de Boleslaw III (1139), les princes de sa descendance s'entredéchirent. Les Mongols menacent son territoire. Les Allemands s'infiltrent en Suède et en Poméranie. Éternel recommencement de l'Histoire ! Bientôt les chevaliers Porte-Glaive et les chevaliers Teutoniques s'emparent de la Prusse, de l'Esthonie, du Courlande et de la Livonie. La Pologne est coupée de la mer. Ce n'est qu'au XIVe siècle que Wladislaw IV restaurera son unité.

La Russie

Elle est gouvernée par le grand-prince de Kiev. Kiev est alors sa capitale, non Moscou. La société comprend quatre classes : les boyards (nobles), les citadins (hommes libres), les paysans (à demi libres) et les esclaves (en majeure partie des prisonniers de guerre). La vie paraît avoir été brillante. Mais le pouvoir central est affaibli par les partages égaux entre les fils du grand-prince. De sorte que ce dernier n'a plus qu'une autorité nominale sur ses frères et que les principautés indépendantes se multiplient. Cependant les tribus mongoles, rassemblées par Gengis Khan (1154-1227), envahissent la Russie. Les princes se regroupent pour une lutte commune, mais sont battus à Kalka (1224). La Russie est totalement occupée en 1237, et se démembre. Une partie (La Russie blanche) se rattache à la Pologne. L'autre est sous le joug des Mongols qui ont leur capitale à Saraï sur la Volga (la Horde d'Or). C'est Ivan III le Grand (1462-1505) qui affranchira et réunifiera les terres russes.

L'Espagne

Le califat de Cordoue s'est émietté. La puissance musulmane chancelle. Quatre royaumes chrétiens se sont constitués : la Navarre au Xe siècle, l'Aragon et la Castille au XIe, le Portugal au XIIe. Le reste du territoire est un puzzle de principautés sans cohésion. Les rois d'Aragon, de Castille et de Navarre remportent la victoire décisive de Las Navas de Tolosa (1212). Les musulmans sont dès lors rejetés à l'extrême sud de la péninsule et réduits à la défensive.

Des trois rois chrétiens, Pierre II d'Aragon est le plus considérable. Possesseur de l'actuel Roussillon, marié à la fille du vicomte de Montpellier et, à ce titre, seigneur de cette ville, il rêve de se tailler un royaume en bordure de la Méditerranée. C'est dans ce but qu'il s'allie au comte de Toulouse et livre à Simon de Montfort — qui le gêne — la bataille de Muret (1215) où se joua le sort du Midi et de l'albigéisme. Il y fut tué.

L'Italie

Théoriquement l'Italie est rattachée au Saint Empire romain germanique. De fait, tant en raison de l'éloignement que des différences raciales, l'autorité de l'empereur sur ce pays est plus que réduite. Toutefois les Italiens s'engagent à fond dans la lutte des guelfes et des gibelins. Les villes lombardes s'unissent contre Frédéric Barberousse qui est battu à Legnano (1176) et contraint de reconnaître leur quasi-indépendance (traité de Constance, 1183).

Le sud de l'Italie est distinct. Il forme le royaume des Deux-Siciles (fondé en 1105 par le Normand Robert Guiscard). Au début du XIIIe siècle, ce royaume est entre les mains de Frédéric de Hohenstauffen.

C'est ce Frédéric qui, soutenu par Innocent III, triomphera d'Othon de Brunswick. Roi d'Italie, roi des Deux-Siciles et empereur d'Allemagne, il a reconstitué le Saint Empire. Mais cette hégémonie sera brève.

La France

Elle est à l'image des autres pays d'Europe. C'est une multitude de seigneuries, groupées en comtés ou en duchés, en principe inféodés au roi. Mais, à la fin du XIIe siècle, qu'est-ce que le roi de France ? Le premier des féodaux, certes, mais aussi le comte d'un tout petit comté. Les grands fiefs (Flandre, Champagne, Bourgogne, possessions anglaises) encerclent et menacent ce misérable domaine.

Depuis Hugues Capet, l'ancêtre, les rois s'emploient à

l'agrandir, à l'assainir, à le fortifier militairement et économiquement, ne rechignant devant aucune besogne, si infime soit-elle, montrant une patience et une ingéniosité d'araignée. La rusticité, la petitesse de ce début paraissent incroyables. Mais on est bien obligé d'admettre que les premiers Capétiens ne furent que des gentilshommes campagnards, enracinés dans leur terroir, des hobereaux qui économisent, qui restent chez eux tandis que les riches, les puissants — les comtes de Toulouse par exemple — vont en Orient semer leur or et épuiser leur race. Ils ajoutent à leur avoir un morceau du Vermandois, puis l'Amiénois et l'Artois. Ils attendent leur heure. Le mariage de Louis VII avec Aliénor d'Aquitaine est un coup de maître, et un échec. Le remariage d'Aliénor avec Henri II d'Angleterre ruinera-t-il un siècle d'efforts ? Louis VII se défend, non sans peine, contre son redoutable vassal anglais. Richard Cœur de Lion meurt opportunément. Jean sans Terre n'est qu'un fol couronné ; l'occasion est trop belle de recouvrer les provinces perdues. D'abord Jean sans Terre ne réagit pas valablement. Mais il s'allie à Othon IV, l'empereur allemand, que la croissance capétienne inquiète, aux féodaux qui craignent pour leur indépendance, à Ferrand, comte de Flandre. Lui-même débarque à La Rochelle et se fait battre par le dauphin à La Roche-aux-Moines (2 juillet 1214). Les alliés sont écrasés à Bouvines (27 juillet 1214).

Bouvines est la première vraie victoire française. Il n'est pas exagéré de dire que c'est là que notre pays prend son départ. Entre le Capétien et le Plantagenêt, entre le roi de Paris et les féodaux rebelles, il a fait son choix. L'armée de Philippe Auguste n'était composée que de petite noblesse et de milices. L'explosion de joie populaire à l'annonce de cette victoire est symptomatique : on rapporte que les paysans abandonnant leurs travaux se pressaient au bord des routes pour voir le comte Ferrand encagé, que la population parisienne vint tout entière au-devant du roi et que la ville fut illuminée pendant une semaine.

En Angleterre, les barons se révoltent contre Jean sans Terre. En Allemagne, Frédéric triomphe d'Othon IV déconsidéré par sa défaite. Telles sont les conséquences immédiates de Bouvines.

LE BÛCHER

II. LA VIE EN FRANCE

Les seigneurs

Les hauts fonctionnaires carolingiens, faute d'argent, étaient payés en terres. Ainsi devinrent-ils rapidement les plus riches hommes des contrées qu'ils administraient. Ensuite, abusant de la faiblesse du pouvoir central, ils transformèrent leurs fonctions en tenures héréditaires. Ce furent les premiers ducs, les premiers comtes et marquis (comtes des marches). Postérieurement apparurent les vicomtes, barons et simples châtelains. Car, très vite, on observe la même segmentation à l'intérieur des grands fiefs, les ducs et les comtes n'étant pas plus capables que le roi de maintenir leur autorité sur leurs délégués et lieutenants.

Pour longtemps, la seule unité territoriale cohérente sera le fief.

Sur son fief, le seigneur est quasi souverain. Il détient la force, la terre et l'argent. Le château qu'il habite est à la fois un entrepôt et un refuge.

D'abord ce château fut une construction de bois érigée sur une motte naturelle ou artificielle, entourée d'une forte palissade. A partir du XIIe siècle la pierre se substitue au bois. Au XIIIe siècle il se perfectionne, prend son aspect définitif. Mais le confort y est encore sacrifié aux nécessités de la guerre.

De même l'ameublement reste-t-il très simple, sauf dans les châtellenies méridionales. De longues tables taillées dans la masse, des bancs et des escabeaux, des faudesteuils (fauteuils) très hauts, très raides, pour le Seigneur, la Dame et les invités de marque, de lourdes armoires et des coffres bardés de ferrures, des lits très simples, assez bas, enveloppés d'épaisses tentures, des chenets, des torchères et des chandeliers de fer forgé ou de bronze. L'été, on étend de la verdure sur les pavés. L'hiver, de la paille. On s'entasse dans la salle d'apparat — qui est aussi la salle à manger —, dans les corps de garde, dans les dortoirs. Les fenêtres sont le plus souvent des archères. Quand elles ont dimensions de fenêtres, elles sont fermées avec des panneaux de toile huilée pendant le jour ; avec des volets de bois, pendant la nuit ; les vitraux sont un luxe réservé aux palais, sauf dans le Midi. Les cheminées donnent moins de chaleur que de fumée. Mais on vit surtout dehors. On est à la guerre, au tournoi, à la chasse, à la quintaine.

Le cinémascope nous a familiarisés avec les tournois. Ce que l'on ignore est que ces rencontres « pour rire » étaient périlleuses. Les membres cassés, les échines rompues étaient fréquents.

La quintaine est exercice de damoiseau, mais aussi entraînement de chevalier qui se doit de garder sa forme. Le jeu consiste à se précipiter, lance basse, sur un mannequin pivotant.

La guerre privée persiste, sauf dans le domaine capétien. Elle oppose deux seigneurs voisins, leurs familles, parfois leurs suzerains. S'accompagne de pillages et de dévastations. L'habitude est de transformer en désert la terre de son rival. On tue les serfs. On incendie les villages. On vole les troupeaux. L'Eglise tente vainement de lutter, institue en vain sa Trêve-Dieu. Il faudra que l'autorité royale devienne effective et que la guerre de Cent Ans se déchaîne, pour que cessent de telles pratiques.

Quant à la chasse, elle est à la fois le sport favori et une demi-nécessité, car la venaison entre pour beaucoup dans la nourriture seigneuriale. Le sanglier, le chevreuil, les quartiers d'ours, sont des mets de noblesse.

Un tel mode de vie est dispendieux. Les impôts, le butin, les exactions, ne suffisent pas à boucher les trous. Les croisades — le seigneur pourvoit à l'entretien de sa suite — aggravent la situation. Les uns s'emparent des biens de l'Eglise. Les autres vendent leurs fiefs. D'autres empruntent à des taux exorbitants. Ces appauvrissements suffisent à expliquer les bouleversements sociaux de l'époque. Aussi « la sainte » rapacité avec laquelle les féodaux du nord se jetteront sur les richesses du Midi « exposées en proie ».

Les paysans

Une multitude répartie en deux classes : les vilains et les serfs. Les vilains sont libres de quitter leur maître ; ils présentent des analogies certaines avec les actuels ouvriers agricoles. Les serfs appartiennent au maître ; ils naissent et meurent sur le même fief. Ils doivent, pour se marier, obtenir l'autorisation du seigneur. Veulent-ils épouser une femme née sur un autre fief, ils doivent payer l'amende de formariage. Meurent-ils sans enfant, le seigneur est leur héritier. Laissent-ils des enfants, ceux-ci doivent, pour leur succéder, payer la taxe de mainmorte. Mêmement le grain doit être porté au moulin du seigneur, le pain au four banal, la vendange au pressoir du château. De plus il faut acquitter les impôts : le cens, le champart et la dîme. Le cens est le prix de location de la tenure. Le champart est une fraction de la récolte (la 5e partie, ou la 9e, selon les régions). La dîme en est la 10e partie. Ce n'est pas tout. Il faut satisfaire aux corvées sans nombre, les unes d'intérêt public, les autres vexatoires : entretenir les chemins (nos modernes journées de prestations), faucher les blés et les foins du seigneur, engranger ses récoltes, lui apporter des charretées de bois, lui offrir des volailles, des porcs, des gâteaux, selon les coutumes locales très diverses, singuliers présents !

« Tout ce que le paysan amasse en une année par un travail opiniâtre, écrit Jacques de Vitry, le noble le dévore en une heure... Les seigneurs qui ne travaillent pas et vivent des labeurs du pauvre, sont comme ces parasites immondes qui s'incrustent dans la chair, la rongent et se nourrissent de la substance qui leur sert de gîte. »

Ni l'habitation, ni le vêtement, ni les méthodes de travail n'ont progressé depuis la période gallo-romaine. Les maisons sont des cabanes de bois et de torchis, avec un toit de chaume et des ouvertures basses. Le vêtement est celui que l'on voit sculpté à Notre-Dame-de-la-Coudre (Parthenay) : une tunique à capuchon, des houseaux, des sabots. L'outillage est en général réduit à la bêche et à la houe.

De vastes espaces de landes, de forêts enserrent les champs. Mais la terre est si jeune et d'une telle fécondité qu'en dépit des impôts et des exactions, la nourriture est presque copieuse. Le paysan du XIIIe siècle mange du lard, des œufs, des fromages, des poissons, des légumes, du pain, des galettes. Il boit de la bière, du cidre et du vin, à discrétion. La vigne est très répandue. Peut-être mêle-t-il des épices à son vin, comme le seigneur qui s'incendie le ventre à chaque godaille.

Les bourgeois

Ils ont été coureurs de mer, coureurs de routes et d'aventures, ni seigneurs, ni paysans, individualistes dans une société où l'individu n'avait aucune place. Ils ne vendaient que le rare : les épices, les étoffes, les pierres, les armes précieuses, les fourrures d'Orient. Il fallait que le profit compensât le risque. Puis il se sont assagis, fixés, organisés. Seules, les villes convenaient à leurs activités. Ils y installèrent leurs entrepôts, y ouvrirent leurs boutiques et leurs ateliers

CONTEXTE HISTORIQUE

Au XIIIe siècle, les villes ont recouvré l'importance qu'elles revêtaient sous les Gallo-Romains, elles sont le siège de foires, de marchés. Une nouvelle classe sociale est née : celle des marchands, des artisans. En dépit de sa hiérarchisation corporative, cette classe garde un caractère insolite. Elle contraste avec le monde féodal. Sa richesse porte ombrage à la noblesse. Bientôt, pre nant conscience de leur force, les marchands se veulent indépendants. Ils achèteront les libertés municipales au seigneur, ou les lui arracheront par la violence.

L'Eglise

Elle est devenue l'un des rouages de la féodalité. C'est une caste. Au Moyen Age, tout est simple : le prêtre a mission de prier, le noble de combattre, le serf de produire. L'Eglise est riche, en argent, en terres qu'il faut administrer et défendre. L'évêque est en même temps un seigneur temporel ; il a ses fiefs, ses vassaux, ses vilains, sa police, sa prison, son four banal et ses moulins ; c'est un comte mitré. Certains sont insatiables, bêtes de proie.

Cependant l'Eglise demeure le levain des âmes. Il y a les grands monastères (Cluny, Cîteaux) d'où la foi rayonne. Les pèlerinages vers lesquels convergent des foules immenses, toutes classes mêlées : le Mont-Saint-Michel, Vézelay, Rocamadour, Saint-Jacques-de-Compostelle. Les croisades qui canalisent et transmuent en bienfaits les appétits guerriers, les férocités instinctives. Le XIIIe siècle n'en compte pas moins de cinq, non comprise la croisade contre les Albigeois :

— la quatrième (1203-1204) qui aboutit à la fondation de l'empire latin de Constantinople ;

— la cinquième (1217), dirigée par le roi André de Hongrie ,

— la sixième (1229), dirigée par Frédéric II (restitution de Jérusalem) ;

— la septième (1248) et la huitième (1270) dirigées par saint Louis

L'Eglise exerce aussi le monopole de l'enseignement Les maîtres de la pensée à cette époque sont des clercs.

LE BÛCHER

LES ARTS ET LES LETTRES

L'Université de Paris est déjà illustre. En raison de l'afflux sans cesse croissant des élèves, elle abandonne l'île de la Cité, s'établit autour de l'abbaye Saint-Germain. Elle a ses propres règlements, sa propre justice. L'Eglise et le roi rivalisent de bienveillance à son endroit. Ses professeurs viendront de tous les pays d'Europe : Albert le Grand est allemand, Thomas d'Aquin est italien ; Duns Scot, écossais. « La France, écrit un légat, est le four où cuit le pain intellectuel du monde entier. » On y étudie les « arts » (les lettres), le droit, la théologie, la médecine. La mode est aux « Sommes », où se trouvent rassemblées toutes les connaissances du temps et qui sont en fait les premières encyclopédies.

Evidemment le grand public a des lectures moins rébarbatives. Il s'enthousiasme pour la poésie (qui tient à peu près la place de la chanson contemporaine), les romans épiques ou courtois, les fabliaux. Certainement les vieux sires blanchis sous le harnois gardent une prédilection pour *la Chanson de Roland* où l'auteur a célébré les fortes vertus de naguère. Mais les jeunes goûtent davantage le *Tristan* de Béroul ou les œuvres de Chrétien de Troyes : *Lancelot, Perceval, le Chevalier au lion*, où ils retrouvent les grâces et les artifices de « courtoisie ». Ceux qui se sont « croisés » aiment entendre la *Quête du Saint-Graal* tout illuminée de foi. Les demoiselles savent par cœur les *Lais* de Marie de France et mieux encore les ardentes mélodies qui viennent du comté de Toulouse où fleurit le clair langage des troubadours. La chanson, qui se confond avec le poème, est multiforme : tantôt narrative (chanson de toile), tantôt badine (le serventois) et tantôt amoureuse (le lai, l'aube), tantôt naïve (la pastourelle), tantôt chevaleresque (chanson de croisade) et tantôt chanson à danser (le rondeau, la ballette). Ces chansons sont répandues par les trouvères (les plus connus, du XIIIe siècle, sont : Gâce Brûlé, Jean Bodel, Rutebœuf, Adam de la Halle). De grands seigneurs ne dédaignent pas de « trouver », tels le sire de Couci, le sire de Nesle qui fut l'ami de Richard Cœur de Lion, le comte Thibault de Champagne dont « la dame de beauté » est Blanche de Castille, la mère de saint Louis.

Car si la femme ne joue aucun rôle dans les Chansons de Geste, elle est maintenant la grande inspiratrice. Les mœurs ont changé. Quand l'époux était aux croisades, elle a régenté, parfois sauvé le fief. Désormais, elle est juridiquement « capable ». Elle hérite. Elle peut exercer les droits seigneuriaux. D'où l'accroissement de son influence. D'où ces raffinements nouveaux, ce souci d'élégance, « de beau parlage », imités du Midi où la femme est depuis longtemps toute-puissante, reine des cours d'amour.

Mais, si des damoiseaux chapeautés de rose (comme il est dit dans le roman de Guillaume de Lorris) se consacrent aux dames, dans toutes les villes, quasi dans chaque village, les maçons, les sculpteurs, les verriers sont sur les échafaudages. On s'affaire à construire les chaises-Dieu (casa dei, maison-dieu). La voûte en berceau s'est substituée à la trop combustible charpente des anciennes basiliques ; elle s'est perfectionnée en voûte d'arêtes qui deviendra voûte en croisée d'ogives. La France entière se couvre de blanches églises romanes. Chaque province exprime son génie par un certain rythme, certains ornements. Nos architectes repensent la lointaine Byzance, l'amalgament au paysage français. Les sculpteurs se font apôtres et maîtres d'école. Leurs statues, leurs chapiteaux racontent aux âmes simples le martyr des saints, la vie et la passion de Jésus, l'Ancien Testament. Parfois ils montrent le tisserand à son métier, le marin sur son bateau, le paysan à sa charrue, le marchand dans sa boutique, afin d'honorer les humbles, d'éveiller en eux le sentiment de leur dignité. Parfois leurs figures sont autant de notes de musique et leur ensemble forme un cantique : les cloîtres musicaux du Roussillon. On se demande comment, au milieu de tant de batailles, d'incendies, de malheurs, on a pu bâtir toutes ces merveilles. Il fallait que l'amour de Dieu et l'espoir de Paradis fussent vifs.

III. LE DRAME CATHARE

Les comtes de Toulouse

L'éloignement et l'extrême faiblesse du pouvoir central expliquent que, dans la région s'étendant du Rhône à la Garonne et des Cévennes aux Pyrénées, le morcellement féodal ait été plus précoce qu'ailleurs.

Cependant une famille n'a cessé de prédominer. Celle des Raymond de Saint-Gilles. Comtes carolingiens, ils se sont soustraits très tôt à l'autorité royale. Comtes héréditaires, ils n'ont pu empêcher leurs viguiers de devenir vicomtes et d'asseoir leurs petites souverainetés. Mais à peine leur grand fief est-il démembré, que les Raymond s'appliquent à le reconstituer. Ils y travailleront trois siècles, toutefois sans vraie continuité. Par exemple Alphonse-Jourdain, fils de Raymond IV, se montre pendant quarante ans excellent administrateur ; il défend le comté contre Guillaume IX d'Aquitaine, puis contre les Catalans ; il acquiert le marquisat de Provence (entre Durance et Drôme). Brusquement, il abandonne l'œuvre inachevée, prend la croix et s'en va mourir en Terre Sainte, comme Raymond IV. Ces Raymond sont des hommes étranges. Plus soumis que les autres aux mirages de l'Orient. On ne sait qui l'emporte dans leur cœur, du désir de reconquérir le Saint-Sépulcre, ou de la nostalgie des principautés lointaines. C'est chez eux un besoin presque maladif de tout laisser et de partir vers le soleil.

Pourtant, lorsque Raymond V meurt (1194) et que lui succède son fils, Raymond VI — le vaincu de la guerre des Albigeois —, l'unité languedocienne paraît acquise. Le grand fief comprend alors, en plus du comté de Toulouse qui est le noyau des possessions raymondines, les comtés de Foix et d'Armagnac, le duché de Narbonne, le marquisat de Provence, les quatre vicomtés Trencavel (Albi, Carcassonne, Béziers, Razès), soit à peu près dix-sept de nos départements méridionaux. En épousant Jeanne Plantagenêt, sœur de Richard Cœur de Lion, Raymond VI obtient en outre l'Agenais et le Quercy. C'est le plus haut feudataire du siècle. Il est infiniment plus riche que Philippe Auguste, le petit roi d'entre Somme et Loire. Mais est-il plus puissant ? Les comtes de Foix et de Comminges ne perdent pas une occasion de se liguer contre lui. Son voisin, Pierre II d'Aragon, cherche à joindre le Roussillon à Montpellier. Les Trencavel ne cessent de s'agiter ; ils se sont plus ou moins donnés à l'Aragon de sorte que leurs vicomtés forment une espèce d'enclave. Les vassaux de second rang ne sont guère plus dociles, s'ils sont moins inquiétants. Bref le grand fief des Toulouse est plus une zone d'influence qu'une possession véritable. Et cet état de choses éclaire l'attitude de Raymond VI au début de la croisade, notamment à l'égard des Trencavel. Il explique aussi, dans une certaine mesure, la défaite du Midi.

CONTEXTE HISTORIQUE

Les seigneurs de langue d'oc

« Nulle terre sans Seigneur », dit-on dans les pays de langue d'oïl. « Pas de Seigneur sans titre », réplique le Midi. Dans le Nord, les villas gallo-romaines sont devenues des fiefs, ou ont été incorporées à des fiefs. Dans le Midi, elles subsistent sous le nom d'alleux. Leurs possesseurs, les alleutiers, sont libres de toutes servitudes et francs d'impôts, sans pour autant avoir rang de seigneurs. Dans le Nord, le vassal prête serment ; il s'engage corps et âme envers son suzerain. Dans le Midi, imprégné de droit romain, le vassal signe un contrat en bonne et due forme. De plus, le droit d'aînesse n'est pas appliqué, sauf dans les fiefs importants ; les seigneuries sont traitées en biens ordinaires et divisées en parts égales entre les héritiers, puis subdivisées, etc. Résultat : le château de Montréal est la copropriété de trente-six chevaliers ; celui de Lombers, de cinquante. C'est ce que l'on appelle « le pariage ». Autres raisons de la défaite albigeoise : d'un côté, le relâchement du lien féodal, de l'autre, le pariage.

Les paysans

Dès le XIIe siècle, les serfs ont racheté leur liberté au seigneur, ou bien ce dernier les a spontanément affranchis. Les vilains sont des « bourgeois de campagne », aussi opulents que le seigneur en titre appauvri par les pariages L'alleutier est sire dans son domaine. En comparaison de ces gens-là, le plus riche paysan du Nord est un esclave.

Les bourgeois

Nulle part l'ascension des marchands et des artisans n'a été aussi rapide que dans les agglomérations languedociennes. Dès 1131, Béziers possède son consulat ; Montpellier, en 1141 ; Nîmes, en 1144 ; Narbonne, en 1151 ; Toulouse, en 1152. Bientôt les villes de moindre importance, puis les simples villages, emboîtent le pas. De sorte que l'on a pu écrire que, si l'unité territoriale des pays de langue d'oïl est le fief, en pays de langue d'oc, c'est la commune. Certes les consuls (ou capitouls) sont issus de l'ancienne cour seigneuriale. Fut un temps où le seigneur les choisissait, directement ou non. Mais à présent, ils sont élus. Ils décident librement. Ils imposent même leur décision au seigneur. Les grandes villes languedociennes du XIIIe siècle sont de véritables républiques ; elles traitent souverainement avec les puissances étrangères. La petite noblesse recherche les dots bourgeoises. La bourgeoisie donne les éperons de chevalier à ses fils. Les hauts seigneurs admettent ces nouveaux chevaliers dans leur entourage. Cette fusion des classes est le trait saillant du Midi.

La civilisation occitane

« L'avenir de la Méditerranée, écrivait Simone Weil, repose sur les genoux des dieux. Mais une fois au cours de ces vingt-deux siècles une civilisation méditerranéenne a surgi qui, peut-être, aurait avec le temps constitué un second miracle, qui, peut-être, aurait atteint un degré de liberté spirituelle aussi élevé que la Grèce antique, si on ne l'avait pas tuée. Après le Xe siècle, la sécurité et la stabilité étaient devenues suffisantes pour le développement d'une civilisation ; l'extraordinaire brassage accompli depuis la chute de l'Empire romain pouvait dès lors porter ses fruits. Il ne le pouvait nulle part au même degré, que dans ce pays d'oc, où le génie méditerranéen semble s'être alors concentré. Les facteurs d'intolérance constitués en Italie par la présence du pape, en Espagne par la guerre ininterrompue contre les Maures, n'y avaient pas d'équivalent ; les richesses spirituelles y affluaient de toutes parts sans obstacles. La marque nordique est assez visible dans une société avant tout chevaleresque ; l'influence arabe pénétrait facilement dans les pays étroitement liés à l'Aragon ; un prodige incompréhensible fit que le génie de la Perse prit racine dans cette terre et y fleurit, au temps même où il semble avoir pénétré jusqu'en Chine. Ce n'est pas tout peut-être ; ne voit-on pas à Saint-Sernin, à Toulouse, des têtes sculptées qui évoquent l'Egypte ? Les attaches de cette civilisation étaient aussi lointaines dans le temps que dans l'espace. Ces hommes furent les derniers peut-être pour qui l'Antiquité était chose vivante. Si peu qu'on sache des cathares, il semble clair qu'ils furent de quelque manière les héritiers de la pensée platonicienne, des doctrines initiatiques et des mystères de cette civilisation préromaine qui embrassait la Méditerranée et le Proche-Orient ; et, par hasard ou autrement, leur doctrine rappelle par certains points, en même temps que Pythagore et Platon, la doctrine des druides qui autrefois avait imprégné la même terre... Quels fruits une civilisation si riche d'éléments divers a-t-elle portés, aurait-elle portés ? Nous l'ignorons, on a coupé l'arbre. »

Mais nous en connaissons les fleurs : l'absence de préjugés, l'esprit de tolérance, le lyrisme des troubadours, le catharisme.

Absence de préjugés : l'ami préféré du comte de Toulouse, c'est Raymond de Miraval, pauvre chevalier du Carcassès. Le très fêté Bernard de Ventadour est fils d'un domestique de son protecteur, dont il a pris le nom. La valeur personnelle a autant de prix que la naissance.

Esprit de tolérance : les Juifs enseignent librement la grammaire et les écritures dans leurs écoles ; certains accèdent aux charges officielles alors que, dans le nord, ils sont en butte aux pires humiliations. Les maîtres arabes enseignent les mathématiques et l'astronomie, répandent des doctrines étranges, venues d'Orient.

Quant aux troubadours, on en a dénombré plus de quatre cent soixante. Les plus connus sont Bernard de Ventadour, Bertrand de Born (cité par Dante dans sa *Divine Comédie*), Giraut de Borneil, Arnaut de Mareuil, Raimbaut d'Orange, Gavaudan, Gaucelm Faidit, Peire Vidal, Aimeric de Pegulhan. Quel est le thème d'inspiration ? L'amour courtois, mais plus raffiné, plus mondain que dans le nord. Qu'est-ce que cet amour ? Bonheur et tristesse d'aimer. Gracieuse souffrance et timide espoir. La Dame ne doit jamais être nommée. Elle est toujours la plus belle de toutes. La nature a son rôle dans ces poèmes. Elle y est rassurante, pleine de trilles, de sources claires, de bosquets verdoyants et de roseraies : le décor habituel des « jardins d'amour ». Mais il y a aussi les troubadours qui lancent des appels aux armes (les sirventès) et fustigent les princes amollis par le luxe.

L'Eglise languedocienne

De l'esprit de tolérance à la liberté de pensée il n'y a qu'un pas. Beaucoup de méridionaux l'ont franchi. De cela l'Eglise languedocienne est grandement responsable, à cause de son inertie et de son incapacité. Elle dort sur ses richesses. Elle ne produit ni saints, ni penseurs, ni mouvements d'aucune sorte susceptibles de retenir les foules. Elle a tous les défauts de l'Eglise du nord, non ses qualités. Ses dignitaires mènent une existence scandaleuse ; ils s'adonnent à la chasse, s'entourent de courtisanes, vendent les indulgences et les bénéfices, se dispensent de visiter leurs diocèses. Quelques-uns sont déposés à la suite d'enquêtes effectuées par les légats du pape. « Ces aveugles, fulmine Innocent III, ces chiens muets qui ne savent aboyer, ces simoniaques qui vendent la justice, absolvant le riche et condamnant le pauvre, n'observant même pas les lois de l'Eglise ; ils cumulent les bénéfices et confient les sacerdoces et les dignités ecclésiastiques à des prêtres indignes, à des enfants illettrés : de là l'insolence des hérétiques, de là le mépris des seigneurs et du peuple pour Dieu et son Eglise. Les prélats sont, dans cette région, la fable des laïques. »

Il y a pis. Certains de ces prélats refusent d'agir contre les hérétiques, tel Guillaume de Roquessels, évêque de Béziers (1205), tel Bertrand de la Barthe, archevêque d'Auch (1214).

Quant aux simples curés, vivant parmi leurs ouailles, ou bien ils sont réduits à l'impuissance, ou bien, comme leurs émules de 1789, ils se déclarent en faveur des idées nouvelles.

L'hérésie cathare ou albigeoise

Cathare vient du grec Καθαρος, qui signifie « pur ». Les prêtres cathares sont appelés Purs, Parfaits, Revêtus, Bons Hommes. Et, par leurs ennemis : Patarins.

Une remarque : ce que l'on sait du catharisme provient des registres de l'Inquisition (où sont consignés des aveux plus ou moins arrachés par la torture ou par la crainte) et de quelques rares livres hérétiques : le *Rituel de Lyon*, le *Livre des Deux-Principes*, la *Vision d'Isaïe*, la *Cène secrète*.

Le catharisme paraît être un surgeon d'hérésies plus anciennes, surtout du manichéisme. Au IIIe siècle de notre ère, Manès avait tenté de concilier les dogmes du christianisme avec la pensée grecque et les religions orientales Puisant dans le Nouveau Testament, dans les enseignements de Bouddha et de Zoroastre, de Pythagore et de Platon, il avait opéré une vaste synthèse de la pensée humaine et jeté les bases d'une religion axée sur le double principe du Bien et du Mal. Il périt dans les supplices, mais sa doctrine lui survécut. Bien que saint Augustin les eût condamnés, les disciples de Manès persistèrent. On les retrouve aux XIe et XIIe siècles à Constantinople, sous la dénomination de Bogomiles (les Bulgares). Au XIIe, ils essaiment en Italie et en France. Il leur est facile de s'implanter dans les terres d'oc où l'on réserve si large accueil aux étrangers, pour peu qu'ils intéressent. En 1167, l'évêque Nicetas (un manichéen de Constantinople) préside le concile hérétique de Saint-Félix-de-Caraman.

Il n'est pas contradictoire de prétendre, comme l'ont fait plusieurs auteurs, que le catharisme occitan diffère du manichéisme originel, se nuance de druidisme : les druides croyaient notamment à la métempsycose.

Quoi qu'il en soit, le catharisme, de même que le manichéisme, repose sur la coexistence des deux principes, des Ténèbres et de la Lumière, de la Matière et de l'Esprit, de Sathanaël (Satan) et de Dieu. Ange rebelle et puni de sa rébellion, Satan se venge en attirant à lui les âmes séjournant dans les Demeures célestes. Il a créé la Terre pour avoir un royaume, inventé la chair corruptible pour y emprisonner les âmes, avoir un peuple à lui. La Matière est son invention propre.

Le Christ des cathares n'est pas celui des catholiques romains. La croix n'est pas la même. Le Christ n'est pas dans son supplice, mais dans sa majesté : un rédempteur triomphant. Esprit pur, il n'a pu revêtir notre enveloppe corporelle, pensaient les cathares. L'imiter, c'est donc essayer de se libérer de cette enveloppe : par une vie exemplaire, par les jeûnes, la chasteté, les macérations. Celui qui meurt englué dans la Matière, revit dans un autre corps, parfois dans le corps d'un animal : voilà pourquoi les Parfaits s'abstiennent de tuer les bêtes qu'ils considèrent comme porteuses d'âmes en pénitence. Il n'est d'enfer que terrestre. Se marier, procréer, c'est aux yeux des Parfaits prolonger le règne de Satan, provoquer la tentation et la chute d'âmes innocentes. Mais, se référant à la *Cène secrète* où sont relatées les confidences du Christ à saint Jean, les cathares croient que Satan un jour rendra toutes choses à Dieu. Leur croix à branches égales symbolise cette restitution totale ; elle indique que tous les hommes finiront par être sauvés.

Le catharisme est une religion sans église et sans argent. Les Parfaits vont par deux (la secte désigne le *socius* de chaque nouveau « revêtu »), de village en village, prêchant sur les places, soignant les malades, aidant les travailleurs, vivant de la charité publique. Les dignitaires (l'évêque et ses coadjuteurs : le *filius* major et le *filius* minor) ne se distinguent des simples Parfaits que par la précellence de leurs vertus. Les seuls biens que possède la secte sont les écoles. Très volontiers les riches (nobles et bourgeois) confient-ils leurs enfants aux prêtres nouveaux.

Les Parfaits ont reçu le *Consolamentum* qui est un sacrement unique. En le recevant, ils se sont engagés à mener une existence d'extrême austérité et de dévouement, à ne jamais renier leur foi même sous menace de mort. Les femmes peuvent recevoir le *Consolamentum*. On les appelle ensuite « Parfaites ».

La foule des Croyants n'a par contre que très peu d'obligations. D'où le reproche si souvent formulé que l'albigéisme est une religion sans mœurs, autorisant les pires licences. Les Croyants disposent d'eux-mêmes. Ils sont libres de s'engager dans les chemins de la Perfection, ou de se vautrer dans la Matière. On ne leur impose que de plier le genou *(melioramentum)* devant les Parfaits qui portent en eux l'Esprit Saint, le Paraclet. Une fois par mois, ils ont la faculté de se confesser publiquement *(apparelhamentum)*, en présence d'un Parfait. Ils pouvaient enfin, eux aussi, se libérer de l'enveloppe satanique en recevant le *Consolamentum ad vitam*, ou *ad mortem* : mais, s'ils guérissaient, ils devaient abandonner leurs biens et leur famille pour suivre les Parfaits.

Le catharisme a son antithèse dans la doctrine élaborée par saint Thomas d'Aquin (le thomisme). C'est une religion supraterrestre.

Réaction de l'Eglise romaine

Les Parfaits n'ont qu'un défaut : ils haïssent l'Eglise de Rome et ne se gênent pas pour la traiter de « synagogue de Satan », pour railler les sacrements qu'elle a institués. Rome ne s'émeut pas tout de suite. Elle attend que ses temples et ses abbayes soient désertés. Sans doute les patarins ont-ils été déclarés hérétiques et frappés d'excommunication au concile de 1119 ; mais aucune mesure efficace n'a été prise. Quand saint Bernard parcourt le Midi, il y est mal reçu. A la suite du concile de Tours (1163) qui renouvelle la condamnation de 1119, les missions se succèdent, mais sans profit. Ce n'est qu'en 1179 que le pape Alexandre III lance un premier appel au bras séculier, avouant ainsi l'impuissance de l'Eglise à combattre l'hérésie. Quand Innocent III monte sur le trône de saint Pierre (1198), il reprend la lutte sur le plan spirituel. Mais c'est en vain qu'il épure le haut clergé languedocien et organise des conférences avec les dignitaires de la secte albigeoise. En dépit de ses efforts, des miracles de saint Dominique, des prédications des cisterciens, il échoue. Il tente alors de convaincre Raymond VI de Toulouse d'extirper *manu militari* l'hérésie de ses domaines. Raymond VI se dérobe. Bien que fidèle à l'Eglise, il a de l'estime pour les sectateurs. De plus, nombre de ses vassaux comptent des hérétiques revêtus dans leur famille. Innocent III se tourne vers Philippe Auguste, mais le roi de France s'occupe à reconquérir les provinces perdues lors du divorce de son père ; il est aussi trop habile pour essayer de cueillir un fruit vert. Pierre II d'Aragon passe pour bon chrétien ; mais l'introduire en « France », ce serait déplaire à Philippe Auguste. Faute de mieux, le pape s'adresse aux grands barons : le duc de Bourgogne, les comtes de Bar et de Nevers, de Dreux et de Champagne. Mais Raymond VI, flairant le danger, mande le légat Pierre de Castelnau afin d'obtenir un arrangement. L'entrevue tourne court. Le 14 janvier 1208, à Trinquetailles, comme le légat s'apprête à traverser le Rhône, il tombe percé par la lance d'un chevalier toulousain.

C'est une irréparable maladresse politique. Le pape doit punir l'insulte. Aucune considération ne l'arrêtera. Lui qui a déclaré : « La pitié prime le droit », va déchaîner les foudres de sa colère contre les insoumis. La croisade, prêchée par Arnaud-Amaury, abbé de Cîteaux, soulève un véritable enthousiasme. C'est que l'on n'aime guère les gens de langue d'oc, mangeurs d'ail et d'olives. C'est aussi que le pape octroie l'indulgence plénière aux croisés et que les terres du comté de Toulouse sont « exposées en proie ». Raymond VI presse son neveu Raymond-Roger Trencavel de faire front commun devant l'envahisseur. Trencavel refuse. Raymond VI, affolé, va se jeter aux pieds du légat Arnaud-Amaury et, comme l'empereur allemand à Canossa, s'humilie à Saint-Gilles. Selon les engagements qu'il a souscrits, il prend la croix et guide l'armée du Nord sur les terres de Trencavel. Il espère amadouer ainsi les hommes d'Eglise et, peut-être, rétablir son autorité sur les vicomtés rebelles.

Les croisés, rassemblés à Lyon, descendent la vallée du Rhône, font halte à Montpellier, envahissent le vicomté de Béziers en juillet 1209. La guerre de Sécession languedocienne a commencé. Elle durera trente-cinq ans et, après la chute de Montségur, ultime citadelle et lieu saint du catharisme, elle aboutira à la supression de l'hérésie, à la destruction de la civilisation occitane et au rattachement des pays de langue d'oc à la Couronne.

PLAN DE MINERVE

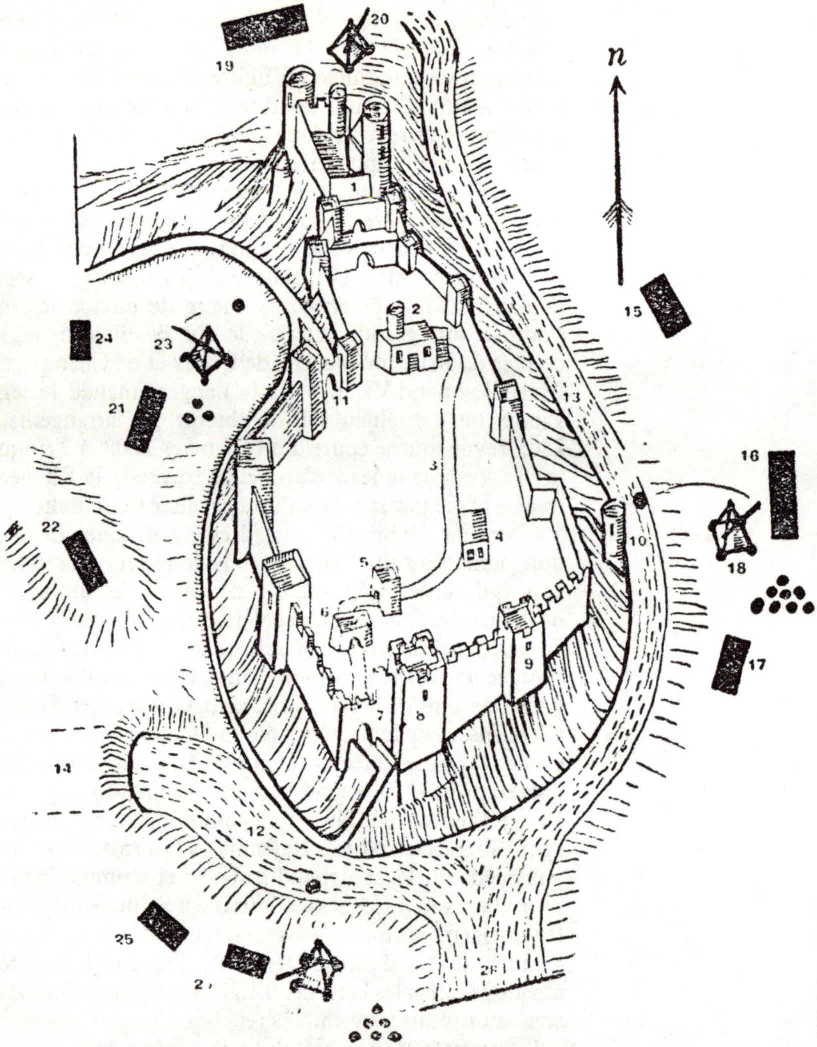

1. Le château - 2. Saint-Étienne - 3. Rue des Martyrs - 4. Maison des Partaites - 5. 1re poterne - 6. 2e poterne - 7. 3e poterne - 8. Tour de la poterne - 9. Tour des Cathares - 10. Tour du puits et chemin couvert - 11. Poterne de l'ouest - 12. La Cesse - 13. Le Brian - 14. Grotte creusée par la Cesse - 15, 16, 17. Quartier de Simon de Montfort - 18. Malvoisine (mangonneau géant) - 19. Quartier des Narbonnais - 20. Mangonneau - 21, 22. Quartier des Gascons - 23. Mangonneau - 24. Maison des lépreux - 25, 26. Troupes de réserve - 27. Mangonneau - 28. Confluent de la Cesse et du Brian.

MINERVE ET LE MINERVOIS DE NOS JOURS
(Languedoc)

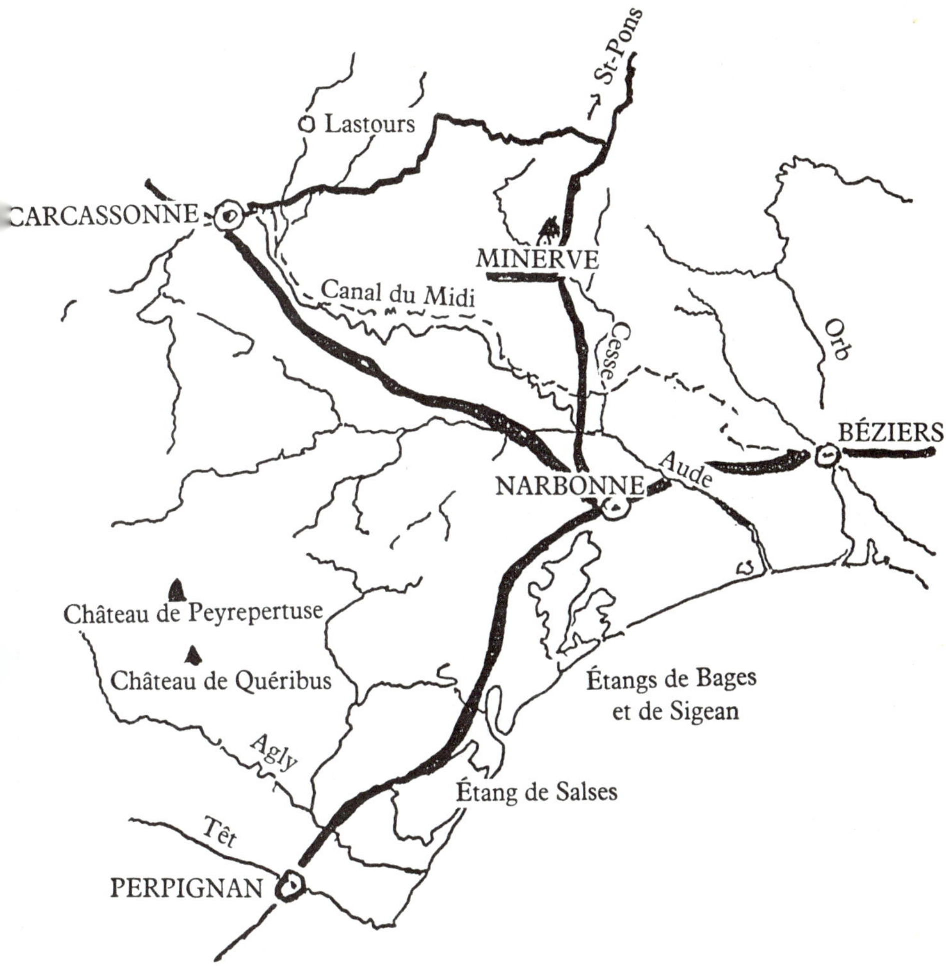

LE TREIZIÈME SIÈCLE

Croisade contre les Albigeois	*Histoire universelle*	*Littérature*
LES PRÉLIMINAIRES		
1179 . A la suite de l'échec de la mission de Saint Bernard, le pape Alexandre III lance un premier appel au bras séculier.		LAIS, *de Marie de France* / 1160.
	1180 . *Avènement de Philippe-Auguste.*	ROMAN DE ROU, *de Robert Wace.* LES ALISCANS. SOMMES, *de Maurice de Sully.*
1181 . Première Croisade armée ; siège de Lavaur.		
	1183 . *Traité de Constance par lequel l'empereur Frédéric-Barberousse reconnaît l'indépendance des villes lombardes.*	
L'hérésie triomphe jusqu'à l'avènement du pape Innocent III. Vaines prédications des légats romains.	1187 . *Le sultan Saladin bat les Chrétiens à Tibériade et leur reprend Jérusalem.*	
	1190 . *Troisième Croisade à laquelle participent Philippe-Auguste, Richard-Cœur-de-Lion et Frédéric-Barberousse. Mort de ce dernier. Prise de Saint-Jean-d'Acre.*	LANCELOT, PERCEVAL, LE CHEVALIER AU LION, *de Chrétien de Troyes* / † 1196.
1198 . Avènement d'Innocent III.		Les Troubadours :
	1199 . *Mort de Richard-Cœur-de-Lion. Avènement de Jean-sans-Terre.*	B. de Vendatour, Bertran de Born, G. de Borneil, Arnaut Daniel, P. d'Auvergne, Gavaudan, Gaucelm Faidit, Peire Vidal.

Croisade contre les Albigeois	*Histoire universelle*	*Littérature*
1200-1204 . Epuration du haut clergé languedocien.	1202-1204 . *Philippe-Auguste enlève à Jean-sans-Terre ses possessions françaises.*	1200 . *Fondation de l'Université de Paris.* GIRARD DE VIENNE, AIMERI DE NARBONNE, QUÊTE DU GRAAL.
	1203-1204 . *Quatrième Croisade, détournée de son but par les Vénitiens. Elle aboutit à la fondation de l'empire Latin de Constantinople.*	*Villehardouin écrit ses mémoires* : LA CONQUÊTE DE CONSTANTINOPLE, *relation de la 4e Croisade.*
1206 . Début de la mission de Saint Dominique.		*Jean Bodel, Thibaut de Champagne, trouvères.*
1207 . Les conférences entre les évêques cathares et les légats de Rome. Le miracle du Feu / Vie de Saint Dominique, par Fra Angelico.		LES FABLIAUX, LE ROMAN DE RENART, LES NIBELUNGEN / *Allemagne/Les Minnesänger.*
1208/14 janvier. Assassinat du légat Pierre de Castelnau à Trinquetailles. Innocent III fait prêcher la Croisade contre les Albigeois, par Arnaud-Amaury, abbé de Cîteaux.		
1209/22 juillet . Prise et massacre de Béziers par les Croisés.		
1209/1er au 15 août . Siège et reddition de Carcassonne. Les grands barons abandonnent Simon de Montfort, après l'avoir élu chef de la Croisade et vicomte à la place de Trencavel. Trencavel meurt opportunément. La révolte gronde dans le Haut-Languedoc.		

Croisade contre les Albigeois	*Histoire universelle*	*Littérature*
SIMON DE MONTFORT		
1210 . Il reçoit des renforts au printemps. *En juin-juillet, siège et prise de Minerve, avec l'aide des Narbonnais.* En août-novembre, prise de Termes.		*Traduction des œuvres de Saint Bernard* / 1210.
1211 . Poursuivant méthodiquement sa conquête, il s'empare de Lastours et Lavaur. La possession de ces deux places fortes, outre Minerve et Termes, lui assure la maîtrise des vicomtés Trencavel. Raymond VI de Toulouse réagit enfin Bataille indécise de Castelnaudary.	*1212 . Victoire des rois d'Aragon / Pierre II /, de Castille et de Navarre sur les Musulmans d'Espagne, à Las Navas de Tolosa.*	
1212 Simon de Montfort conquiert le comté de Toulouse, à l'exception de cette ville et de Montauban. Il promulgue les Statuts de Pamiers, pour organiser « sa conquête ».	*1212-1218 . Frédéric II de Hohenstauffen, roi des Deux-Siciles, passe en Allemagne et, soutenu par Innocent III, dispute le titre impérial à Othon IV de Brunswick.*	
1213 . Raymond VI regroupe ses vassaux et s'allie à Pierre II, roi d'Aragon. Mort de Pierre II et défaite de Muret	*1214 . Le dauphin Louis bat Jean-sans Terre à La Roche-aux-Moines. Philippe-Auguste bat les alliés de l'Angleterre, Othon IV et Ferrand, comte de Flandres, à* BOUVINES	*Mort de Villehardouin* / 1213.
1215 . Concile de Latran : Innocent III partage le Midi entre Simon / le Languedoc / et Raymond VI / la Provence.	*1215 . Les barons révoltés imposent la Grande Charte à Jean-sans-Terre. Première esquisse de la monarchie constitutionnelle*	

Croisade contre les Albigeois	*Histoire universelle*	*Littérature*
1216 . Retour triomphal des Raymond, père et fils. Réveil du patriotisme occitan. Echec de Simon de Monftort à Beaucaire.		*Guillaume de Lorris termine la première partie du* ROMAN DE LA ROSE.
	1217 . *Cinquième Croisade, dirigée par le roi André de Hongrie. Echec.*	
1218 . Siège de Toulouse et mort de Simon de Montfort. Son fils, Armaury, lève le siège.		
1219 . Nouveau siège de Toulouse : par le prince Louis / futur Louis VIII / Nouvel échec.	1220 . *Frédéric II est couronné empereur par Innocent III.*	« La Chanson de la Croisade » / Guillaume de Tudèle.
	1222 . *La noblesse hongroise impose au roi André la Bulle d'Or, base du droit magyar moderne.*	
1222 . Mort de Raymond VI. Son fils lui succède sous le nom de Raymond VII.	1223 . *Mort de Philippe-Auguste, avènement de Louis VIII.*	
1224 . Amaury de Montfort renonce à la lutte et offre « ses domaines » au roi de France.	1224-1237 . *Invasion de la Russie par les Mongols / Gengis Khan.*	
	1224 . *Louis VIII reprend la Saintonge et le Poitou aux Anglais.*	
LA CONQUÊTE ROYALE 1226 . Prise d'Avignon / jusque-là réputée imprenable / par Louis VIII. Le Midi frappé de stupeur. Nouveau renversement de la situation. Les vicomtés Trencavel, le Languedoc oriental et septentrional se soumettent au roi Promulgation de l'Ordonnance royale rendant légal le supplice du bûcher pour les hérétiques.	1226 . *Mort de Louis VIII, avènement de Louis IX / Saint Louis. Régence de Blanche de Castille. En Italie, reconstitution de la Ligue Lombarde contre Frédéric II.*	
	1227 . *Le pape Grégoire IX excommunie Frédéric II. Prétexte : l'empereur n'a pas tenu sa promesse de partir en Croisade.*	*Naissance de Saint Thomas d'Aquin /* 1227.
	1228 . *Quoique excommunié, Frédéric II « se croise » et obtient la restitution de Jérusalem. Sixième Croisade.*	

Croisade contre les Albigeois	*Histoire universelle*	*Littérature*
1229 . Raymond VII, abandonné par ses vassaux, renonce à la lutte. Il signe avec Blanche de Castille le *Traité de Meaux* par lequel il fiance sa fille Jeanne de Toulouse au frère de Louis IX, Alphonse de Poitiers, et accepte de n'être plus que l'usufruitier de ses biens. Le Concile de Toulouse rend obligatoire la dénonciation des hérétiques.		
	1230 . *Les chevaliers Teutoniques conquièrent la Prusse.* *Réunion de la Castille et du Léon sous le sceptre de Ferdinand III.*	
1233 . Fondation de l'Inquisition, confiée aux Dominicains, par le pape Grégoire IX.		
	1236 . *Lutte entre le Saint-Empire et les villes lombardes.*	
		Mort de Guillaume de Lorris / 1237.
1240 . Révolte du vicomte Trencavel, fils de Raymond-Roger assasiné par Montfort en 1209. Son échec devant Carcassonne.		*Mort de Thibaut de Champagne* / 1240.
1242 . Révolte de Raymond VII. Trahi par le comte de Foix, perdant tout espoir dans l'efficacité de son alliance avec le roi d'Angleterre /Taillebourg/, il se soumet définitivement à Louis IX. Les faidits / seigneurs dépossédés / poursuivent la résistance. Meurtre de plusieurs Inquisiteurs à Avignonnet	1242 . *Saint Louis remporte les victoires de Taillebourg et de Saintes sur Henri III d'Angleterre et les féodaux rebelles.*	

Croisade contre les Albigeois	*Histoire universelle*	*Littérature*
1243-1244 . Siège et prise de Montségur, dernier repaire important des faidits et temple du catharisme.	1244 . *Jérusalem retombe aux mains des Infidèles.*	
	1248 . *Prise de Séville par Ferdinand III. Les Musulmans d'Espagne ne tiennent plus que le royaume de Grenade.*	
	1248-1254 . *Septième Croisade / Saint Louis.*	
1249 . Mort de Raymond VII. Ses biens reviennent à sa fille, épouse d'Alphonse de Poitiers, en exécution du Traité de Meaux.		
	1250 . *Mort de Frédéric II. L'Allemagne entre dans une période d'anarchie.*	*Rutebœuf, trouvère.*
	1258 . *Traité entre Saint Louis et Henri III d'Angleterre.*	
	1261 . *Fin de l'Empire Latin de Constantinople.*	*Adam de la Halle écrit* LE JEU DE LA FEUILLÉE / 1262.
	1270 . *Huitième Croisade. Mort de Saint Louis.*	
1271 . Alphonse de Poitiers et Jeanne de Toulouse meurent à quelques jours d'intervalle. Rattachement du Languedoc à la France.		*Fin du* ROMAN DE LA ROSE, *par Jean de Meung.*
		LES GRANDES CHRONIQUES DE SAINT-DENIS, *par Mathieu de Vendôme.*
		Saint Thomas d'Aquin écrit sa SOMME THÉOLOGIQUE.
		RAOUL DE CAMBRAI / 1270.

TABLE

Cet ouvrage a été composé par TRAITEXT
et imprimé par la S.E.P.C. à Saint-Amand-Montrond (Cher)
pour le compte des Éditions Pygmalion

Achevé d'imprimer en octobre 1991

Imprimé en France

N° d'édition : 356. N° d'impression : 2282.
Dépôt légal : mai 1990.